해처럼 환한 이야기를 담뿍 담은
책그릇 블로그
blog.naver.com/mychaek

프린세스의 천일책

섀넌 헤일 글 • 지혜연 옮김

1부 탑

1일째

공주님과 나는 7년 동안 탑에 갇혀 있어야 한다.

샤렌 공주님은 바닥에 주저앉아 벽만 쳐다보고 있다. 한 시간이 넘도록 꼼짝 않고. 불쌍하기도 하지! 금방 싼 야크 똥처럼 냄새 지독한 게 있다면 공주님이 정신 차리는 데 도움이 될 텐데 안타깝다.

벽돌로 문을 막는 일꾼들이 중얼거리는 소리와 진흙을 발라 틈새를 메우는 소리가 들린다. 벽돌로 막지 않은 직사각형 모양의 작은 구멍으로 하늘과 햇빛이 입을 쩍 벌리고 있다. 비열하게 미소 짓는 하늘을 향해 나는 겁먹지 않았다는 듯 미소를 되돌려 준다. 우리 때문에 이 고생들을 한다는 게 정말 대단하지 않아? 나는 보물 상자 속에 갇힌 보석이 된 기분이다. 하지만 공주님은······.

멍하게 있던 공주님이 갑자기 정신을 차리더니 문으로 후다닥 달려가 벽돌을 손으로 벅벅 긁어댔다. 어찌나 날카롭게 비명을 지르던지! 화난 돼지 새끼가 따로 없었다!

"가만히 있어!"

공주님의 위대하신 아버님의 고함 소리가 들린다. 문 가까운 곳에 있었던 게 틀림없다.

"네 심장이 푹 삶은 감자처럼 노글노글해질 때까지 그 안에 있거라. 도망칠 시에는 파수꾼들에게 그 즉시 너를 죽여도 좋다고 명령해 두었다. 7년 동안 배은망덕했던 네 태도를 반성해라. 네가 순순히 잘못을 인정하고 용서를 빌기 전까지는 꼴도 보기 싫다!"

나는 하마터면 임금님에게 그런 말을 하면 불행이 찾아오고 본인만 가슴 아플 거라고 충고할 뻔했다. 하지만 조상님의 보살핌인지, 공주님이 발작을 일으키는 바람에 다행히 나는 그 말을 입 밖으로 내지 못했다. 공주님을 뒤로 잡아 끌어내어 보니 공주님의 손이 새빨개져 있었다. 아직 마르지 않은 진흙도 묻고. 분명 즐거운 아침은 아니지만, 그렇다고 몸부림쳐서 얻을 게 뭐란 말인가?

"진정하세요, 공주님!"

나는 길길이 날뛰는 뿔양을 달래듯 말했다. 공주님은 몸부림을 치고 있지만 뒤로 끌어내는 게 그리 힘들진 않았다. 나는 열다섯 살에 털 깎인 암말처럼 **삐삐** 마르긴 했지만 야크처럼 기운이 세다. 엄마가 늘 그렇다고 말씀하셨었다. 나는 흥분을 가라앉히는 노래를 불렀다. 노래는 이렇게 시작한다. '**오, 바람을 타고 나는 나방아. 오, 시냇물을 타고 떠가는 나뭇잎아.**' 듣는 사람을 꿈으로 이끄는 노래였다. 나는 공주님이 너무 화가 나서 노래를 들으려 하지 않을까 걱정했지만, 공주님도 모든 걸 잊고 잠들고 싶은 마음이 컸던 모양이다.

공주님은 지금 내 무릎을 베고 쿨쿨 주무신다. 다행히도 붓과 먹이 가까이 있어서 계속 글을 쓸 수 있다. 움직이지 못할 때는 생각하는 것 말고는 달리 할 일이 없다. 그리고 지금은 아무 생각도 하고 싶지 않다.

공주님은 주무시면서도 몸이 들썩거릴 정도로 흐느끼고 있다. 눈꺼풀이 무겁다. 주위가 캄캄하니 나도 잠이 온다. **고다**, 잠의 여신이시여, 오늘 밤 우리를 지켜 주소서.

2일째

한밤중처럼 조용하고 깜깜하다. 깜박거리는 촛불이 우리의 유일한 빛이다. 문은 벽돌로 단단히 막혀 있다. 이따금씩 목소리가 들린다. 파수꾼들이 밖에 남아 있는 모양이다.

고다 신이 어젯밤 내 기도를 들어주셨나 보다. 우리는 아침까지 줄곧 잤다. 쓰레기를 버리는 구멍으로 내다보고서야 아침이 온 것을 알았다. 그 구멍에는 쇠로 만든 자그마한 여닫이문이 달려 있다. 거기로 요강의 배설물이며 허드렛물 등을 밖으로 버릴 수 있다.

여닫이문은 벽돌이 위쪽을 덮고 있어, 문을 열어도 앞이 보이진 않는다. 하지만 다섯 뼘 거리 정도의 바닥은 볼 수 있다. 공주님의 존경스러운 아버님의 깊은 배려로, 우리가 7년 동안 그 고약한 냄새를 맡지 않게 오물을 밖에 버리도록 고안된 문이다.

이 탑은 원래 망을 보기 위해 만들어졌으며, 공주님의 존경하는 아버님의 영토인 **티토의 정원**과 동쪽 나라 **언더의 생각** 사이 접경에 서 있었다. 위층은 전망대였는데 지금은 유리창마저 벽돌로 다 가려져 있다. 내 생각에는 너무 쉽게 도망칠까 봐 막은 것 같기도 하고, 아니면 임금님이 공주님의 영혼마저 어둠으로 부숴 버리고 싶은 마음에 그렇게 한 것 같다. 위층은 공주님 방이다. 벽돌 틈새로 조금이나마 신선한 공기가 스며들기 때문에 탑에서는 가장 좋은 곳이다. 그리고 틈새에 얼굴을 바싹 붙이면 푸른색이 보이는데, 아마 하늘인 모양이다. 어쩌면 내가 본 게 그림자일지도 모르지만.

중간층이 부엌인데 난로와 냄비와 식탁 그리고 의자가 하나 있다. 벽을 따라 장작이 산더미처럼 쌓여 있으며, 바닥에는 유일한 내 친구인 짚으로 만든 잠자리가 있다. 사다리를 타면 지하로 내려갈 수 있는데 그림으로 그리면 이렇게 생겼다.

　그곳에 가면 얼마나 뿌듯한지 몸이 떨릴 정도다. 지하실에는 음식이 산더미처럼 쌓여 있다. 통이며 부대며 상자로 가득하다. 그리고 지하실 바닥 한가운데에는 아주 멋진 우물도 있다. 공주님이 위에서 낮잠을 주무시면 나는 이곳으로 내려와 식량을 그저 쳐다본다. 7년 치 식량이라니! 한 번도 상상해 보지 못했었다. 비록 하늘을 볼 수 없지만 춤이 저절로 나온다. 적어도 7년 동안은 굶을 일이 없다. 나 같은 천한 떠돌이 유목민에게는 천국이나 다름없다. 우리 엄마가 봤다면 얼마나 환하게 웃으셨을까!

지난 며칠 동안은 탑에서 어떻게 생활할지 열심히 궁리하느라 시간을 다 보냈다. 밀가루가 몇 부대인지, 소금에 절인 말린 양고기가 몇 통인지, 7년을 지내려면 하루에 어느 정도 먹으면 되는지 알아보느라고 말이다. 글자와 숫자를 배워 계산한 것을 적어 놓을 수 있다는 게 얼마나 다행인지 모른다. 수지 양초 수십 상자에 양피지도 잔뜩 쌓여 있어, 7년 동안 계속 글을 써도 충분할 듯싶다.

지난 며칠 동안 내가 만든 요리들이다.

아침 : 설탕을 넣어 데운 우유와 납작보리로 만든 빵. 매일 아침 파수꾼들이 쇠 여닫이문을 두들기고는 뿔잔에 담긴 갓 짠 말 젖을 건네준다. 그러면 나는 제일 먼저 성산이 있는 북쪽 구석에 말 젖 몇 방울을 뿌리고 기도를 드린다. 전통적으로 우유는 돌멩이가 아닌 흙에 뿌려야 하지만 쇠문이 있는 쪽은 남쪽이라 할 수 없다.

점심 : 똥빵. 우리 유목민은 그렇게 부른다. 물론 공주님 앞에서는 그런 저속한 단어를 쓰지 않는다. 양파와 부드러워질 때까지 푹 익혀 소금에 절인 고기를 밀가루 반죽에 싼 다음 석탄 속에서 구워내는 요리다. 엄마와 그렇게 만들어 먹고는 했다. 하지만 지금은 계피와 후추를 뿌린다! 탑에 들어오기 전에 딱 두 번 양념 뿌린 음식을 먹어 봤었다. 하지만 내 손을 직접 양념 통에 넣어 가루나 씨를 만져 본 적은 한 번도 없다. 언젠가 내가 이 세상을 떠나 성산에 오르면, 조상님들 모습이 너무 아름답고 눈부셔 똑바로 볼 수는 없겠지만, 어쩐지 조상님들의 몸과 입에선 후추와

계피와 아니스, 회향풀 향이 날 것만 같다. 그게 바로 천국이겠지?

저녁 : 쌀, 마른 콩, 건포도를 우유에 끓여서 설탕을 조금 넣어 달게 해 먹는다. 맛이 좋다. 공주님은 점심이 아닌 저녁을 거하게 먹는 습관에 익숙해져 있다고 말한다. 나는 이해되지 않는다. 어쨌든 공주님이 저녁과 점심 메뉴를 바꾸라고 명령하지 않아 나는 그대로 고수할 생각이다.

지난 며칠 동안 먹은 음식이 내가 이제껏 먹어 본 어느 음식보다 훌륭하다. 만약 공주님의 몸종이 된다는 게 공주님과 같은 음식, 심지어 양념까지 넣은 음식을 먹는 것이라면 내가 불평하는 소리는 결코 듣지 못할 것이다.

이따금씩 긴 하루를 보내는 공주님에게 마른 과일이나 치즈 조각을 드리기도 한다. 그런데도 공주님은 배가 고파 죽겠다고 한다. 우리 엄마가 늘 말했듯이 배 속이 아니라 입이 더 투덜댄다. 공주님은 배가 고플 리가 없다. 하지만 사랑하는 사람과 헤어져 갇힌 처지에서, 찢어질 정도로 아프고 허전한 마음을 음식으로 채우려는 모양이다.

이제 음식 이야기는 그만! 나는 매일 세끼를 먹고, 밤이면 잠을 자며 팔로 입을 가리고 웃는다. 그러고는 기도를 드려 엄마에게 내가 잘 지내고 있다는 것을 알린다.

11일째

생각해 보니 우리가 왜 이렇게 갇히게 되었는지 말해야 할 것 같다. 점심도 다 먹고 치웠으며 빨래도 끝났고 공주님도 쉬고 계시니, 촛불을 바라보는 것 말고는 달리 할 일도 없으니까. 촛불은 이리저리 날뛰는 봄날의 새끼 사슴처럼 나풀거린다. 가끔 나는 하염없이 몇 시간이고 촛불만 바라보고 있는 내 자신을 발견한다. 하지만 지금은 글을 써야겠다.

내가 이 **티토의 정원**이라는 나라에 온 건 불과 일 년 전이다. 엄마는 그해 여름에 많은 사람들의 목숨을 앗아간 열병에 걸려 돌아가셨다. 조상님이여, 엄마를 돌보아 주소서. 나는 혼자였다. 아버지는 내가 갓난아기였을 때 돌아가셨으며, 오빠들은 내가 머리를 두 갈래로 땋고 다니던 여덟 살 때 어떻게든 혼자라도 살아남으려 집을 나갔다. 이제 나는 머리를 하나로 땋고 다닌다. 하지만 여전히 등 뒤로 길게 늘어뜨린다. 공주님은 결혼도 하지 않았고 나보다 한 살밖에 많지 않지만, 머리를 땋아 위로 올렸다. 아마 왕족이니 머리를 마음대로 할 수 있나 보다.

어쨌든 엄마가 조상님의 나라로 떠나신 다음, 나는 일거리를 찾으러 초원에서 한참을 걸어 도시로 나왔다. 도시에는 사람들이 너무 많았다. 모두들 어디서 잠을 자는 걸까? 저렇게 많은 사람들은 뭘 먹고 살까? 그런저런 생각에 머리가 깨지는 것 같았다. 나는 곧 한 나리의 집을 찾아서 내게 마지막 남은 가축을 바치고 일자리를 얻었다. 다들 마님이라고 부르는 한 마른 여인이 나더러 앞에 서 보라고 하더니 어떤 기술을 가지고 있냐고 물었다. 마침내 마님은 마구간에서 일하는 게 제일 좋겠다고 결론짓고, 마구간 가는 길을 가르쳐 주려고 일어나다가 움찔 등을 문질렀다.

내가 물었다.

"등이 아프세요, 마님?"

마님은 아무 대답도 하지 않았다. 그렇게 대뜸 묻는 게 너무 나서는 짓일까? 하지만 내가 도움을 줄 수 있을지도 모르는데, 왜 가만히 입을 다물고 있어야 하는가? 그래서 나는 계속 말했다.

"제가 도와 드릴 수 있을 것 같은데요, 마님. 허락해 주시면……."

마님은 싫다고 하지 않았다. 그래서 나는 손을 마님 등에 대고 육체의 고통을 다스리는 노래를 부르기 시작했다. 천천히 부드럽게.

"나에게 말해 봐, 그곳은 어떤지."

그런 다음 고질적인 고통을 경감하는 경쾌한 가락으로 이어 불렀다.

"여름날의 열매들. 빨간색 열매, 보라색 열매, 초록색 열매……."

내가 노래를 끝맺자 마님은 몸을 죽 폈다.

"그래. 너는 유목민 출신이구나, 그렇지? 병을 고치는 노래를 이전에도 들어 봤지만, 그리 대단하다고 여기지 않았는데."

그러더니 마님은 나를 유심히 쳐다보면서 이상한 질문들을 마구 퍼부었다.

"발작을 일으키는 공주님을 위한 치료법은 뭐지?"

"따뜻한 우유를 마시게 하고 등을 문질러 주는 거예요."

나는 쉽게 대답했다.

"한 줄로 똑바르게 박음질해 보아라."

그래서 나는 길과 도시의 신인 **리스**의 손가락보다도 더 곧게 바느질했다.

"어디, 손을 한번 보자꾸나."하고 마님은 내 손에 박힌 굳은살을 보고는 말했다. "흐음, 그래 유목민이었던 네 엄마가 병을 고치는 노래를 모두 가르쳐 준 게냐?"

"노래를 전부 다 아는 사람이 있을지도 모르겠지만, 저는 그저 쓸모 있는 노래 몇 개만 알고 있어요. 새끼를 낳는 암말을 도와주는 노래라든지, 야크 젖을 짤 때 가만히 있게 달래는 노래라든지요."

"아니, 아니다. 말이나 야크를 위한 노래는 필요 없어. 고통, 즉 요통이나 복통, 두통 같은데 잘 듣는 노래면 돼. 네가 나를 위해 불러 준 노래처럼 말이다."

"열두어 개쯤은 알고 있어요."

"그렇다면 너를 **티토의 정원**에서 가장 존경하옵는 임금님의 딸, 샤렌 공주님의 몸종으로 들여보내야겠구나. 몸종으로서의 교육이 끝날 즈음에는 공주님께 아마 새로운 몸종이 필요하실 게야. 몸종을 얼마나 빨리 갈아 치우시는지."

마님은 나를 '퀘단'이라는 이름의 한 늙은이에게 보냈다. 퀘단은 나리 집 가까이 살고 있었다. 나는 늙은 퀘단을 위해 밥을 짓고 청소를 했다. 오후에 필경사를 희망하는 사람들이 글을 배우러 퀘단을 종종 찾아왔다.

마님이 말했다.

"샤렌 공주님의 몸종이 되려면 글을 깨우칠 필요가 있을 거야."

그때는 이유를 알지 못했지만 이제는 안다. 대부분의 다른 귀족들과는 달리 샤렌 공주님은 글을 모르기 때문이다.

매일같이 거하게 두 끼를 먹고 늘 꺼지지 않는 불 옆에서 잠자고, 먹으로 쓰인 암호 같은 글을 배우는 시간은, 낯설지만 너무나 멋졌다. 잡일을 일찍 마치는 날에는 퀘단이 나에게 그림도 가르쳐 주었다. 얼마나 바쁘고 잘 먹었던지 나는 잠자리에만 들면 곯아떨어지기 일쑤였다.

하지만 간혹 잠을 이루지 못하고 뒤척이다 멍하니 허공을 바라다볼 때면 슬픔이 밀려오기도 했다. 퀘단의 컴컴하고 적막한 집에서 내 가슴속의 슬픔은 강물이 되어 흘렀고, 나는 그 슬픔에 빠져 허우적거리며 싸늘하게 어디론가 떠내려가곤 했다. 이게 내 심정을 가장 잘 드러낸 표현이라고 할 수 있다. 나는 엄마가 그리웠던 것이다.

가끔 등이 몹시 아플 때, 퀘단은 우리에게 성질을 내면서 양초를 던지기도 했지만 대체로 좋은 선생님이었다. 퀘단은 글 쓰는 연습으로 가장 좋은 방법은 자기 생각을 적는 습관을 들이는 것이라고 했다. 첫 번째 일기는 정신없이 탑에 갇히는 바람에 두고 왔다. 나는 양피지와 먹물 더미에서 빈 공책을 찾아내서, 공주님에게 내가 가져도 되냐고 물었다. 공주님에게는 아무 소용없는 물건이라 흔쾌히 허락해 주었다.

지금 생각하면 웃음이 난다. 그렇게 많은 시간을 글공부에 사용했는데, 이제 탑에 갇혀 공주님의 연애편지나 일기를 대신 써 줄 필요도 없게 되었으니 말이다. 그 대신 나는 갇혀 지내는 우리의 생활을 기록으로 남길 것이다. 그래서 7년이 지난 다음 임금님의 부하들이 오랫동안 햇빛과 신선한 공기가 부족해 시든 생강 뿌리처럼 쭈그러진 가냘픈 공주님과 미천한 몸종을 발견한다 해도, 이 기록을 통해 우리에게도 행복했던 시간이 있었음을 알게 될 것이다.

하지만 공주님은 행복하지 않은 모양이다. 공주님은 침대에서 또 뒤척이고 있다. 저렇게 고통스러워하는 게 왕족의 운명일까? 조상님들은 왕족과 귀족들에게 아름다움과 완벽함, 훌륭한 음식과 커다란 집 그리고 세상을 제 마음대로 할 수 있는 힘을 주었지만 저렇듯 괴로움과 슬픔에 시달리는 저주도 내리신 걸까? 불쌍하고 또 불쌍한 공주님!

이제 공주님에게 가 보는 게 좋겠다, 글은 나중에 쓰고. 글 쓸 시간은 앞으로도 아주 많을 테니.

13일째

오늘 내가 빨래하는 동안 공주님이 내 잠자리에서 주무셨다. 자기 방으로 올라가고 싶지 않았던 모양이다. 공주님은 오늘 발가락 쪽이 길게 휘어져 올라간 멋진 신발을 신고 있다. 분명 예쁘긴 하지만 사다리를 오르기엔 힘들게 생긴 신발이다. 그렇다고 무엄하게 내가 공주님 침대에서 잘 수도 없다. 그래서 나는 일기를 쓴 다음 지하에 있는 곡식 자루로 잠자리를 만들 예정이다. 조상님들이여, 공주님을 보살펴 주소서!

퀘단 밑에서 일 년을 보낸 후 마님은 나에게 공주님의 몸종이 되겠다는 서약을 하도록 시켰다. 나는 손가락을 찔러 피를 성산이 있는 북쪽에 뿌리면서 조상님들이 적절하다고 판단하시건 안 하시건 공주님을 섬기겠다고 맹세했다.

"하지만 저는 여전히 유목민인 거죠, 마님?"

마님이 대답하셨다. "너는 언제나 유목민이지."

나는 안심이 되었다. 유목민이 평민 중에서도 가장 낮은 계급이고 공주님의 몸종이 되는 일이 얼마나 영광스러운지 나도 안다. 하지만 나는 초원에서의 생활과 엄마와 엄마가 가르쳐 주신 것들에게 서 등을 돌릴 수 없다.

나는 머리끝에서 발끝까지 그리고 뼛속 깊숙이까지 내가 유목민임을 느낀다.

맹세 후 마님은 나를 수도 한가운데에 있는 궁전으로 데려가서는, 그곳에 나를 두고 가셨다. 빨간색과 초록색 타일을 3층으로 얹은 지붕 때문에 궁전은 가을 산처럼 아름다웠다.

하지만 궁전 안은 웅장하지만 냉랭했다. 반겨 주는 분위기가 아니었다. 바닥은 얼음을 잘라서 깔아 놓은 것 같았고, 사람들은 모두 분주히 돌아다니고 있었다. 여자들은 울부짖고 남자들은 고함을 질러 대며. 나는 늘 이런 곳인가 보다 싶었다. 뭔가 문제가 생겼다고는 생각지 못하고.

나는 여러 시간 동안 구석에 앉아 누군가가 나를 알아차려 주기만을 기다렸다. 거울에 내 모습이 비쳤다. 설탕처럼 세련된 궁전 한가운데에, 유목민의 장화와 작업복 차림의 내가 너무 초라해 보였다.

아무도 나에게 눈길조차 주질 않길래, 옳은 행동은 아니지만 나는 새 주인인 공주님을 직접 찾아 나서기로 했다. 조상님들이시여, 용서하소서. 하지만 어찌 하겠습니까? 그렇게 앉아만 있으면 아무 소용도 없는데.

심부름을 하는 남자 아이가 복도를 이리저리 뛰고 시녀들은 긴 의자에 뿌루퉁하게 앉아 있었다. 몇몇은 훌쩍이기까지 했다. 샤렌 공주님의 방이 어디냐고 물었지만 아무도 그곳에 왜 가려는지 궁금해 하지 않았다.

나는 눈을 찡그리면서 천천히 방으로 들어갔다. 나는 이전에 한 번도 왕족을 본 적이 없기 때문에, 공주님 안에서 빛나는 시조님의 영광이 너무 눈부셔 눈이 멀면 어쩌나 걱정했었다. 하지만 조금 실망했다. 흰색 잠

옷을 입은 채 땋은 머리카락의 반이 삐져나온 공주님의 모습이 너무 평범해서였다. 벌겋게 충혈된 눈은 퉁퉁 부어 있고, 콧물을 질질 흘리는 맨발의 공주님이라니……. 공주님은 침대에 앉아 침대 기둥만 뚫어져라 쳐다보고 있었다.

나는 우선 공주님의 머리를 제대로 빗겨 촘촘히 땋아 주고 제대로 옷을 입혀 공주님다운 모습으로 만들어 드리고 싶었다. 신성한 시조님의 영광이 제대로 빛을 발할 수 있게. 하지만 나는 그저 그 자리에서 아무 말 없이 조용히 서 있기만 했다. 공주님이 고개를 들어 나를 봐 주기를 바라면서. 평민이 왕족에게 먼저 말을 거는 건 당연히 허락되지 않는 일이었으니까.

발바닥이 쑤실 즈음에서야 공주님은 나의 존재를 알아차렸다. 공주님은 그렇게 내내 눈 하나 깜짝하지 않고 있었던 것이다.

"넌 누구야?"

공주님은 열여섯 살이었는데도, 어딘지 어린아이 같은 면이 있었다.

"공주님, 저는 다쉬티라고 합니다. 새로 온 몸종이에요."

"그럴 리가 없어. 다들 내 몸종이 되고 싶지 않다고 숨어 버리는데……." 공주님은 그렇게 말하다가 나를 살펴보더니 물었다. "이름이 뭐라고?"

나는 다시 말했다. "다쉬티입니다, 공주님."

공주님은 침대에서 팔짝 뛰어내리더니 내 손목을 꽉 잡았다. 얼마나 민첩하고 힘이 세던지 나는 깜짝 놀랐다.

"다쉬티, 나를 섬기겠다고 맹세해! 무슨 일이 있어도 나를 버리지 않겠다고 맹세해! 맹세하라니까!"

"물론이에요, 공주님. 맹세합니다."

나는 공주님이 왜 그렇게 필사적으로 소리치는지 의아했다. 나는 이미 공주님의 몸종이 되겠다는 서약도 했고, 글을 비롯한 모든 필요한 것을 배웠는데…….

"됐어." 공주님은 무엇인가를 찾는 듯 방 안을 돌아다니더니 재차 말했다. "됐어! 그럼."

나는 공주님을 침대로 모셔 가 앉힌 다음 엉클어진 머리를 빗겼다. 그런 다음 공주님 머리에서 총기가 빠져나가지 않게, 머리카락 하나 삐져나오지 않도록 촘촘히 땋았다. 공주님은 내가 얼굴과 손, 겨드랑이와 발을 씻기는 동안 거의 움직이지 않았다.

나는 옷을 찾기 위해 옷장을 살펴보았다. 수십 벌의 드레스가 걸려 있었다. 드레스는 평민들이 아래위 옷을 다 갖춰 입은 다음 입는 긴 소매 옷처럼 생겼다. 하긴 내 옷과 공주님 옷을 비교하는 건 지렁이와 뱀을 비교하는 일 같지만……. 도시에 오기 전 내가 봤던 옷들은 모두 가죽이나, 털 아니면 펠트로 만들어진 것뿐이었다. 퀘단은 다른 종류의 옷감들을 가르쳐 주었다. 문직, 공단, 다마스크, 명주……. 모르긴 몰라도 공주님은 모든 종류의 옷을 다 가지고 있을 것이다. 수놓인 고운 천을 겹겹이 이어 붙여 여름날의 지는 태양처럼 화려하게 장식한 옷들도 있을 테고. 그런 옷을 그렇게 많이 가진 사람이 어디 있냐며 내가 거짓말한다고 생각할지도 모르지만, 여덟 조상님께 맹세코 내가 말하는 것은 모두 사실이다.

옷을 입혀 드리고 머리를 빗기고 깨끗하게 씻기자 샤렌 공주님의 아름다움이 빛을 발하기 시작했다. 공주님도 그렇게 생각하신 모양이다. "고마워, 다쉬티."라고 말씀하신 걸 보면 말이다.

공주님 말씀을 들으니 마치 나 자신이 머리를 빗고 깨끗하게 씻은 느낌이었다.

그때 공주님의 위엄하신 아버님이 들어오셨다. 공주님은 몸이 뻣뻣하게 굳더니, 터져 나오는 울음을 참으려는 듯 훌쩍이기 시작했다. 임금님은 다리 하나가 온전하지 않았다. 나는 너무 놀라 눈을 뗄 수 없었다. 이런 말이 무례인 줄은 알지만, 왕족은 시조님의 자손들이라 팔다리가 멀쩡하고 아름답게 빛이 나는 사람들인 줄 알고 있었다. 공주님의 아버님이 만약 평범한 옷을 입고 계셨다면 분명 나는 유목민이라고 생각했을 것이다. 임금님이 불구이신 게 조상님들의 깊은 뜻인 건지, 아니면 계략의 신 **언더**가 내 눈을 속이고 있는 건지…….

"아직도 질질 짜고 있느냐?"

임금님이 물었다. 덩치에 비해 목소리가 굉장히 컸다.

"**티토**와 그의 동물들, 다 네가 망쳐 놓은 거야. 그런데 그걸 가지고 질질 짠다는 건 더러운 배설물 속에서 뒹구는 꼴이다."

임금님은 공주님을 한동안 쳐다보았다. 티토와 그의 동물들을 두고 맹세하건대, 임금님의 눈에 얼핏 동정심이 비쳤었다. 엄마를 두고 맹세할 수 있다. 하지만 그런 느낌도 임금님이 공주님의 뺨을 때리기 전까지였다. 그런데 이상하게도, 화가 나서라기보다 의무감에서 하는 행동 같아서 이해되지 않았다.

엄마는 종종 이렇게 말했다. "남을 때리는 행동은 겁쟁이나 주정뱅이의 언어란다."

그런데 존경받는 왕이 훌쩍거린다고 자기 딸을 때리고 있었다.

"이건 또 뭐야?" 임금님은 그제야 나를 발견하시고는 나의 거친 장화, 모직 옷, 가죽 허리띠를 쳐다보며 말씀하셨다. "아니, 네 몸종이 왜 유목민처럼 입고 있는 게냐? 혹 유목민 출신이냐? 대답해라, 얘야."

나는 대답했다. "예, 그렇습니다, 마마. 초원에서 태어나 살다가 작년에 임금님의 도시에 왔습니다, 그래서……."

"됐다. 네 이야기를 시시콜콜 들을 생각은 없다. 넌 참 볼품이 없구나, 안 그러냐?"

참 쓸데없는 질문 같았다. 나도 내 얼굴과 팔에 붉은 점이 있다는 걸 안다. 머리카락은 뿌옇고 입술은 나뭇잎보다도 얇고. 하지만 엄마는 유목민에게 아름다운 용모는 저주라고 했었다. 엄마의 부족에 태양의 여신 **에벨라**처럼 아름다운 사람이 있었다. 그런데 어떻게 됐게? 한 나리가 그 아름다움에 빠져서 아이를 배게 만든 것도 모자라, 아이와 엄마를 진흙 구렁텅이에 버리고 다시는 돌아오지 않았다. 그게 귀족의 특권이었는지는 몰라도, 유목민 여성에겐 너무 가혹한 처사였다.

공주님의 아버지가 모멸적인 말투로 말했다.

"이제 기억나는구나. 톨루이 여사가 유목민 여자 아이를 하나 보내겠다고 했었지. 이 지옥 같은 곳으로 오게 되다니. 하긴 네가 살던 곳보다 못할 거야 없겠지만. 유목민은 양처럼 풀만 먹고 산다지?"

"아, 마마. 그건……."

나는 왕족에게 반박해도 될지 어떨지 몰라 말을 못 했다.

임금님은 갑자기 아무 이유 없이 뱀이 용트림하듯 공주님의 뺨을 또 한 번 때렸다. 공주님이 얼마나 날카롭게 울어대던지 날아가던 새의 날개도 부러뜨릴 수 있을 것 같았다. 그때부터 나는 공주님이 이해되기 시작했다. 공주님은 아마도 오래전, 스스로 자신을 가눌 수 있는 나이가 되기 전에 엄마를 여읜 게 틀림없었다.

"또 저런다!" 임금님은 작은 머리가 터져 나갈 듯 크게 소리 질렀다.

"앞으로는 조용해지겠지. 네년의 울음소리에도 익숙해졌는데. 어디 마음대로 소리 질러 봐라. 탑에 혼자 갇히면 아무도 네 울음소리를 듣지 못할걸!"

그 말에 공주님은 울음을 뚝 그치고 자기 아버지를 똑바로 쳐다보았다. 그렇게 용감할 수가 없었다.

"난 혼자가 아니에요. 새로 온 몸종이 나랑 같이 들어갈 거예요."

"그래, 네 생각이 그러하냐?" 임금님은 옷장을 뒤적이며 걸려 있던 드레스를 끄집어내어 바닥에 내동댕이치셨다. "너는 몸종을 가질 자격이 없어! 억지로 네 시중을 들게 할 생각은 없다. 허나 몸종이 스스로 너를 따라가겠다고 하는지 어디 한번 들어 보자."

공주님이 내 팔을 잡고 매달렸다.

나는 궁금했다. "어디로 가는데요?"

임금님은 껄껄 웃으시더니 드레스 하나를 집어 소매를 쫙 찢으셨다.

"나는 저 아이의 존경받는 아버지로서 누구라도 부러워할 카사 왕과의 혼인을 정해 놓았다. 카사 왕은 여덟 왕국 중 가장 강한 나라인 **언더의 생각** 임금이다. 그런데 딸년이라는 계집이 나에게 고마워했을까? 동맹 관계를 형성해야 하는 자신의 의무를 헤아렸을까? 천만에! 보잘것없는 나라인 **에벨라의 노래** 왕, 칸 테거스와 혼인을 약속했기 때문에 카사 왕과 결혼하지 않겠다고 선언하더군! 배은망덕도 유분수지! 그래서 나는 이 아이를 망보던 탑에 가둘 예정이다. 벽돌 속에서 7년을 보낸 후에도 그런 태도를 보이는지 어디 한번 두고 보자. 그래, 유목민 소녀야. 이렇게 배은 망덕한 아이와 함께 갇히겠느냐?"

공주님이 내 팔을 얼마나 꼭 붙들고 있었던지 피가 안 통해서 손가락이 차가워졌다. 공주님의 뺨 한쪽은 얻어맞아 빨갰고, 갈색 눈은 하도 울어서 벌겋게 충혈되어 있었다. 마치 막 어미 배 속에서 굴러 나온 어린 양 같았다. 온몸이 축축이 젖은 채 다리는 힘이 없어 휘청거리고 햇빛을 두려워하는 어린 양 말이다.

'공주님 혼자 탑에 갇힌다고!'

엄마가 돌아가신 후의 천막집이 떠올랐다. 숨 쉴 공기가 다 빠져나가고 나를 묻어 버릴 기세로 쓰러지는 듯했던 집……. 한때는 안락하기 그지없던 집도 엄마가 떠나신 후에는 그저 막대기와 거친 천 조각 더미에 불과했다. 혼자 남겨지는 건 정말 싫다. 끔찍하다!

그리고 이미 나는 공주님을 섬기겠다고 맹세한 몸이었다. 머리도 빗고 얼굴도 깨끗이 씻고 나니 공주님이 얼마나 아름다운지, 시조님의 영광이 공주님을 통해 빛나고 있었다. 나는 분명 공주님이 가벼운 생각으로 아버지의 뜻을 거역하는 건 아니라고 생각했다. 저렇게 고집을 피우는 데는 조상님의 축복을 받은 현명하고 속 깊은 이유가 있겠지.

나는 대답했다.

"예, 공주님과 함께 하겠습니다."

그러자 임금님이 냅다 내 입을 후려갈겼다. 하마터면 웃음을 터트릴 뻔했다. 이 모든 걸 다 기억하는 내가 놀랍다.

단어 몇 개는 다르게 사용했는지 몰라도 전반적인 대화는 이런 식이었다. 참말이다. 글을 너무 많이 썼는지 손이 아프고 먹이 말라 글씨가 점점 희미해진다. 오늘 밤은 그만 써야겠다.

14일째

어젯밤에 공주님이 내 침대에 누워 꼼짝도 않으셨기 때문에 나는 지하 보릿자루 위에서 잤다. 하지만 꿈속에서 찍찍거리고 끽끽거리는 소리가 신경 거슬릴 정도로 계속 들렸다. 악몽을 꾸다 일어나 앉았는데 작은 눈 두 개가 나를 노려보고 있었다.

쥐였다! 쥐는 한 마리가 보이면 분명 더 많은 놈들이 있기 마련이다. 나는 이마를 문지르며 계산해 보았다. 공주님과 몸종을 위한 7년치 식량이 있다. 하지만 쥐 떼와 나눌 만큼 충분하지는 않다. 쥐가 이빨로 쏠아 구멍을 낸 곡식 자루가 네 개나 있었다. 수지 양초 여섯 개가 사라졌다. 쥐들이 더 먹어 버리면 어쩌지? 식량과 양초 없이 어떻게 7년을 버티지?

19일째

지난 며칠 동안은 일기 쓸 여유가 없었다. 빨래, 요리, 공주님께 노래 불러 드리는 시간 외에는 빗자루를 들고 지하에 앉아 눈에 보이는 녀석마다 후려쳐야 했기 때문이다. 적어도 열두 마리 이상의 쥐가 있었다.

쥐약을 만들 비소가 없어서 나는 궁리 끝에 쥐덫을 만들었다. 지하실 물건 중에 내 손가락만 한 못들이 있었는데 매우 날카로웠다. 나는 나무통 뚜껑에 뾰족한 부분이 위로 나오게 못을 박았다. 그리고 그 위에 양피지를 얹었다. 보기에는 판판해 보였다. 아마 쥐에게도 그렇게 보일 것이다. 이렇게 생겼다.

오늘 아침에 일어나 보니 쥐 한 마리가 쥐덫에 걸려 죽어 있었다. 공주님께는 숨겨야겠다. 공주님은 이미 몸이 좋지 않다. 나는 복통을 치료하는 노래를 불러 드렸지만, 듣기 싫으신지 물리치셨다. 위층 공주님의 침대에서 뒤척이는 소리가 들린다.

나는 가끔 우리 공주님께 뭔가 잘못된 일이 있다는 생각이 든다. 슬픔에 잠기신 것 같아 슬픔을 치유하는 노래를 불러 드려도 전혀 반응이 없다. 머리를 맑게 해 주는 노래를 불러 드려도 생각을 똑바로 하지 못하신다. 공주님을 괴롭히는 게 뭔지는 모르지만, 노래 몇 개로 치유될 것 같지 않다. 마님은 내가 치유의 노래를 알고 있기 때문에 나를 뽑으셨다. 조상님들이 공주님의 병을 고치라고 나를 보내셨나 보다. 공주님에 대한 내 의무는 공주님을 먹이고 씻기는 일 이상이라는 생각이 들기 시작했다.

공주님을 괴롭히는 게 무엇일까? 칸 테거스 님을 향한 사랑 때문에 괴로우신 걸까? 두 사람 사이의 사랑이 얼마나 깊은지, 나로서는 도저히 알 수 없다. 7년 동안 푸른 하늘을 포기하고 벽돌 감옥 안에 갇히는 것도 마다하지 않을 만큼 강력한 사랑임에 틀림없다. 나도 옛날에 착한 눈매의 소년을 좋아한 적이 있었다. 하지만 나라면 그 아이 때문에 태양을 포기하지는 않을 것이다. 공주님의 칸님은 아마도 전설에나 나오는 멋진 분인 모양이다. 태양의 여신 **에벨라**가 만드신 눈부시게 빛나는 남자 말이다. 내가 칸님을 뵙게 되면 눈이 부셔 눈을 찡그리게 될지도 모르겠다. 공주님께 여쭤 봐야지.

그 이흑

공주님은 눈을 찡그리셨는지 아닌지 기억하지 못하셨다.

27일째

공주님의 병은 나아지기는커녕 날이 갈수록 더 악화되는 것 같다. 공주님은 굴뚝에 바람 드는 소리나 마룻바닥 삐걱거리는 소리에도 깜짝깜짝 놀라셨다. 소리가 마치 등 뒤에서 공주님을 잡아당기는 차가운 손처럼 느껴지는지 깜짝 놀라며 소리 내 우신다.

오늘 공주님이 위층에 누워 계시는 동안, 밖에서 고함치는 소리가 들렸다. 조상님들이여, 우리를 보살펴 주소서. 공주님이 싫어하실 만한 소리였다. 아니나 다를까 공주님이 사다리를 타고 서둘러 내려오셨다. 얼마나 당황하셨는지 급히 내려오시다 무릎을 찧기까지 하셨다. 제대로 일어나시지도 않고 공주님은 기어 오다시피 하시며 내 다리를 꼭 붙들었다.

"그 사람이 왔어, 다쉬티. 어떻게 해 봐! 여기 왔다고!"

나는 공주님이 누구를 말씀하시는지 몰랐다. 분명 우리 탑 주위를 도는 파수꾼일 텐데. 공주님께 그렇게 말씀드렸더니 격렬하게 부인하셨다.

"아니야, 그 남자야! 그 사람이라고!"

"누구요, 공주님?"

"카사 왕 말이야." 공주님은 마치 탑 벽이 금방 무너지기라도 하듯 벽에서 눈을 떼지 못했다. "내가 거절했다고 아마 굉장히 화났을 거야. 절대로 포기할 사람이 아니야. 난 알아. 지금 난 줄에 묶인 채 늑대 먹이로 내놓은 양이나 다름없어. 이제 그 남자가 와서 나를 잡아다 결혼하고 결국 나를 죽일 거야."

나는 공주님을 안고 노래를 불러 드렸다. 그 바람에 점심이 불에 타 버리고 말았다. 공주님은 내내 몸을 덜덜 떨면서 입도 다물지 못하고 마른 눈물을 흘리며 우셨다. 나는 그렇게 우는 사람은 처음 보았다. 공주님은 정말 두려워하고 있었다. 그 모습에 내 피도 얼어붙는 듯했다. 공주님을 저토록 괴롭히는 것이 무엇인지 알고 싶었다. 하지만 어쩌면 시기상조인지도 모른다. 엄마는 늘 다른 사람의 영혼까지 들여다보려면 천 일은 걸린다고 말씀하시곤 했다. 차가워진 돌멩이로 밤이 왔음을 알 무렵에서야 공주님의 손에서 힘이 빠져나갔다. 기진맥진한 공주님은 내 침대에서 끓아떨어졌다. 나는 쥐들이 들끓는 지하실에서 잠을 자야 할 것 같다.

카사 왕의 무엇이 공주님의 모든 뼈마디가 흔들릴 정도로 겁을 주는 걸까? 그리고 정말 그분이 공주님을 데려가려고 오셨을까? 하지만 그런 걱정은 다 부질없는 일이다. 카사 왕이 와도 도망칠 방법이 없으니……

31일째

몇 분 전에 목소리가 또 들렸다. 나는 빨고 있던 옷을 내팽개치고 공주님에게 달려갔다. 공주님이 내 목에 어찌나 꼭 매달렸던지 말도 하기 힘들었다.

"그 사람이야, 그 사람!" 공주님은 그렇게 중얼거리면서 얼굴을 내 목에 파묻었다. "내가 말했잖아! 카사 왕이야. 그가 돌아왔어!"

하지만 나는 찬찬히 귀 기울여 들어 보았다. 목소리가 점점 또렷하게 들렸다. 그 목소리는 숨죽여 이렇게 말하고 있었다.

"샤렌 공주님! 내 말이 들립니까? 테거스입니다. 공주님, 죄송합니다."

입이 떡 벌어졌다.

"공주님! 공주님의 칸님이에요, 칸 테거스 님이에요!"

공주님은 벽을 뚫어져라 쳐다보았다. 나는 공주님이 달려 나가 그분의 목소리를 듣고 행복해서 눈물을 흘릴 거라고 생각했다. 하지만 공주님은 꼼짝도 하지 않았다. 이렇게 일기를 쓰고 있는 지금도 공주님은 내 침대에 앉아 무릎을 꼭 끌어안고 계시다. 칸님의 목소리가 계속 들렸다.

"공주님, 그분께 가 봐요. 금속 뚜껑을 열면 대화할 수 있어요."

하지만 공주님은 고개만 가로저을 뿐이었다.

그 후에

정확하게 어떤 일이 일어났었는지 최선을 다해 기억해 보겠다.

불쌍한 테거스 님이 저토록 애처롭게 공주님을 부르는데, 계속 내버려
두는 건 옳은 일이 아닌 것 같았다. 파수꾼에게 들키지 않도록 소리를 낮
추는 동시에 어떻게든 큰 소리를 내려는 까닭에 목소리가 거칠었다. 적어
도 누군가는 대답을 해 주어야 했다. 나는 나무 숟가락을 가지고 와서 뚜
껑에 꽂아 열어 놓았다. 내가 막 입을 떼려는 순간 공주님이 펄쩍 뛰어오
더니 내 입을 손으로 틀어막고는 숨을 죽이고 물었다.

"뭐라고 할 건데?"

나는 손가락 사이로 되물었다. "제가 뭐라고 했으면 좋겠어요?"

공주님은 손을 치우더니 이리저리 서성이면서 초조한 듯 머리를 문질
렀다. 도망칠 수만 있으면 어디건 도망치고 싶어 하는 것 같았다. 불쌍한
공주님!

"네가 나라고 해."

"뭐라고요? 왜요, 공주님?"

"너는 내 몸종이잖아."

공주님은 여전히 겁먹은 토끼처럼 벌벌 떨었지만 목소리는 단호했다.
자기가 왕족이라는 사실을 잘 아시는 듯했다.

"몸종에게 내가 시키는 대로 말하게 하는 것도 내 권리야. 나는 다른
사람에게 직접 말하고 싶지 않아. 만약 저 사람이 그분이 아니라면 어찌

려고? 우리를 해치려는 사람이라면?"

"하지만 목소리를 들으면 공주님이 아니라는 걸 아실 거 아니에요?"

공주님은 손을 들어 올리더니 신성한 아홉 신, 즉 여덟 시조님과 영원한 푸른 하늘을 두고 복종하라고 명령하셨다. 다른 사람 행세를 하는 것은 무엇보다도 끔찍한 죄이며, 평민인 주제에 공주님을 사칭하는 죄는 더욱 크지만, 아홉 신을 두고 명령을 내리시는데 내가 뭘 어쩌겠는가? 공주님은 나의 주인이고 그리고 존경받는 왕족이다. 절대로 거역해서는 안 된다. 조상님들이여, 부디 용서하소서!

"칸…… 칸 테거스." 나는 구멍을 통해 말했다. 한 마디 한 마디가 쿵쾅거리는 심장 박동 소리를 흉내 내는 듯 끔찍하게 더듬거렸다. "저 여기 있어요. 샤…… 샤렌이에요."

그분이 가까이 다가오는 소리가 들렸다. 달빛으로 금속 뚜껑 앞 땅바닥을 디디고 있는 장화 끝이 보였다. 아침나절에 비가 와서 땅이 깨끗이 씻겨 내려간 게 고마웠다.

"공주, 용서하오. 공주의 부친을 설득하려고 **티토의 정원**에 왔습니다만 부친이 알현을 허락해 주시지 않더군요. 카사 왕이 아니면 공주님을 그 누구와도 결혼시키지 않을 거란 말만 전해 받았소. 우리나라의 전쟁대신에게 의논한 바, 우리가 **티토의 정원**을 전면 공격할 경우 승산은 있지만 양쪽에 큰 피해가 있을 거라 하오. 제 생각엔…… 공주도 그런 걸 원하지 않을 것 같고, 전쟁을 일으켜 공주의 부친과 오라버니를 대적하고 싶지도 않소."

"맞아요, 물론이죠." 나는 이렇게 대답했다.

칸님의 목소리는 아주 슬프게 들렸다. 나는 칸님을 위로할 방법이 없는지 생각해 보았다.

"걱정하지 마세요. 우리에게는 식량이 충분히 있답니다. 설탕도 다섯 부대나 있고 대식구를 거느린 암돼지도 만족할 만큼 마른 요구르트도 많아요."

칸님이 웃었다. "그거 다행이군요."

"그렇죠? 밀가루도 열다섯 부대, 보리 스무 부대, 소금에 절인 양고기 마흔두 통……. 아, 식량에 대해 듣고 싶지 않으실 텐데……."

"아니, 왜요? 먹을 것보다 중요한 게 뭐가 있겠습니까?"

"맞아요!"

공주님의 칸님은 생각이 바른 것 같았다. 목소리가 더 이상 애처롭지 않게 들려서 훨씬 관심이 갔다.

"그런데 어떻게 우리에게 말을 거실 수 있나요? 파수꾼들도 당신이 온 것을 아나요?"

"파수꾼은 다들 잠들었소. 내 부하들이 근처 숲에서 야영하고 있다오. 파수꾼들이 몸을 녹이러 막사로 들어갈 때까지 여러 시간 동안 망을 보고 있었죠. 밤이 춥군요. 파수꾼들이 다시 순찰을 돌지 모르니 오래 머물지 않는 게 좋을 듯하오. 내일 다시 오겠소. 혹 필요한 것은 없나요?"

우리 공주님께 필요한 게 뭘까? 햇빛, 별빛, 신선한 공기.

"밖에서 들여올 수 있는 물건이요? 꽃을 볼 수 있으면 좋으련만."

"꽃이요? 꽃보다 더 귀중한 것을 원하실 줄 알았는데."

나는 쥐에 대한 불평을 늘어놓고 싶지는 않았다. 왕족들이 그런 걱정을 하는지 알 수가 없었으니까. 그래서 나는 그저 이렇게 대답했다.

"먹을 것도 많고 담요도 충분해요. 괜찮아요."

"다행이군요. 그럼 내일 다시 오겠습니다, 공주님."

"안녕히 가세요……."

나는 감히 '나의 칸 테거스'라고는 할 수 없었다. 그건 너무 심한 거짓말이니까. 그분은 공주님의 칸님이고 공주님의 마마였다. 밧줄 덩어리를 삼키는 기분으로 나는 나무 숟가락을 잡아 뺐다. 금속 문이 철커덕 소리를 내며 닫혔다. 나는 그 즉시 북쪽을 향해 무릎을 꿇고 기도를 드렸다.

"조상님, 용서하소서. 천한 유목민 다쉬티가 모든 행동과 말을 거짓으로 고했나이다."

나는 큰 소리로 기도를 읊었다. 공주님이 듣고 양심의 가책을 느껴, 다음번에는 당신의 칸님에게 직접 말하게 말이다.

공주님은 뭐가 그렇게 두려운 걸까? 도대체 이해되질 않는다. 공주님은 매일매일 더 나빠지기만 한다. 탑 병이 드시는 모양이다. 머리를 빗겨 드린 다음 정신을 차리실 수 있게 노래를 불러 드려야겠다. 이런 노래를…….

"저 아래, 저 너머. 저기를 지나면 커다란 집에 불빛이 보이고 식탁에는 풍성한 음식이……."

32일째

어젯밤 테거스 님이 다시 찾아오셔서 목소리를 낮춰 공주님을 불렀다.

"공주, 나의 공주님!"

나를 찾는 게 아니기 때문에 나는 아무 대답도 하지 않았다. 나는 침대에 앉아 양말을 한 땀 한 땀 꿰매면서, 공주님이 직접 테거스 님에게 말씀하시기를 바랐다.

"나의 공주?"

칸 테거스 님은 금속으로 된 뚜껑을 두들겼다. 밖에서는 열 수 없는 뚜껑이다.

똑 똑 똑.

"샤렌 공주님? 괜찮나요?"

마침내 공주님은 하나밖에 없는 우리 의자에서 일어나 내 앞에 서셨다. 나는 공주님이 직접 답하기를 기도하며 그저 양말만 기웠다. 공주님이 명령하셨다.

"다쉬티, 가서 대답해."

"제발요, 공주님."

나는 공주님의 명을 거역할 수가 없다. 마님이 아셨다면 야단치셨겠지. 하지만 도시 남쪽 성벽에서 교수형을 당하느니 야단을 맞는 게 낫잖은가? 도시에 들어가 살 때, 그곳이 끔찍한 죄를 저질러 조상님의 나라로 들어갈 희망이 없는 자들을 처형하는 곳임을 알게 되었다. 남쪽 성벽. 성산에서 가장 먼 쪽이었다.

공주님이 나에게 손을 내밀었다. 공주님의 손은 얼마나 아름답던지! 나는 공주님 같은 살결을 본 적이 없다. 얼마나 보드라운지 조금도 튼 곳이 없고 손바닥은 소가죽처럼 매끄럽기까지 하다. 조상님과 영원한 푸른 하늘을 두고 맹세하건데, 물보다 더 거친 건 건들지도 말라고 만들어진 손 같았다. 공주님의 명령으로 인해 내가 교수형을 당한다고 해도 할 수 없다. 공주님의 뜻이니까.

나는 마음속으로 기도를 드렸다. 용서하소서, 질서의 신 **니부스**여!

공주님은 내가 나무 숟가락으로 뚜껑을 비틀어 여는 동안 내 침대에 앉아 있었다.

나는 말했다. "저 여기 있어요."

달빛에 어슴푸레 칸 테거스 님의 장화가 보였다. 갈색 가죽에 이중 박음질을 한 장화였다. 한 짝을 만드는데 유목민 한 사람이 일주일을 꼬박 매달렸을 그런 신발이었다.

칸님이 물었다.

"제가 잠을 깨웠나요?"

"아니요, 전 절대 잠을 자지 않아요……."

나는 '우리 공주님이 잠드시기 전까지는.' 하고 덧붙이려다 말을 멈추었다.

"절대 주무시지 않는다니요?"

"아니, 그게 아니고. 전 그저…… 제 말은……."

나는 높으신 분들게 어떻게 거짓을 고해야 하는지 몰라 당황했다.

"안타까운 일이군요. 제가 잠의 여신 **고다**에게 기도를 드리겠습니다."

칸님의 목소리는 태연했다. 나를 놀리고 있었던 것이다. 그래서 나도 반격했다.

"그럼 저는 당신을 위해 힘의 여신 **카르텐**에게 기도를 드리지요. 당신을 지탱하기에는 발목이 너무나 가늘어 보이는군요."

물론 그건 사실이 아니었다. 발목이 가늘다는 말은 유목민 사이에서 친할 때 주고받는 농담이라, 나도 모르게 그 말이 나왔다.

"그래도 공주님 발목을 세 개는 합쳐야 제 발목 하나가 될걸요, 내기를 걸어도 좋습니다."

칸님의 목소리에 미소가 느껴졌다.

"그럴 리가 없어요, 제 발목은 나무 기둥만큼 강하고 튼튼하답니다."

"그럼 저에게 보여 주시죠."

그래서 그렇게 했다. 그때 나는 공주님의 낡은 신발을 신고 있었다. 끝이 위로 뾰족하게 말려 올라간 신발이었다. 구멍으로 오른발을 무릎까지 내밀어 보였는데, 이상하게 하나도 창피하지 않았다.

"흠! 공주님의 말을 반박하기는 싫지만 내 발목에 비하면 공주님 발목은 부끄럽겠는데요."

"그럴 리가요. 당신은 장화를 신고 있으니 이건 정정당당한 비교가 아니에요."

대답하면서 나는 킥킥 웃었다. 웃음을 참을 수 없었다. 말도 안 되는 짓이었다. 내 발목이 더 굵다고 발목을 내보이고, 공주님의 칸님은 그걸 재어 보고…… 공주님은 우리가 정신이 나갔다고 생각할지도 모른다. 내가 다리를 들어 안으로 집어넣으려는데 신발이 걸렸다. 금속 뚜껑 걸쇠에 걸린 신발 끝을 빼 주고 다리를 올릴 수 있게 도와주는 칸님의 손길이 느껴졌다. 아마 껄껄 웃고 계실 것이다.

"오, 참. 당신에게 선물을 가져왔소."

칸님은 무엇인가를 들어 올렸다. 아주 공손하게 두 손을 사용해서. 그렇게 하려면 바닥에 무릎을 꿇어야 할 텐데. 지금까지 나에게 무릎을 꿇고 두 손으로 물건을 건네준 사람은 아무도 없었다.

소나무 가지였다. 나는 아래로 손을 뻗어 소나무 가지를 받았다. 칸님의 손은 차갑고 거칠었다. 칸님에게 장갑을 드리고, 칸님의 손을 잡아 몸을 따뜻하게 해 주는 노래를 불러 드리고 싶었다. 하지만 그럴 수는 없는 노릇이었다. 천한 유목민이 왕의 손을 잡다니……. 더욱이 나를 자기 약혼자라고 생각하고 있는 사람인데……. 절대로 그럴 수는 없었다.

"꽃을 원하셨지만 가을에는 적당한 꽃이 없더군요. 그리고 제 생각에는 소나무 가지가 훨씬 향기가 좋은 듯싶어서. 그렇지 않습니까?"

나는 굶주린 사람처럼 향기를 맡았다. 그 향기만으로도 배가 부른 듯했다. 추웠지만 아늑했던 엄마와의 기억들이 되살아나 머리가 어찔했다.

나는 진실을 조금이라도 말해야겠다는 생각에 이렇게 말했다.

"겨울날의 낮잠 같은 향기가 나요. 매년 한겨울이 되면 엄마는 우리…… 우리 집을 소나무 가지로 장식하셨어요. 그리고 바늘잎을 부러뜨려 짙은 향을 냈었지요. 그런 다음 우리는 담요를 덮고 겨울 낮잠을 잤답니다. 닷새 동안 우유 이외에는 아무것도 먹지 않고 하루 종일 자다 깨다를 반복했어요. 마치 겨울잠을 자는 동물들처럼 말이죠."

"참으로 낯설고 아름답고, 또한 힘들었을 것 같군요. **티토의 정원**에서는 겨울잠이 보편적인가요?"

"뭐 어느 정도는……."

나는 '유목민' 사이에서 그렇다는 말은 하지 않았다. 겨울 낮잠은 식량의 여신 **베라**에게 드리는 우리의 기도였다. 한 해를 무사히 보내게 도와 달라는 기도. 먹을 게 별로 없어서 그렇게 지내는 것도 사실이었다. 하긴 공주님에겐 겨울 낮잠이 필요하지 않을 터였다. 존경하옵는 부친께서 창고를 가득 채워 주실 테니 말이다.

"저희 **에벨라의 노래**에서는 정반대의 겨울 풍습이 있습니다. 모든 사람들이 궁전 지붕 아래 모여, 같이 먹고 또 먹지요. 한 해 동안 계속 먹을 수 있는 떡, 사과, 양고기, 건포도 밥이 얼마든지 있으니까 말이죠."

"유목민도 같이 잔치를 벌이나요?"

"유목민이 누구입니까?"

"게르를 짓고 초원에 사는 사람들이에요. 게르란 그들이 직접 짓는 천막집이랍니다."

"목축을 하는 사람들인가요?"

"그래요. **티토의 정원**에 있는 초원은 농사에 적합하지 않답니다. 바람도 세고 바위투성이인데다가 땅은 척박하거든요. 도시 사람들이 일을 주면 그 일을 하기도 하지만, 대부분은 양이나 말, 사슴, 야크 같은 가축을 키우며 유목 생활을 한답니다."

"공주님. 만약 제가 이런 말씀을 드리면 기분이 상하시겠습니까?"

"아니요……."라고 대답은 했지만, 이분이 내가 유목민이라는 것을 알아차렸구나 싶어 뜨끔했다. 하지만 칸님은 이렇게 말씀하셨다.

"소나무 가지를 받아 드는 당신의 손이 어찌나 아름다운지요."

나는 두 손을 겨드랑이 아래로 집어넣고 공주님을 쳐다보았다. 공주님은 자신의 손을 뚫어져라 쳐다보며 이맛살을 찌푸렸다. 조상님의 보살핌으로 내가 붉은 반점이 있는 왼손이 아니라 멀쩡한 오른손으로 가지를 받아 든 게 얼마나 다행인지 하는 생각뿐이었다.

칸님이 다시 말씀하셨다.

"아무 말씀이 없으시군요. 제 말에 기분이 상하셨다면 용서하십시오."

왜인지 나는 웃기 시작했다.

"무엇이 그렇게 재미있소?" 그렇게 묻는 칸님의 목소리에도 웃음이 스며 있었다.

"제 손을 아름답다고 생각하시는군요! 그런데 제가 불쾌했을 거라고 여기시다니……."

엄마는 내 마음 씀씀이가 예쁘다고 말했다. 그리고 내 눈이 예쁘다고 한 적은 있었다. 하지만 한 번도 울긋불긋한 내 얼굴이나 굳은살이 박인 갈색 손이 예쁘다고 한 적은 없었다. 내 옆에 있던 공주님의 손, 하얗고 매끄러운 공주님의 손을 칸님이 보았다면…….

"웃음을 멈추지 말아요!"

그러더니 칸 테거스 님은 내가 계속 웃을 수 있게 이런저런 이야기를 하기 시작했다. 한번은 말을 타고 달리고 있었는데 갑자기 말이 멈추는 바람에 안장에서 휙 날아가, 물통에 머리부터 박혔다는 이야기 같은. 내가 진심으로 웃고 있다는 생각이 들지 않았는지 바보스러운 노래까지 부르셨다. 나도 들어 본 적이 있는 노래였다. 몸뚱이가 없는 아기 돼지에 관한 내용이었다.

"오늘 아침 아기 돼지를 보았네.
내 침대에서 꿀꿀거리네.

아기 돼지는 몸뚱이가 없고
머리만 있었다네.
아기 돼지는 코와 턱을 대고
이리저리 굴렀다네.
요란하게 꿀꿀거리며
앞발도 뒷발도 없이
쩝쩝거리며 먹어 대네.
뭐가 그리 좋은지."

그 노래엔 공주님조차 미소를 지었다. 그 모습을 보니 내 마음도 흐뭇했다. 칸 테거스 님은 계속 우리를 웃게 만들었다. 그러다 파수꾼에게 들킬지도 모른다는 걱정이 든 모양이었다. 테거스 님은 신선한 고기가 든 자루를 건넸다. 온기도 가시지 않은 날고기였다.

"내 전쟁 대신이 당신을 위해 사냥한 영양 고기요. 그의 활 솜씨는 정말 놀랍죠. 내가 직접 사냥하고 싶었지만, 실력이 미숙하여 내 화살은 빗나가고 말았다오. 신선한 고기를 드시면 오랜만에 기분 전환이 될 거요."

"오, 칸 테거스 님. 오, 나의 마마님."

몇 분 동안 나는 그 말밖에 할 수가 없었다.

"소금에 절인 양고기가 있기는 하지만……. 하지만 신선한 고기와는 다르겠죠?"

"물론이죠! 소금에 절인 고기를 먹으면 갈증이 나서 물을 많이 마시게 되고, 그렇게 되면 배가 불러서 뭐든 많이 못 먹게 된다오."

"그런데 우리 음식은 모두 소금에 절인 것뿐이에요. 야채도 고기도 치즈와 딱딱한 빵도 말이죠. 물론 불평하는 건 아니에요, 그렇게 생각하지는 마세요. 다 훌륭한 음식이랍니다. 쥐만 들끓지 않는다면 말이죠."

"쥐가 있소?"

나는 투덜거리고 싶지 않았지만, 그분에게는 진실을 털어놓고 싶은 마음이 자꾸만 일었다.

"지하에 쥐가 들끓고 있어요. 빗자루를 휘두르거나 덫을 놓아 잡기도 해요. 하지만 저는 이러다…… 제 몸종이 제대로 먹지 못할까 봐 걱정된답니다. 아버지가 우리 두 사람에게 충분한 식량을 주시긴 하셨지만, 쥐 떼들까지 먹고 살 만큼 넉넉지는 않을 거예요."

"목소리에 힘이 없군요. 혹 얼굴을 찌푸리고 계신 건 아닌지……. 걱정이 많이 되시나 보군요, 공주님. 파수꾼들이 돌아오기 전에 전 가 봐야 할 것 같습니다. 오늘 밤은 쥐가 당신 머리맡에 얼씬도 못 하게 하세요. 내일 다시 오겠소."

칸님은 자리를 떴다.

이제 더 쓸 이야기가 없다. 하지만 아직 붓을 내려놓기는 싫다. 오늘 일어났던 모든 일을 가슴속에 간직하고 싶다. 칸님의 말 하나하나가 내 귓가에 생생하고, 내 안에서 기분 좋게 살아서 숨 쉬고 있는 것 같다. 아마 나도 탑에 갇혀 머리가 어떻게 된 모양이다. 밖에 있는 사람과 이야기를 나누니 점점 욕심이 생기나 보다. 그뿐이다. 그래서 이렇게 마음이 오락가락하고 들뜨는 것일 테지. 심장이 터질 것만 같다.

이 세상이 너무 좋다. 더 이상 쓸 것이 없으니 그림을 그려야겠다.

33일째

자정이 지났다. 하지만 아침까지 써야 한다 해도 나는 계속 글을 쓸 것이다. 단 한 마디도 잊고 싶지 않으니까.

공주님의 칸님이 다시 찾아오셨다. 칸님이 부르시는 소리가 들렸을 때, 공주님은 위층에서 주무시고 계셨다. 나는 공주님을 깨우고 싶지 않았다. 깨워야 했을까? 그대로 주무시게 하는 게 옳았을까? 잠드셨건 아니건, 칸님의 목소리를 무시하고 더 이상 거짓말을 하지 말아야 했을까?

조상님이여, 저를 용서하소서. 그 순간 나는 두 번도 생각하지 않고, 뚜껑을 열어 칸님의 목소리가 탑 안으로 흘러들어 오게 했다.

"어젯밤에는 잘 주무셨나요, 공주님? 제가 특별히 당부드렸는데도 쥐를 머리맡에 두고 주무셨다면 기분이 상할 것 같군요."

나는 웃으면서 대답했다.

"푹 잤답니다. 잠은 늘 달콤하니까요."

"모든 사람이 그렇게 말하지는 못하겠죠. 당신은 꿋꿋하게 살아가는 영양 같군요. 이 탑에 갇혀서도 여전히 웃음을 잃지 않다니."

"당신이 저를 웃게 만드는걸요."

"왜죠?"

"말씀드릴 수 없어요."

난 정말 뭐라 말할 수 없었다. 왜 이분 목소리만 들으면 웃음이 나는 걸까?

"할 수만 있다면 당신을 하루 종일 웃게 만들고 싶소. 만약 당신이 여기서 풀려나면, 저는 잔치를 벌이고 당신에게 은색 드레스를 입혀 늘 웃으며 살게 해 드릴 겁니다."

"왜 은색이죠?"

"어둠 속에서 들리는 당신 목소리가 은빛과 같아서지요."

난 얼굴이 화끈 달아올랐다. 얼마나 뜨거운지 당장에라도 열병으로 죽어 버릴 것만 같았다. 하지만 이야기를 계속하자 열은 가라앉는 듯했다. 나는 되도록 태연한 척 대답했다.

"정말 기분 좋은 말이네요. 저도 당신 발목이 토끼 갈비뼈보다 가늘다는 말 대신 듣기 좋은 말을 해 드리고 싶네요."

칸님은 목소리를 가다듬었다.

"분명히 말씀드리는데 장화 이음매 때문일 겁니다. 변명이 아니에요, 공주. 공주는 빼어난 말솜씨를 가졌군요. 우리의 첫 번째 편지를 기억하고 계시오?"

"…… 너무 오래 되어서요." 거짓말을 하는 게 불편했던 나는 이렇게 말을 이었다. "제가 뭐라고 했었죠?"

칸님이 호탕하게 웃으며 말했다.

"이곳으로 오기 전에 나는 우리가 주고받은 편지를 모두 읽어 보았소. 공주가 열세 살과 열다섯 살 때 쓴 편지도 있더군요……. 흠……."

"정말 우스웠겠어요, 그렇죠?"

"그리 형편없지는 않았어요, 조금 형식적이긴 했지만 말입니다. 그런데 직접 말을 주고받아 보니 아주 다른 사람 같군요. 참, 내가 당신에게 보낸 편지들의 초안도 읽어 보았어요. 한번은 제가 이렇게 썼더군요. '당신을 떠올릴 때마다 내 심장은 내 배 속에 들어간 빵의 버터처럼 녹아 버린답니다.' 그때는 아주 시적이라고 생각했는데……. 또 다른 편지에는 이렇게 썼었죠. '당신은 벌레 하나 먹지 않고 윤기가 흐르는 빨간 사과 같소.'라고 말이오."

나는 칸님의 어린 시절 연애편지를 존중하고 싶었다. 하지만 억지로 웃음을 참으려다 그만 낙타처럼 킁킁거리는 소리를 냈다. 그러자 칸님도 킁킁거리며 웃었다. 그 소리에 난 웃음이 터졌다. 물론 우리는 크게 웃지 않으려고 애를 썼다. 나는 공주님을 깨우고 싶지 않았고, 칸님은 파수꾼들을 깨우고 싶지 않았으니까.

하지만 웃음을 참기는 점점 더 힘들어졌다. 옆구리가 얼마나 아프던지! 나는 흑흑 소리를 내며 숨도 못 쉬겠다고 했다. 그러자 칸님은 더 심하게 웃어 댔다. 솔직히 칸님의 웃음소리는 야크가 컹컹거리는 소리 같았다. 그래서 솔직히 말했는데, 실수였다. 칸님이 그 말을 듣고 또다시 요란하게 웃기 시작했기 때문이다.

어둠 속에 앉아 벽돌 탑을 통해 칸님과 이야기를 나누는 기분을 어떻게 설명해야 할까? 나를 덮고 있던 무거운 잿빛 어둠이, 튀긴 생선뼈 발리듯 통째로 걷혔다. 햇빛을 받아 기운 차리듯 둥둥 떠다닐 수도 있을 것 같았고, 모든 뼈마디가 퉁기는지 살갗이 간질간질했다. 엄마는 병을 고치는 노래 중에서 가장 효과적인 방법은 바로 실컷 웃는 거라고 했는데.

웃음이 진정되자 나는 얼굴에서 눈물을 훔쳤다. 그리고 우리는 아무 말 없이 조용히 앉아 있었다. 나는 벽에 기대앉아 머리를 댔다. 밖에 있는 칸님의 장화 끝을 보아하니 각도상 칸님도 같은 자세로 앉아 있는 게 틀림없다. 마치 우리가 서로 살을 맞대고 있는 느낌이 들었다.

나는 입을 열었다. "턱이 아파요."

"가만히 있어도 미소가 지어지는군요. 내 병사들이 몇 발자국 뒤에서 파수꾼이 오는지 살피고 있는데, 이런 나를 보면 내가 정신이 나간 줄 알 거요."

"정말 그러신 건 아니고요? 야생 개처럼 웃으시는 걸 보면 정신을 놓으신 것 같아요."

"나더러 미쳤다고 말씀하시려면 조심해야 할걸요. 당신은 가느다란 발목에 웃기를 좋아하는 칸 때문에 탑에 갇힌 공주님이잖소."

"벽돌 탑에 갇힌 공주님이 미쳤다면, 탑 바깥에서 그런 여자와 같이 웃고 이야기를 나누는 칸님은 무엇이 되는데요?"

칸님은 한숨을 지으면서 끙 신음 소리를 냈다. 웃음은 어느덧 사라지고 없었다.

"공주님을 꺼내 주지 못해 미안할 뿐이오. 이런 나를 당신이 멸시하지 않는다니 정말 믿어지지 않아요."

"그만 하세요. 무엇 때문에 괴로워하시죠? 이 탑 말고요. 목소리가 경직되어 있네요. 어디 아프신가요?"

"아니, 어떻게 아셨소? 예……. 공주 말이 맞소. 지난해 칼을 연습하다가 다리를 다쳤다오. 오래 서 있으면……."

"내 몸종은 유목민 출신이랍니다. 병을 고치는 노래를 알고 있어요."

"병을 고치는 노래라니요?"

"병을 고치는 노래를 들어 본 적 없어요? 그런 사람이 있다니 세상은 정말 넓은 곳인가 봐요. 자, 이제 제 몸종에게 병을 고치는 노래를 불러 드리도록 할게요. 제대로 효과를 보려면 몸종이 당신 다리를 만지고 있어야 하지만……. 어쩔 수 없으니 당신 스스로 다리에 손을 대고 눈을 감고 귀를 기울이세요."

나는 구멍 옆에 웅크려서 되도록 그와 가까워지게 몸을 낮추었다. 그리고 오래된 상처를 낫게 하는 노래를, 튼튼한 팔과 다리를 기원하는 노래와 엮어 조금 거칠게 불렀다. '저 높이, 저 높이 구름에 앉은 새들처럼…….'이라고 시작해서, 저음의 흥겨운 가락으로 '들으면 한숨이 절로 나올 비밀을 그녀에게 말해 줘요.'로 끝을 맺었다.

노래가 끝난 후 칸님은 한참이나 아무 말 없었다. 나는 새의 날갯짓처럼 오르락내리락하는 칸님의 숨소리를 들을 수 있었다.

칸님이 가까스로 말했다.

"고맙다……, 내 공주님의 몸종아. 정말……."

칸님은 말도 제대로 끝맺지 못하셨다. 나는 궁금했다. 사람들은 노래를 들으면 속이 근질근질해진다고도 하고, 갑자기 덥다가 추워지거나,

추워졌다가도 더워진다고 한다. 어떤 사람들은 깨어 있는데도 꿈을 꾸고 있는 것 같기도 하고, 물도 없는데 수영을 하는 기분이라고도 했다. 나는 칸님이 어떤 기분인지 알고 싶었다.

"공주님의 몸종아, 너는 어디서 이런 것들을 배웠느냐?"

칸님의 질문에 나는 손마디를 물어뜯으며, 내가 조금 더 똑똑했으면 얼마나 좋았을까 하는 마음뿐이었다. 이렇게 말할까?

'이 아이는 부끄러움을 많이 타요. 유목민 출신이고 왕족에게 직접 말해서는 안 된다고 생각하지요. 하지만 노래가 당신에게 도움이 되었다면 그것만으로도 황송하다고 하네요.'

하지만 칸님이 재차 질문하시는 바람에 달리 대답하고 말았다.

"어떻게 효과가 나는 걸까요? 그러니까, 가사를 듣자 하니 새와 비밀, 한숨에 관한 노래였지, 병을 고치는 내용도 아니고 무당들의 주문 같지도 않던데 말입니다."

"단어는 중요하지 않아요, 칸님. 단어의 소리와 음악 가락이 어우러져 우리 몸이 알아듣는 언어가 되니까요. 몸종한테 듣기로는, 우리 몸은 완전한 하나가 되고 싶어 하기 때문에 상황에 맞는 소리로 노래하면, 몸이 스스로 치유하는 방법을 깨우친다고 해요."

"유목민은 병을 고칠 줄 압니까? 피를 멈추고 죽음에서 벗어나게 하는 능력을 가지고 있는 건가요?"

"오, 아니에요. 생명은 오직 조상님들에게 달려 있는 거지요. 병을 고치는 노래는 그저 우리의 육체와 정신의 고통을 덜어 주는 거랍니다. 몇 번인가 죽으려고 결심한 남자가 있었는데, 병을 고치는 노래가 마음을 바꿔 먹게 해서 육체가 질병을 이겨내더군요. 저는, 아니 저의 몸종은 그렇게 큰일을 한 적은 없어요. 이 아이의 엄마는 했었다고 하더군요."

칸님이 조금 더 편안하게 자리를 잡으려는 듯 이러저리 움직이는 소리가 들렸다. 머리를 구멍에 더 가까이 갖다 대는 소리도 들렸다.

"계속 이야기해 주오, 공주. 당신 목소리를 들으니 언제까지나 이곳에 머물고만 싶군요."

나는 칸님의 목소리를 향해 머리를 손으로 괴고 누웠다. 솔직한 이야기가 하고 싶었다. 우리 엄마와, 오빠들이 집을 나가 버렸던 날에 대해. 그리고 가랑비가 부슬부슬 내리는 봄날이면 초원의 풀들이 얼마나 푸릇푸릇해지는지 야크가 되어 풀을 뜯어 먹고 싶었다는 등, 나의 솔직한 심정을 털어놓고 싶었다. 하지만 나는 공주님인 척하고 있었으므로, 내 이야기를 감추어야 했다. 그래서 나는 조상님들이 진흙으로 평민을 빚어, 조상님의 자식인 왕족과 귀족들을 돌보게 했다는 전설을 들려주었다.

칸님은 내가 한 번도 들어 보지 못한 이야기를 해 주셨다. 잠의 여신 **고다**가 까마귀로 변해서 이 세상에 처음으로 밤을 가져와, 사람들이 비로소 휴식을 취할 수 있게 되었다는 이야기였다. 여기에다 그분의 이야기를 하나도 빠뜨리지 않고 적고 싶지만, 벌써 몇 마디가 어디론가 날아가 버리고 말았다. 내가 확실히 기억하는 것은, 그저 그분과 대화하는 동안 내가 아주 빠른 암말을 타고 달리는 느낌과 따뜻한 담요를 덮고 자는 느낌이 동시에 들었다는 것이다.

밖에서 개가 울부짖는 소리가 들려왔다.

칸님은 원망 섞인 목소리로 말했다.

"경비견인가 보오. 왜 이렇게 빨리 돌아왔단 말인가! 어째서 우리에게 한 시간의 여유를 더 주지 못하는가?"

나도 한 시간만 더 있었으면 싶었다.

"잘 들어요, 공주님. 내 무슨 일이 있어도 당신을 여기서 꼭 꺼내 드리겠소. 내일 밤 다시 오리다. 파수꾼을 해치울 만한 병사들은 충분하오."

"아니에요, 마마. 파수꾼들을 죽이시면 안 돼요!"

"그럼 약을 먹여서라도 잠들게 만들어, 이 벽돌담을 부수고 당신을……."

"아니에요! 제 말 들으세요. 제 아버님은 끔찍할 만큼 잔인해요. 만약 당신 짓임을 알게 되면 당신을 쫓으실 거고, 그러면 **티토의 정원**과 **에벨라의 노래** 사이에 전쟁이 일어날 거예요. 그리고 카사 왕도요. 당신이 우리를 데려간 것을 카사 왕이 알면……. 그 사람은 야수랍니다. 다들 그렇게 말하더군요. 당신도 그 사람과의 전쟁을 원하지 않을 거예요. 우리는 얼마든지 기다릴 수 있어요……. 아버지가 누그러지실 때까지요. 언젠가는 저희를 풀어 주시겠지요. 그동안에 우리는 이 안에 있는 게 안전할지 몰라요."

나는 정말 그렇게 믿고 있다. 공주님의 아버님이 우리를 정말 7년이나 이렇게 가둬 둘 거라는 생각은 들지 않았다. 이 세상 어떤 아버지도 그렇게 할 수는 없을 것이다.

"하지만…… 난……."

칸님은 말을 멈추었다. 그도 내 말이 옳다는 걸 알고 있다. 이런 탑 하나 때문에 전쟁을 할 수는 없는 일이다. 나와 공주님이 멀쩡히 살아 있고,

지하에 쥐보다는 그래도 먹을 게 더 많은데 말이다. 조상님이여, 부디 저분이 생각을 달리 하시기를…….

"괜찮아요, 우리는 괜찮아요. 정말이에요."

"하지만 공주……."

"단지 오늘 밤 하늘이 어떤지만 알려 주세요."

칸님은 반박하려다가 그저 한숨을 지었다. 그러더니 잠시 아무 말도 하지 않았다. 아마 하늘을 올려다보는 모양이다. 눈을 찡그리고 머릿속에 적당한 단어가 떠오르기를 기다리는 중인지도 모른다.

"……아주 맑은 밤이오. 으슬으슬 떨리기는 하지만. 모든 별들이 다 나온 것 같소. 심지어 아기별들까지도 말이요. 별빛이 얼마나 밝은지 깜깜한 하늘이 짙은 푸른색을 띠고 있다오."

그분의 말씀을 따라, 밤하늘이 실제로 보이는 것만 같았다.

"공주!"

그분의 목소리는 부드러웠다. 마치 둘 사이에 벽이 없는 듯, 바로 옆에 있는 듯했다.

"이제 이 몸은 돌아가야 할 것 같소. 요즈음 나라가 뒤숭숭하다오. 카사 왕이 온갖 협박에 만행을 저지르고 있어서. 될 수 있는 대로 속히 돌아오겠습니다. 그때 이 벽을 허물어 버릴지 아닐지 결정하도록 합시다."

"좋아요."

나는 칸님을 보내고 싶지 않았다. 하지만 나는 공주님 대신 말하고 있기 때문에, 왕족답게 말해야 했다.

"백성이 우선이어야죠."

"공주께 드릴 작별 선물이 있소."

칸님의 목소리가 한층 밝아졌다.

"우리나라의 동물을 관장하는 대신이 이번 여행에 동참했었소. 말과 야크 말고도 친구로 삼을 만한 다른 동물을 가져왔었지. 쥐 때문에 곤란 하다는 당신 말을 듣고……."

칸님이 누군가를 나지막하게 불렀다. 그러더니 칸님의 손이 구멍으로 쑥 들어왔다. 칸님이 무엇인가를 들어 올렸다. 털이 나 있고 야옹 하고 우 는 녀석이었다.

새끼 고양이였다. 날렵하고 연한 회색 몸에 초록색 눈이었다. 나는 고 양이의 목에 얼굴을 갖다 댔다. 고양이에게서는 풀 사이로 부는 바람 냄 새가, 갯벌의 진흙 냄새가, 바깥세상 냄새가 났다. 나도 그분에게 보답으 로 무엇인가를 드리고 싶었다. 그래서 나는 입고 있던 옷의 단추를 풀고 속에 입은 셔츠를 벗었다. 그저 속옷에 불과했지만 내 몸 가장 가까이 닿 은 옷이므로, 샤렌 공주님이 정혼자에게 주었을 만한 물건이라 생각했 다. 살갗과 심장 가까이 닿은 옷은 그 사람의 체취를 담고 있다. 체취는 영혼의 숨결이고.

나는 몸을 숙여 그분에게 셔츠를 건넸다. 칸님은 옷을 받아 들다가 내 손 을 잡았다. 오늘따라 그 분의 손은 따뜻하고, 잘 다듬은 가죽처럼 부드러웠다.

그리고 얼마나 큰지 그의 손에 잡힌 내 손은 보이지도 않을 정도였다. 서로 아무 말도 하지 않았지만, 마치 고통을 덜어 주는 노래가 내 귀에 들리는 느낌이었다. 부드럽고 느린 이런 노래가.

'틸리 틸리 검은 새야, 닐리 닐리 파랑새야.'

35일째

칸님이 떠난 지 이틀 되었다. 오늘 저녁은 조금 남아 있던, 그분이 주고 가신 영양 고기를 먹을 것이다. 안전하게 고국으로 돌아가시기를 기원하며…….

나는 고양이를 '주인님'이라고 부르기로 했다.

39일째

나는 사랑에 빠졌다! 마음이 얼마나 가벼워졌는지, 두 발을 디디며 걷는 게 아니라 늘 둥둥 떠다니는 것 같다. 하루 종일 노래를 부르고, 빨래하는 것도 개의치 않았으므로 나는 내가 사랑에 빠졌다는 사실을 알았다. 나는 고양이 '주인님'에게 완전히 마음을 빼앗겨 버렸다.

주인님은 매끈한 너도밤나무처럼 늘씬하다. 아침 하늘보다도 아름답고 그런 사실을 자신도 알고 있다. 일깨울 필요도 없는데 나는 저도 모르게 하루 종일 이렇게 말한다.

"너는 이 세상에서 가장 아름다운 고양이란다, 주인님. 강아지보다 영리하고 하늘의 새보다 빠르구나."

그리고 주인님에게 가장 맛있는 것만 준다. 우리 공주님의 알 수 없는 질병을 위해 노래하지 않을 때면, 나는 고양이에게 아낌없이 모든 노래를 불러 준다.

주인님은 이미 쥐를 세 마리나 잡았다. 나머지 녀석들도 요즘 거의 눈에 띄지 않는다. 그런데 밤이 되면 나의 주인님이 어디서 자는 줄 알아? 천한 유목민인 이 다쉬티와 잔다!

지금까지 내가 본 고양이들은 얼마나 추레했던지 털은 반이나 빠지고, 깜짝 놀란 뱀처럼 쉭쉭거리는 소리만 냈었다. 하지만 나의 주인님은 모든 동물 중의 귀족이며 고양이 중의 칸님인 것이다.

주인님은 해가 뜬 것을 잘 알아챈다. 나는 아침인 줄 알고 일어나서 뚜껑을 열어 밖을 내다보면, 국처럼 끈적끈적한 어둠만이 보이는 날이 많다. 이렇게 컴컴한 감옥 속에서 시간을 제대로 알기란 불가능한데, 주인님은 항상 시간을 잘 안다. 아침이 오면 고양이는 내 가슴을 올라타고 차가운 코를 내 코에 대고 숨을 불어 넣는다.

나는 공주님에게 고양이와 주무시겠냐고 여쭤 봐야 했다. 하지만 동물의 신인 **티토**조차도 고양이의 마음을 억지로 바꾸지 못한다. 그리고 존경받는 왕족인 공주님이 고양이와 한 침대를 쓰는 일도 그다지 적절치 않을 것이다.

48일째

칸님이 떠나신 지 2주일이 되었다. 공주님에게 **에벨라의 노래**에 있는 칸님의 궁전까지는 얼마나 머냐고 물어보니까, 공주님은 아마도 2주일 정도 걸릴 거라고 했다. 그러니 아마 지금쯤 도착하셨을지도 모르겠다.

오늘 문득 소녀 시절의 어느 날 밤이 떠올랐다. 우리 게르가 사람들로 북적거렸다. 여행 중이던 무당이 하룻밤 묵던 밤이었다. 낯선 이에게 하룻밤 자고 가라고 권하는 건 복을 받는 일이었고, 만약 상대가 무당이라면 복은 배가 된다. 우리가 얼마나 흥분했었던지! 내가 눈을 커다랗게 뜨고 깜박거리지도 않고 무당을 살펴보던 일도 기억난다. 듣던 대로 무당이 여우로 변하면, 그 광경을 놓치지 않으려고. 그러나 그날 밤 무당은 모습을 바꾸지 않았다. 대신 조상님들에 대한 이야기를 들려주었다. 우리가 조상님의 나라에 들어가기 위해 어떻게 살아야 하는지도. 무당의 말에 의하면 왕족과 귀족은 시조님들의 자손이라, 평민이 왕족이나 귀족을 섬기는 일은 영광이라고 했다. 나는 왕족이니 귀족이니 하는 것을 그때 처음 들었다.

그날 밤 이후, 나는 가끔 왕족과 귀족은 어떤 사람들일지 상상해 봤다. 양초처럼 빛나는 피부, 조상님들의 지혜를 지녀 빛나는 눈동자……. 솔직히 여우처럼 꼬리가 달려 있다거나, 나비 날개를 달고 있을지도 모른다는 생각도 했었다. 그러다 샤렌 공주님과 공주님의 아버지를 본 것이다.

하지만 이제 칸님과 이야기를 나누어 보았다. 물론 그의 손에서 빛이 나지는 않았다. 그러나 그분의 목소리와 말투, 사용하는 어휘는 내가 이제껏 알던 그 누구와도 달랐다. 아마 조상님의 자취가 어떤 왕족보다도 그분 안에 더 크게 들어 있는가 보다. 그래서 그분의 지위가 그저 왕이 아니고 왕 중의 왕인 '칸'인 모양이다. 공주님에게 물어봐야겠다.

이후에

샤렌 공주님이 주인님을 토닥거리면서 이야기를 들려주었다. 공주님이 얼마나 많은 걸 알고 계시던지! 공주님 말로는 여덟 개의 왕국이 한때는 위대한 칸님의 지배 아래 한 나라였었다고 한다. 그 나라가 바로 **에벨라의 노래**였기 때문에, 지금 모든 왕국이 각자 왕과 여왕을 두고 있지만 그 위대한 칸님을 추앙하며 **에벨라의 노래**의 우두머리가 '칸' 칭호를 가진다고 했다. 공주님께 어떻게 그런 걸 다 알고 계시냐고 물으니까, 모든 왕족에겐 전쟁과 결혼의 역사가 있다고 하셨다. 그전까지 난 역사라는 개념을 한 번도 생각해 본 적이 없었다.

73일째

이제 한겨울이다. 우물에 얼음이 동그랗게 원을 그리며 앉아서, 양동이로 얼음을 깨야 했다. 밖으로 통하는 금속 뚜껑을 열 때마다 나는 추위에 얼어붙는다. 허드렛물은 땅에 버리자마자 얼고, 그런 다음 얼마 동안 불을 쬐어야 내 손이 제 색을 찾는다. 한 해의 이맘때는 너무 추워 눈도 오지 않는다. 이런 날씨에 문밖으로 나가는 일은 가슴에 칼을 꽂는 거나 마찬가지다. 더욱이 한겨울의 장례식은 온 가족에게 불운을 가져온다.

나는 유목민이라서 겨울을 잘 알고 있다고 생각했는데, 탑 안에서 지내며 새로운 사실을 깨달았다. 바로 겨울바람도 자기만의 소리를 갖고 있다는 것이다. 가을바람은 거칠지만 따스함이 스며 있고, 배 속 깊이부터 노래하는 듯한 저음의 소리를 지니고 있다. 그런데 겨울바람은 날카로운 소리를 내며 탑 주위를 돈다. 높은 고음의 하모니에 얼음처럼 날카로운 소리로. 공주님은 겨울바람 소리를 싫어하신다.

며칠 전 나는 공주님이 주무시는 침대의 이불을 우리가 주로 생활하는 중간층으로 가지고 내려온 다음, 천장에 있는 문을 닫아 버렸다. 그래야 열기를 좀 더 아낄 수 있을 것 같아서. 조상님들도 겨울에는 천한 유목민 몸종과 귀하고 귀하신 공주님이 나란히 누워 자는 걸 이해해 주시리라.

분명 공주님의 칸님은 겨울이 지난 후에야 돌아오실 것이다. 봄이 조상님들의 나라만큼이나 멀게 느껴진다.

92일째

어제는 탑에 연기가 꽉 찼었다. 아주 끔찍했다. 그대로 질식해 죽는 줄 알았다. 나는 가지고 있는 모든 담요로 공주님을 둘둘 감아 놓고 불을 껐다. 꽉 막힌 굴뚝을 청소하다가 정말 죽을 뻔했다. 턱이 덜덜 떨리고 손가락 끝은 파랗게 변했다. 나는 다시 불을 지펴 방이 따뜻해질 때까지 침대에 앉아 덜덜 떨었다. 어깨를 덮을 여분의 담요 한 장이 없어서.

이번 겨울에는 잠의 여신 **고다**가 태양의 여신 **에벨라**를 끔찍하게도 졸리게 만든 모양이다. 햇빛에 대한 기억조차 희미하다. 모든 것이 잿빛이며 딱딱하고 어둡다. 그래서인지 나는 가슴이 찢어질 정도로 슬프다. 주인님은 내 무릎에서 자고 있다.

98일째

파수꾼들은 이틀에 한 번, 가끔은 사흘에 한 번씩 우리가 마실 하루치 우유를 가져다준다. 그런데 요즈음 파수꾼들은 불을 뜨끈하게 지펴 놓고, 젖을 짜러 갈 때와 노란색 얼음을 만들 때만 밖으로 나오는 모양이다.

우유를 사흘 동안 먹으려고 우유에 물을 탔다. 가난한 사람 중에서도 제일 가난한 사람처럼 공주님에게 맹물만 들이키게 하는 건 옳지 못하니까. 엄마와 나도 늘 우유는 마시고 살았는데…….

122일째

적을 거리가 없다. 빨래를 하고 음식을 만들고, 불을 지필 뿐. 바람이 신음 소리를 낼 때마다 공주님은 마치 바람이 살갗에 직접 닿은 듯 몸을 덜덜 떤다. 공주님은 여러 날 동안 씻지 않겠다고 고집을 부렸다. 하지만 오늘 아침에는 내가 이겼다. 공주님의 머리를 물 양동이에 푹 집어넣자 냄새가 코를 찔렀다. 우리 오빠가 기르던 사슴이 시냇물에 빠졌을 때가 떠올랐다.

오늘 처음으로 음식에 든 양념이 맛있지 않았다. 맛이 전혀 느껴지지 않았다. 왜인지 모르겠다.

그래도 주인님은 너무 아름답다.

144일째

한밤중이다. 꿈을 꾸다 방금 일어났다. 상상 속의 일이 아니라 지나간 일에 대한 꿈이었다. 공주님의 칸님이 이곳에 오시고, 고양이를 들어 올리는 그분의 손이 보이고, 내가 그분께 보답으로 드린 물건을 보았다. 그날 밤 이후로는 한 번도 생각해 보지 않았었는데, 그 기억 때문에 부르르 떨며 잠에서 깼다.

그렇다. 나는 칸님에게 '내' 속옷을 드렸다. 내 옆에 세탁물 바구니가 있어서 얼마든지 공주님 옷을 드릴 수 있었는데. 그랬으면 그분은 공주님의 체취를, 영혼의 숨결을 맡을 수 있었을 것이다. 공주님의 옷이 손에 닿을 거리에 있었는데, 나는 그분께 내 물건을 드렸던 것이다.

그런데 왜 조상님들은 번개를 내리쳐서 나를 죽이지 않았을까? 그런 죄를 저질렀으니 조상님들이 나를 죽여도 마땅한데. 내가 탑에 갇혀 푸른 하늘을 볼 수 없으니 무시하고 계시는 걸까? 어느 날 이 어둠의 그림자에서 한 발자국만 앞으로 내디디면, 나는 그 즉시 번개를 맞아 한 줌의 재로 변해 버릴지도 모른다.

158일째

오늘 아침, 우리는…….

나는 아직도 떨린다. 일기를 쓰려고 붓을 든 순간까지 나도 내가 이렇게 떨고 있는지 몰랐다. 만약 주인님이 내 무릎에 앉아 있지 않았다면 나는 글을 쓸 수 있을 정도로 안정되지 못했을지도 모른다.

아침에 밖에서 사람들이 웅성거리는 소리가 들렸다. 이제 태양이 꽁꽁 얼어붙은 땅에 구멍을 낼 수 있을 정도로 날이 풀려서, 우리 귀에도 파수꾼들이 나누는 잡담이나 우리에게 던지는 야박한 말소리가 들려왔다. 하지만 오늘 아침에 들린 목소리는 낯설었다. 아주 저음이었고 말을 할 때마다 쩌렁쩌렁 울렸다. 탑 벽돌을 통해 뼛속까지 전달되는 소리였다.

나는 불 옆에서 공주님의 양말을 깁고 있었고, 공주님은 내 침대에 누워 더 이상 깁지 못할 만큼 해진 양말로 주인님을 놀려 대고 있었다. 하지만 새로운 목소리가 들리자마자 공주님은 벌떡 일어나 앉았다. 마치 사냥꾼의 발자국 소리에 풀 뜯기를 멈춘 어린 사슴 같았다.

내가 물었다.

"공주님의 칸님인가 봐요. 벌써 돌아오신 건가요?"

공주님은 아무 대답도 하지 않았다. 그러잖아도 이따금씩 깜짝깜짝 놀라던 분인데, 완전히 공포에 질려 소리는커녕 머리카락 하나 옴짝달싹 못하시는 걸 나는 눈치 채지 못했다. 나는 무심히 나무 숟가락을 가져와서 걸쇠를 풀고 뚜껑을 열었다.

"열지 마, 다쉬티!"

이미 늦었다. 뚜껑을 연 순간 그 구멍으로 손이 하나 쑥 들어와 내 팔을 잡았던 것이다.

나는 비명을 질렀다. 아니, 그랬던 것 같다. 검은 장갑을 낀 손이었다. 손목에 금속 침이 쭉 둘러진 장갑이었다. 공주님의 칸님이 아니었다.

"내가 잡은 게 당신이요?" 목소리가 어쩌나 저음이었던지 마치 자갈이 굴러 가는 듯했다.

"내가 잡고 있는 게 공주 손인가 말이요."

나는 대답했다. "아니요, 죄송합니다. 아닙니다, 아니에요."

남자는 내 팔을 흔들어 댔다. "그럼 이건 누구 팔이냐?"

"저는 다쉬티라고 합니다. 공주님의 몸종이죠. 유목민 출신입니다."

남자는 내가 마치 깜찍한 농담이라도 한다는 듯 웃어 댔다.

"그래, 난 유목민에 대해 좀 알지. 내 나라 **언더의 생각**에도 누더기 같은 옷을 입고 초원에서 방황하는 유목민이 수백 명이나 있지."

남자가 팔을 놓아 줘서 나는 뚜껑 안으로 팔을 당겼다.

"팔을 다시 내밀어!"

남자가 얼마나 크게 호통을 쳤던지 고양이가 하악 소리를 질렀다.

나는 팔을 다시 내놓고 싶지 않았다. 그저 침대 밑으로 기어들어 가고만 싶었다. 남자의 목소리 때문에 온 세상이 흔들리는 것 같고, 공주님은 두려움에 덜덜 떨고만 있었다. 너무 싫었지만 높으신 분의 명령이었기 때문에 나는 시키는 대로 팔을 내밀어야만 했다. 나는 팔을 낮추어 뚜껑 밖으로 내밀었다.

남자는 내 팔을 잡지 않았다. 장갑 낀 손으로 내 손가락을 툭툭 치며, 목소리보다 더 낮은 소리로 낄낄 웃었다. 그러다 갑자기 내 손을 쳐서 벽에 부딪히게 했다. 말벌 떼의 습격을 받은 것처럼 아팠다.

나는 손을 다시 넣으려고 했다. 하지만 남자는 천천히, 그리고 다정하게 말했다.

"그냥 내려놓으렴, 다쉬티, 유목민 몸종아!"

그래서 다시 팔을 내려놓았다. 그랬는데 남자는 다시 내 팔을 벽에 냅다 부딪히게 쳤다. 나는 그래도 팔을 내버려 두었다. 눈물이 났지만, 단지 아파서만은 아니었다. 남자가 또 한 번 내 팔을 치자, 공주님이 내 겨드랑이를 잡아 구멍에서 나를 힘껏 잡아당겼다. 우리는 내 침대에 엉덩방아를 찧으며 나뒹굴었다.

공주님이 말했다. "여기 가만히 있어."

나는 그대로 했다. 결국 내 주인은 공주님이니까. 검은 장갑 남자가 으르렁거리든 말든 나는 공주님의 말에 따를 것이다.

"그 남자야. 카사 왕이야."

공주님 말에, 공주님이 왜 카사 왕과 결혼하지 않으려는지 궁금증이 싹 가셨다.

"거기 있소, 샤렌 공주? 아니, 온 세상에서 다 보이는 탑에 조용히 숨는다고 나로부터 도망칠 수 있다고 생각했소? 당신은 숨바꼭질에 별로 소질이 없군. 하긴 옛날에도 그랬지만……."

공주님이 당당하게 카사 왕에게 한 번도 사랑한 적이 없었노라 했다고, 절을 하지도 않고, 그 목소리에 떨지 않았다고 쓸 수 있다면 얼마나 좋을까. 저렇게 무례하기 짝이 없는 행동도 내버려 두지 않았다고 쓸 수 있다면! 전에 공주님께서 용기 있게 아버지께 맞서는 걸 한 번 봤었다.

하지만 지금 공주님은 손으로 얼굴을 가리고, 녹이 슨 경첩처럼 끽끽 소리까지 내면서 우셨다. 공주님이 불쌍하다. 진심이다. 하지만 이제 울음은 그치고 뭐든 행동해야겠다는 생각이 든다. 공주님을 괴롭히는 것이 무엇인지 알 수 있다면 공주님을 도울 방법이 있을 텐데. 그러나 공주님의 마음속에는 내가 절대로 들어갈 수 없는 부분이 있는 것 같다.

나는 공주님 옆에 앉아 한 손을 공주님 배 위에 얹고 한 손은 등에 대고 슬픔을 다스리는 노래를 불렀다.

"시커먼 강물이, 그 어느 것보다 시커먼 강물이, 그 어느 것보다 빠른 강물이, 나를 잡아당기네."

나는 카사 왕이 떠드는 동안 내내 이 노래를 불렀다. 공주님은 조금 진정되는 모양이었다. 그렇지만 나는 나무 숟가락을 빼 금속 뚜껑을 닫을 엄두가 나지 않았다. 방 한가운데에 있으면 그의 손이 닿을 리 없어 안전했다. 하지만 그의 목소리는 연기처럼 방으로 스며들었다. 지하실로 내려가 보릿자루 밑에 숨는다 해도, 목소리로부터 도망칠 수는 없어 보였다. 카사 왕은 계속 말을 쏟아 냈다.

"공주의 부친이 **언더의 생각**으로 헐레벌떡 찾아와서는, 머리를 두 갈래로 땋아 내린 계집아이처럼 징징거리더군. 당신 부친 왈, '소인의 여식이 접경지대의 망보는 탑에서 당신을 기다리고 있소. 가서 그 벽을 무너뜨리시오! 그 아이의 손을 묶건, 입에 재갈을 물리건 상관없소. 당신 뜻을 따르기 전에는 내게도 쓸모없는 물건이라오.' 목소리는 쩌렁쩌렁했지만 무릎이 떨리고 있더군. 당신 무릎도 떨리오, 공주? 나는 나를 두려워하는 사람은 믿지 않소. 그런데 이 세상 모든 사람이 나를 두려워하지. 당신도 내가 두렵소, 공주?"

카사 왕은 진심으로 즐거운 듯 껄껄 웃었다.

"우리가 처음 만났을 때의 당신 눈이 기억나오. 아마 열한 살이었지? 열두 살이었던가? 당신의 눈동자는 송아지처럼 멍했지. 하지만 비단옷을 입은 당신은 아름다웠소. 여전히 아름답겠지, 나의 보석? 금으로 치장하면 당신은 정말 아름다울 거요. 그러니 눈이 좀 멍한들 그게 무슨 대수겠소?

내 궁에서 하룻밤 잔 후, 당신 눈이 어떻게 변했는지 기억하오. 멍한 소의 눈이 아니라, 생쥐의 눈, 토끼 눈, 금방이라도 잡혀 먹힐 것 같은 눈이 되어 있었다오. 그날 밤 내가 얼마나 즐거웠는지 말로 다 할 수 없소. 단 한 사람을 제외하고는, 살아 있는 사람 중에서 내가 먹는 모습을 보게 허락한 사람은 오로지 당신뿐이오. 영광으로 알았으면 좋겠소, 샤렌 공주. 당신이 비밀을 지킬 거라고 믿소. 감히 말도 꺼내지 못하겠지만."

대체 무슨 말을 하는 걸까? 카사 왕은 아주 음흉하고 거칠게 웃어 댔다. 공주님은 내 침대에 쓰러져 한 팔에 얼굴을 묻고는 나머지 손으로 내 허리를 붙들고 매달렸는데, 온몸을 사시나무 떨듯 떨고 있었다.

"바로 그때 당신을 내 것으로 만들고 싶다는 생각이 들었지. 당신 아버지에게 당신을 내 신부로 달라고 말했소. 하지만 나는 이 탑을 무너뜨릴 마음은 없소, 오늘 당장은 말이요. 아직은 당신을 억지로 끌어내지 않겠소. 이 상황이 너무 흥미로워서 말이지.

당신이 이 탑을 버리고 나를 택할 날이 올 거라 믿소. 당신은 나에 대해 다 알고 있어도 결국 나를 택하게 될 거요. 나는 그날이 오기만을 목마르게 기다리고 있다오."

그리고 침묵이 흘렀다.

카사 왕이 간 지 한참 되었다고 생각될 때에서야, 겨우 숨통이 트였다. 하지만 공주님은 여전히 나에게 꼭 매달려 있었다. 나도 너무 떨어서 더 이상 노래를 부를 수 없었다. 목소리는 끈적끈적하게 목에 달라붙은 듯 느껴졌고 심장은 다 조각조각 나 버린 듯했기 때문이다. 나는 그저 공주님이 진정할 때까지 공주님을 끌어안았다.

"공주님, 이전에 저분을 만난 적이 있군요. 저분이 어떤 사람인지 알고 결혼하지 않겠다고 거절한 거군요?"

"맞아."

'맞아' 라는 대답 속에 아직 숨겨진 게 더 있다고 직감적으로 느꼈지만, 공주님은 더 이상 말하지 않았다. 그것이 나를 두렵게 했다.

"저분의 목소리는 납보다도 더 무겁게 들려요. 그리고 공주님의 아버님보다도 더 심하게 때릴 것 같아요. 귀하신 분들은 모두 다른 사람을 때리나요? 그게 특권인가요? 하지만 칸님은 때릴 분 같지 않던데."

공주님이 답했다.

"맞아. 그 사람은 안전할 것 같아서 선택한 거야."

울어서 눈이 빨갛게 충혈되어 있었지만 공주님은 너무나 아름다웠다. 아마 공주님은 배필을 마음대로 고를 수 있을 것이다. 남자들은 누구나 공주님과 사랑에 빠질 수밖에 없을 테니까. 심지어 카사 왕도 자기 나름대로는 공주님을 사랑하고 있잖은가?

내가 물었다.

"칸 테거스 님이 공주님을 웃게 만드시나요?"

공주님은 어깨를 으쓱였다. 그러고 보니 공주님이 소리 내어 웃는 것을 한 번도 들어본 적 없었다. 공주님은 무릎을 가슴까지 끌어당겨서는 무릎과 몸 사이의 드레스를 뚫어져라 쳐다보며, 깊이 숨을 들이마셨다. 나는 간절히, 아주 간절히 공주님이 말을 더 이어 가기를 바랐다. 공주님은 원래 말이 없는 건지, 아니면 말하고 싶은 마음이 탑의 어둠 속에 묻힌 건지 도무지 모르겠다. 그래서 공주님이 다시 입을 열자 얼마나 기쁘던지, 터져 나오는 탄성을 억지로 참아야 했다.

"아버지와 내가 카사 왕의 궁전에서 머물고 나서야 그가 정말 어떤 사람인지 알았어. 내가 열여섯 살이 되면 그가 청혼할 거라는 걸 알고, 카사 왕이 공식적으로 청혼하기 전에 다른 사람과 약혼해야겠다고 생각했어. 그래서 칸 테거스 님을 선택했지. 우리 아버지와도 우호적인 관계였고,

그분이 이웃 나라 군주 중에서 가장 점잖은 사람이라고 생각했으니까. 우리는 수년 동안 편지를 주고받았단다. 내 몸종이었던 카라에게 불러 주면 카라가 나 대신 편지를 썼지. 카라는 나의 가장 친한 친구였어. 아버지가 나를 탑에 가두라고 명령하자 도망쳐 버리고 말았지만……."

이야기를 늘어놓는 공주님의 눈에는 초점이 없었다. 그 모습이 춥디추운 겨울밤에 아늑한 게르가 아닌 얼음 같은 돌바닥에 혼자 있는 어린아이를 보는 듯해, 몸이 부르르 떨렸다. 노래를 불러 주는 엄마가 아니라 손찌검을 하는 잔혹한 아버지 손에서 크는 아이를 보는 느낌이었다.

우리 공주님이 털어놓은 이야기는 대충 이것뿐이다. 나는 공주님이 계속 말을 해 주었으면 하고 간절히 바랐다.

"공주님이 칸 테거스 님을 사랑하고 있다는 것을 언제 처음으로 아셨어요? 혹……."

"피곤해."

공주님은 내 말을 끊더니 사다리를 타고 침대가 있는 위층으로 올라가 버렸다.

우리 공주님은 이렇다. 가끔 음식이나, 쥐를 잡아먹는 주인님, 벽돌 사이로 들어오는 추위에 대해서는 몇 마디 하시지만, 칸님이나 카사 왕, 혹은 임금님이나 가족 이야기가 나오면 갑자기 축 늘어진 수양버들처럼 피곤을 느끼곤 한다.

주인님 고양이가 내 무릎에 누워 자고 있다. 그렇지 않았다면 나도 이미 글쓰기를 접고 잠자리에 누웠을 것이다. 만족스러운지 그르렁 하는 고양이 소리에 무릎은 떨려도 손은 침착해진다.

160일째

파수꾼들은 우리와 말을 섞지 않는다. 가끔 우리에게 고함을 지르긴 하는데, 대답을 기다리는 건 아니다. 나는 몇 번쯤 세상이 어떻게 돌아가는지, 신선한 고기를 가져다 줄 수 있는지 물어보았는데 아무 답도 없다. 분명 거절할 건 알고 있지만, 구멍으로 소리칠 때 다른 사람이 내 말을 듣고 대답해 줄지도 모르기 때문에 꽤 두근두근하다. 임금님이 파수꾼에게 우리와 말하지 말라고 따끔하게 지시하셨는지는 몰라도, 나는 오늘 아침 한 사람과 말을 했다. 뚜껑을 열고 허드렛물을 버리다가 그만 어떤 사람의 장화에 물이 튀었기 때문이다.

"조심해!"

"죄송해요!"

나는 사과했다. 무섭지는 않았다. 상주하는 파수꾼의 목소리였으므로. 내가 물었다.

"그분은 가셨나요?"

"카사 왕? 그래, 이틀 전에 떠났어. 조상님이 보우하사……."

"당신들도 때리던가요?"

카사 왕이 후려친 내 손은 아직도 쿡쿡 쑤셨다. 공주님의 양말과 속옷을 빠는 일이 힘들 정도였다.

"아니, 그건 아니고."

우리가 탑에 갇힌 이래 파수꾼이 이렇게 길게 대꾸해 준 적이 없었다. 나는 조금 더 용기를 냈다.

"오늘은 하늘이 어떤지 말해 줄 수 있어요?"

"하늘? 하늘이야 늘 하늘 같지."

"푸른색인가요?"

파수꾼은 콧방귀를 뀌더니 말했다.

"하늘이야 늘 푸른색이지."

파수꾼의 말은 옳지 않다. '영원한 푸른 하늘'이라고들 말하지만 하늘은 가끔 검은색을 띠기도 하고, 가끔은 하얀색, 또 어떤 때는 노란색, 분홍색, 보라색, 회색, 검은색, 살구색, 황금색, 주황색을 띠기도 한다. 그리고 푸른색도 그 종류가 열두 가지도 넘는다. 수천 개의 모양으로 변하는, 종류가 백 가지도 넘는 구름도. 파수꾼이 그런 차이를 볼 수 없다면 설명을 해 줄 필요도 없다.

"세상은 어떻게 돌아가나요? **티토의 정원**에서는 아무 소식도 없나요? 공주님의 가족에게서는요?"

파수꾼은 꼭 말이 코웃음 치듯 비웃더니 대답했다.

"꼭 죽은 사람에게 말하는 것 같네. 너희들은 **언더의 생각** 임금님이 벽을 부수고 꺼내 주기 전에는 이 탑에서 나오지 못할 거야. 카사 왕은 아마 벽을 부순 다음에 몸종의 목을 딱 하고 부러뜨려서는 개 떼들에게 던져 버릴걸. 그러니 벽돌집에 만족하도록 해. 밖에서 무슨 일이 벌어지는지에 대해서는 관심을 끊고 말이다. 세상은 더 이상 너와는 아무 상관이 없으니까."

파수꾼은 그렇게 말하면서 웃었다. 하지만 나는 내가 쓴 글씨만큼 파수꾼의 목소리를 분명하게 읽을 수 있었다. 파수꾼은 우리가 불쌍한 것이다. 그리고 불쌍해하는 것을 미안해하고 말이다.

사실 파수꾼으로서 할 말은 아니었다. 그렇게 다른 사람의 마음을 아프게 하거나 슬퍼서 정신을 추스르지 못할 정도의 심한 말을 하지 않고도 잘 살 수 있을 텐데. 하긴 계략의 신 **언더**의 쓰레기 더미로 던져진 두 여자 아이를 감시하는 일도 그리 쉽지만은 않을 것이다. 파수꾼도 우리 때문에 마음 아프기가 싫어서 웃어넘기고 있는지도 모른다.

파수꾼이 내 소리가 들릴 만큼 가까이 있을 때, 나는 심장이 돌처럼 딱딱한 사람들을 위한 노래를 불렀다. 그 노래는 기분을 상쾌하게 만드는 구절로 시작한다.

"껍데기에 꽁꽁 갇혀 있던 병아리여, 날개를 펼치고 날아가렴."

남자는 얼마 동안 노래를 듣더니 가 버렸다.

162일째

이곳에도 봄이 왔다. 어쨌든 봄기운이 느껴진다. 밤에도 돌바닥이 그다지 차갑게 느껴지지 않는다. 한때는 깊은 구덩이 냄새를 풍기며 스며들던 바람도 이제는 푸른 하늘 냄새를 실어 오고 있다. 주인님도 변화를 느끼는 모양이다. 들뜨는지 이리저리 껑충껑충 뛰어다니면서 장난을 치고 싶어 한다. 나는 양말과 소금에 절인 고기 조각을 가지고 주인님과 놀면서 운동을 시킨다.

계절이 바뀌면 공주님의 기분이 나아질 거라고 생각했다. 하지만 공주님은 여전하다. 등은 구부정하고 눈도 초롱초롱하지 못하다. 나는 공주님에게 여러 노래를 섞어 만든 새로운 노래를 시도하고 있다. 노래를 불러 드리면 가끔 기분이 좋아지는 것 같지만 그런 변화는 오래가지 않는다. 하지만 나는 고집스러운 유목민 출신이다. 공주님을 괴롭히는 것이 무엇인지 알아내고야 말 작정이다.

신선한 바람이 구멍으로 들어왔다. 나뭇잎이 되기 위해 껍질을 빠져나오려고 몸을 부르르 떨 새싹이 보고 싶다. 겨울 내내 숨어 있다가 이제 밖으로 나와 자유를 찾은 것이 너무나 행복해 윙윙 날아다니는 꿀벌 소리도 듣고 싶다.

180일째

뭔가 쓸 거리가 있으면 더 쓰고 싶다. 뚫어져라 벽만 쳐다보고 있는 우리 공주님의 옆모습을 여기다 그려야겠다.

공주님은 점심을 먹은 다음부터 아무 말 없이 조용히 앉아 있다. 거의 저녁 시간이 되어 가는데.

223일째

지난주 내내 나는 뭔가 새로운 일이 터져서 일기 쓸 거리가 있었으면 하고 바랐었다. 괜히 그런 소원을 빌었나 보다. 계략의 신 **언더**가 유쾌하지 못한 일을 가져다주고 말았다.

오늘 카사 왕이 돌아왔다.

"내가 돌아왔소, 나의 공주, 내 사랑!"

카사 왕은 마치 세상 모든 사람을 저녁 만찬에 초대하듯 기운찬 목소리로 외쳤다.

공주님이 중얼거렸다.

"한 대 쳐 주었으면 좋겠어. 저 남자만 생각하면 젖 먹던 힘까지 내서 힘껏 때려 주고 싶어. 딱 한 번만이라도 두 눈 사이를 세게 칠 수만 있다면. 나를 되받아쳐도 상관없으니까."

아주 근사한 생각 같았다.

쇠뚜껑을 두들기는 소리가 들렸다. 우리는 한 걸음 뒤로 물러섰다.

"저리 가세요. 우리 공주님은 당신이 싫대요. 우리를 그냥 내버려 두라고요!"

꽝꽝 두들기고 벅벅 긁어 대는 소리가 온 사방에서 들려오는 듯했다. 우리는 방 한가운데에 서서 손을 잡고 있었다. 그때 끼익 쇳소리가 나더니 뚜껑이 벽에서 뜯겨져 나갔다. 공주님이 비명을 지르더니 뚜껑에서 가장 먼 벽 쪽으로 휙 물러섰다.

카사 왕의 목소리가 탑 안으로 우렁차게 울려 퍼졌다.

"내가 노크할 때 열지 않으면, 문을 부숴 버린다는 걸 알아 두시오. 자,

어서 손을 내밀어라, 천한 유목민 몸종아!"

"가만있어. 다쉬티."

공주님이 말렸다. 조상님이여, 우리 공주님에게 축복을!

카사 왕은 처음으로 요란하게 웃어 댔다.

"아직 궁전으로 갈 때가 안 된 것 같소, 샤렌 공주? 이 통에서 잘 절여졌나요? 내가 문을 부수고 꺼내 드릴까요?"

내가 나지막하게 말했다.

"아니라고 말하세요."

공주님은 아무 말도 하려 하지 않았다.

"할 말이 없소? 그렇다면 불을 질러 나오게 하는 수밖에 없겠군."

카사 왕의 말과 함께 무엇인가가 구멍으로 번쩍하며 들어왔다. 나는 연기가 피어오르기 전까지 불꽃이 어디에 떨어졌는지 알지 못했다. 침대에 불이 붙었다. 나는 불이 난 곳으로 후딱 뛰어가 타고 있는 지푸라기를 발로 밟았다. 그러자 또 다른 불꽃이 던져졌다. 그리고 점점 더 많은 불꽃이 소리도 없이 비처럼 쏟아졌다. 어떤 불꽃은 마른 돌바닥에 떨어져 피식 소리 내며 그대로 꺼지기도 했지만, 어떤 건 천이나 나무 아니면 지푸라기에 떨어져 활활 타올랐다. 나는 이리 뛰고 저리 뛰며 불이 붙은 것이면 무조건 발로 밟아 댔다. 공주님은 나를 따라 뛰기만 했다. 불이 본격적으로 타오르기 시작하면 나와 공주님은 벽이 무너져 내리기 전에 이 벽돌 오븐 안에서 구워질 참이었다.

나는 정신없이 발로 밟고 손으로 쳐냈다. '불을 꺼야 해, 불을 꺼야 해' 하는 생각뿐이었다. 공주님은 미친 듯이 벽돌만 두들겨 댔다. 그래서 혼자서 불을 꺼야 했는데, 목이 칼칼해 숨 쉬기도 거북하고 연기를 맡으니 토하고만 싶었다.

"뒤를 봐!"

공주님이 손가락으로 가리키며 소리쳤다. 장작더미 옆에 있던 수건에 불이 붙어 활활 타고 있었다. 만약 장작에 불이 붙으면 우리는 냄비에 든 토끼가 될 것이다. 나는 수건에 달려들어 몸을 굴리면서 불을 껐다.

더 이상 불꽃이 날아오지 않았다. 온몸이 쑤시고 땀이 뻘뻘 났다. 공주님은 군데군데 그을린 내 침대에 벌렁 쓰러져 멍하니 천장만 바라보고 있었다. 얼마나 오랫동안 연기와 불꽃과 싸웠는지 알 수 없었다. 몇 분인지 몇 시간인지. 하지만 내가 살아오는 동안 그렇게 겁이 난 적은 없었던 것 같다.

"미친 듯이 춤추는 모습을 봤으면 좋았을 텐데!"

끔찍했다. 카사 왕의 한 마디 한 마디가 얼마나 시커멓고 끈적거리게 느껴지던지…….

"하지만 하늘하늘 버드나무 꽃 같은 당신은 언젠가 내 앞에서 춤추게 될 것이오. 그게 오늘 밤일까? 지금 말하시오, 샤렌 공주. 그렇지 않으면 7년이 다 지나기 전에는 다시 찾아오지 않을 테요. 이 감옥에서 6년을 더 지낼 것인지, 아니면 당신의 나머지 인생을 나의 궁전에서 보낼 것인지 택하시오. 나의 궁전으로 가면 당신은 몸종을 열이나 둘 수 있고, 갖고 있던 것보다 열 배나 많은 드레스와 신선한 음식, 따뜻한 목욕물에 유리창이 다섯 개나 달리고 정원으로 나가는 문이 있는 방에서 살게 될 거요. 나의 사랑스러운 공주! 여름이면 정원 가득 꽃이 피고, 모든 꽃들은 당신의 아름다움에 절을 하겠지. 다만……."

카사 왕의 목소리가 거칠어지더니 이렇게 덧붙였다.

"그 방을 나와 함께 쓰는 게 당신이 치러야 하는 대가지."

카사 왕의 목소리는 부드러우면서도 동시에 거칠었다. 분명 카사 왕은 뚜껑이 뜯겨져 나간 구멍에 얼굴을 바싹 대고 있을 터였다.

마침 비워야만 하는 공주님 요강이 내 발 옆에 있었다. 공주님이 벌떡 일어나더니 요강 뚜껑을 벗겨 구멍에 대고 확 뿌렸다. 배설물이 철썩 하고 떨어지는 소리가 났다. 공주님의 오줌과 질퍽한 배변이 아마도 떡하니 벌리고 소리치던 카사 왕의 입으로 곧장 쏟아졌을 것이다.

카사 왕이 괴성을 질렀다. 당연했다. 우리는 얼마나 꼼짝 않고 있었던지 온몸이 쑤실 지경이었다. 그 이후로 카사 왕의 소리는 들리지 않았다. 나는 공주님의 몸종이라는 게 그렇게 자랑스러울 수가 없었다.

몇 분이 지난 뒤 나는 낄낄 웃었다. 공주님도 낄낄 웃었다. 우리는 뒤로 벌렁 드러누워 깔깔 웃어 댔다. 사실 우리는 울고 있었다.

그 남 이후

밖에서 늑대가 울부짖는 소리가 들린다.

공주님이 방 한가운데에 몸을 잔뜩 웅크린 채 앉아 있다. 공주님은 한 마디 말도 하려고 하지 않았다. 나는 공주님 옆에 누워 마음의 평정을 되찾게 해 주는 노래를 불렀다.

"어린 강아지의 발자국, 귀여운 강아지, 귀여운 강아지……."

하지만 병을 고치는 노래는 본인이 받아들이지 않으면 아무 소용이 없

다. 지금으로선 그저 겁을 내는 일도 필요할지 모르겠다. 하지만 나는 겁
내는 게 싫다. 이렇게 글을 쓰는 게 도움 되기를.

또다시 늑대 울음소리가 들린다. 어째서 울음소리가 마치 내 등에서
춤추는 손톱처럼 느껴지는 걸까? 늑대의 울음소리는 이전에도 들어본 적
이 있다. 우리 가족이 양을 키울 때 밤에 한 마리도 잃지 않고 모으는 데,
늑대 울음소리가 아주 유용했다. 만약 늑대가 너무 가까이 다가오면 오빠
들은 늑대의 노래를 불렀다. 그럼 늑대들이 맞받아 울부짖었다. 그건 우
리를 그대로 내버려 두라고 알리는 소리였고, 늑대들은 항상 조용히 물러
났다. 그런데 세상에는 늑대보다 더 끔찍한 것도 많다.

주인님은 내 무릎에 앉아 있다. 고양이 목털이 나무처럼 벌떡 일어서
있다. 늑대가 울부짖을 때마다 고양이가 하악거렸다. 소리가 점점 더 가
까워지고 있다. 쇠뚜껑이 떨어져 나가서 밖에 어둠이 내린 걸 알 수 있었
다. 임시로라도 대충 덮어둬야 했지만 가까이 갈 엄두가 나지 않는다.

무슨 일이 벌어지고 있었다. 요란하게 울부짖던 소리가 더 이상 들리
지 않는다. 그저 으르렁거리는 소리뿐이었다. 경비견들이 미친 듯이 울
부짖었었는데……. 하지만 이제는 들리지 않았다. 파수꾼들이 서로 큰
소리로 주고받는 소리가 들린다. 그러다 한 파수꾼의 비명이 들렸다. 또
다른 남자의 비명 소리가 이어졌다. 세상에, 또! 무슨 일이 벌어진 걸까?
싸우는 건 아닌 듯한데……. 악몽 속에서 들려오는 소리 같았다.

공주님은 아직도 떨고 있다. 주인님은 쉭쉭 소리를 내고 있다. 나는 고
양이를 쓰다듬으며 노래를 부른다. 누군가가 나를 위해 노래를 불러 주었
으면 좋겠다. 또 다시 비명 소리가 들린다. 아주 가까이서…….

나는 침묵 속에서 글을 쓰고 있다. 끔찍하다. 아주 가까이에서 도움을 청하는 소리에 글쓰기를 멈추었었다. 바로 구멍 앞인 것 같았다. 나는 도울 수 있을까 싶어 살금살금 기어갔다. 그런데 불쑥 한 야생 동물의 입이 나타났다. 나를 보고 으르렁거리며 녀석은 입을 딱딱 벌렸다 닫았다 했다. 늑대 같았지만 크기가 엄청났다. 녀석의 입은 피로 물들어 있었다. 숲에서 왔을까? 카사 왕이 피에 굶주린 늑대를 기르는 걸까?

나는 뒤로 벌러덩 나자빠진 채 헐레벌떡 뒤로 물러섰다. 녀석은 안으로 못 들어온다. 그러기엔 몸집이 컸다. 하지만 녀석은 침을 질질 흘리면서 나를 보고 입을 떡 벌렸다. 그리고 사냥감을 찾아 헤매듯 코를 벌렁거렸다.

바로 그때 주인님이 괴물에게 달려들 기세로 움츠리는 게 보였다.

"안 돼!"

내가 소리쳤다. 나는 고양이를 잡기 위해 앞으로 달렸지만 놓치고 말았다. 주인님은 앙칼지게 울어대며 녀석에게 달려들었다. 어느새 둘 다 구멍 밖으로 사라져 보이지 않았다. 야수의 끔찍한 울음소리가 들렸다. 고양이가 캬악 하고 지르는 소리가 들렸다. 하지만 고통스러운 비명은 아니었다. 제발 그런 일은 없기를……. 오, 나의 고양이, 나의 멋진 회색 고양이.

이제 다시 적막이 흐르고 있다. 공주님은 울지 않았다. 몸을 그저 공처럼 말아 덜덜 떨고 있을 뿐이다. 나는 공주님을 위로하다 구멍으로 가서 주인님이 돌아오나 살피느라 왔다 갔다 했다. 이 세상에서 살아 숨 쉬는 것은 오로지 나뿐이라는 느낌이 들었다. 나도 살고 싶지 않았다.

고통스러운 시간이 지난 다음 나는 용기를 내 구멍으로 다가갔다. 입을 떡떡 벌리는 늑대 입과 검은 장갑 손이 나타날까 겁이 났다. 하지만 결국 고양이를 부를 수 있을 정도로 가까이 다가갔다.

"거기 누구 없어요? 여보세요? 제발 대답 좀 해 봐요."

파수꾼들도 아무 대답이 없었다. 하긴 늘 대답해 주지는 않았었다. 멀리 도망가서 숨어 있을지도 모를 일이었다. 어쩌면.

제발, 동물을 보살피는 **티토** 신이여! 나의 고양이, 나의 주인님을 지켜 주소서. 제발 안전하게 지켜 주소서!

224일째

주인님은 소식이 없다. 파수꾼들의 소리도 들리지 않는다.

225일째

주인님은 아직 돌아오지 않았다. 나는 구멍 옆에서 기다리면서 이름을 부른다. 파수꾼들의 소리도 여전히 들리지 않는다.

231일째

고양이는 식탁에 오를 때마다 목으로 나지막하게 딸꾹질 소리를 내곤 했었다. 가장 좋아하는 간식은 치즈였다. 쥐를 공격할 때면 몸이 얼마나 잰지 모른다. 쥐를 잡을 때는 목 뒤를 덥석 물어 한 번에 치명적인 상처를 입히지만, 먹을 때는 항상 까다롭다. 가장 맛있는 부분을 가려내어 오랜 시간 천천히 전체를 먹어 치운다. 깊은 잠에 빠져 있을 때는 아주 만족스러운지 그르렁거리는 소리를 내기도 한다. 그 소리에 잠이 깨어도 나는 하나도 성가시지 않았다.

236일째

공주님 말로는 주인님이 카사 왕에게 죽었을 거라고 한다.
"아니, 카사 왕이 왜 고양이를 죽이겠어요?"
내 질문에 공주님이 대답했다.
"난 알아. 사람들은 나보고 둔하다고 하지만 나도 아는 게 있어."
공주님은 무엇을 알고 있는지 도통 말해 주지 않는다. 그래서인지 공주님 바로 옆에 앉아 있어도 나는 외로움을 느낀다.
그런데 파수꾼들은 모두 어디로 간 걸까? 카사 왕이 왔다 간 이후로 파수꾼들은 우유를 갖다 주지 않았다. 다들 임금님께 보고하러 도시로 달려갔나? 어서 돌아왔으면 좋겠다. 신선한 우유가 없으면 마른 요구르트를 물에 타서 공주님께 드릴 수밖에 없다. 그러면 덩어리도 잘 풀리지 않고 맛이 시다. 하긴 적어도 공주님이 맹물을 마시지 않아도 되긴 하지만…….

그리고 더 나쁜 소식은 쥐들이 돌아왔다는 것이다. 고양이 없이 며칠이 지나니 어떻게 알았는지 쥐들이 벌써 돌아왔다. 찍찍 박박 여기저기 바쁘게 돌아다니는 소리가 들린다. 덫을 몇 개 놓았지만 쥐들은 잘도 피해 다닌다. 내가 여러 시간 지하실에서 쥐와 씨름하는 동안, 빨래도 못하고 음식 장만도 못해 우리는 차가운 점심을 먹었다.

주인님은 분명 무사할 거야. 곧 돌아올 것이다.

240일째

공주님이 내가 손을 녹이고 음식을 데울 수 있게 쥐 잡는 일을 교대해 주기로 했다. 왕족에게는 맞지 않는 일인 것 같아서 안 된다고 해도 공주님은 막무가내였다. 공주님이 기꺼이 하겠다고 하면 괜찮겠지, 뭐.

식탁에 음식을 차리고 공주님에게 지하실에서 올라오라고 불렀다. 공주님은 사다리를 타고 올라오더니 곧장 위층으로 올라가려고 하셨다.

"속이 좋지 않아. 그냥 일찍 잘래."

"제가 노래를 불러 드릴게요."

하지만 공주님은 내 제안을 거절했다.

쥐를 잡으려고 지하실로 내려가 보니 공주님 속이 왜 좋지 않은지 알 수 있었다. 공주님은 설탕을 반 자루나 먹어 치웠던 것이다.

245일째

공주님은 매일 쥐 잡는 일을 교대로 하겠다고 우긴다. 하지만 공주님은 지하에 내려가서 먹기만 한다. 쥐들이 찍찍거리며 공주님 주위를 종종 돌아다닌다. 공주님이 쩝쩝거리며 먹는 소리만 들린다.

268일째

공주님은 남아 있던 마른 과일을 부스러기조차 남기지 않고 먹어 치우셨다. 설탕도. 그러고는 나에게 밤새 더 많은 고기를 물에 불렸다가 음식을 더 푸짐하게 장만하고 빵도 더 많이 구우라고 한다. 내가 안 된다고 우기려 했는데, 공주님은 손을 올리더니 신성한 아홉 신에 두고 시키는 대로 복종하라고 명령하셨다. 그래서 나는 시키는 대로 한다. 나는 아기 돼지가 부끄러워할 만큼 구시렁대고 있다.

6년이 남았는데 설탕은 하나도 남아 있지 않다. 6년이 더 남았는데 생과일이건 말린 과일이건 과일은 하나도 없다.

그 이후……

공주님이 마지막으로 남아 있던 치즈도 몽땅 먹어 치운 것 같다. 쥐들도 애통해 하겠지.

281일째

어젯밤인지 아침인지, 시간이야 어찌 되었든, 나는 불 옆에 앉아 공주님 옷의 시접을 딴 다음 폭을 늘려 다시 꿰매고 있다. 공주님이 너무 먹어

대어 전보다 둥글둥글 살이 쪘기 때문이다.

"공주님, 우리에게 남아 있는 식량은 위험할 정도예요. 조심해야 한다고요."

공주님이 대답했다.

"상관없어. 어차피 7년을 버틸 수는 없으니까."

그 말에 우리는 둘 다 아무 말도 하지 못했다. 공주님은 한참이나 불을 뚫어져라 쳐다보았다. 공주님은 불꽃을 보며 무슨 생각을 하실까. 공주님이 입을 여셨다.

"다쉬티, 너 같으면 카사 왕과 결혼했겠니?"

"아니요! 저는 유목민 출신이에요. 왕과는 결혼할 수 없어요."

"만약 네가 나라면 하겠느냔 말이야?"

나는 상상해 보았다. 카사 왕은 내 손을 후려치고 탑 안에 불꽃을 집어던졌다. 목소리만 들어도 배 속이 뒤집히는 것 같은데, 이 무덤 같은 곳을 벗어나기 위해 과연 결혼했을까? 칸님과 이미 사랑에 빠졌는데도 어쩔 수 없이 다른 남자랑 살아야 한다는 생각에 눈물을 흘리며 괴로워했을까? 차라리 7년을 갇혀 살다 어둠 속에서 죽겠다고 했을까?

머리가 어지러웠다. 그만 하자. 평민이 왕족과 결혼한다는 상상조차 남쪽 성벽에서 교수형을 당할 수 있는 죄이다. 죽어서도 조상님들의 나라로 들어갈 수 없는 죄를 짓는 것이다. 그런 생각을 하라고 시키는 공주님도 잘못이다.

내가 할 수 있는 대답은 이것뿐이었다.

"공주님이 최선이라고 생각되는 쪽으로 하세요. 이 탑에서 단 하루라도 더 못 견딜 것 같아 카사 왕과 결혼하셔도, 저는 영원히 공주님 곁에 있을 테니까요."

이건 진심이다. 나는 공주님의 몸종이다. 이미 맹세했다. 나는 죽는 날까지 곁에서 공주님을 섬길 것이다.

공주님은 미소를 지었다. 지금까지 공주님이 볼에 보조개가 생길 정도로 웃는 것은 처음 본다. 늘 너무나 애처로운 작은 새 같았는데. 저렇게 태양처럼 환하게 빛날 수 있는데도 항상 축 처진 어깨로 끙끙 앓기만 하니⋯⋯. 가끔 나는 공주님이 왕족이라는 사실을 잊는다. 공주님 안에 신성한 피가 흐른다는 것을. 하지만 공주님이 미소를 지으니 이제야 비로소 깨닫는다. 공주님은 물에 비친 햇빛처럼 아름답다.

공주님은 다시 불을 쳐다보았다.

"나도 내가 카사 왕과 결혼했어야 한다는 걸 알아. 그렇게 결혼할 운명이었으니까. 내가 태어난 목적은 그뿐이거든."

"그럴 리가 없어요, 공주님."

"내가 아버지 무릎에 안길 정도로 어렸을 때, 아버지가 그렇게 말씀하셨어. 언니 알탄은 아버지가 돌아가시면 나라를 맡아 다스릴 거야. 어딘 오빠는 알탄이 세상을 뜨게 되면 그 자리를 물려받을 거고. 나는 셋째거든. 나는 언젠가 동물을 다스리는 대신이 되는 꿈을 꿨었지. 동물을 좋아하거든. 하지만 아버지는 내가 너무 머리가 나쁘다고 했어. 그리고 나는 공주야. 그런 일을 맡아 하는 대신은 평민들도 될 수 있거든. 하지만 한 나라 임금의 셋째로 태어난 아이는 다른 왕이나 귀족에게 시집보낼 때만 필요한 거야."

공주님이 불을 쳐다보는 눈빛으로 보아 공주님이 이제 할 말을 다 했다는 것을 눈치 챘다. 나는 공주님 옆에 조용히 앉아 공주님이 한 말을 생각해 보았다. 공주님의 언니 이름인 '알탄'은 작명집에 의하면 '금'이라는 뜻이다. 금은 왕족을 상징하는 색이다. 한 영토를 다스리는 여자에게 꼭 맞는 이름 같다. '어딘'은 보석을 뜻한다. 그 또한 왕족에 걸맞는 이름이다. '샤렌'은 달빛을 뜻한다. 공주님의 어머니는 무슨 생각으로 셋째 아이에게 달빛이라는 이름을 지어 주셨을까? 달빛은 푸른 하늘이 돌아올 때까지만 밤하늘을 밝히는 희미한 불빛인데.

참 이상하다. 왕족도 엄마들이 아이의 이름을 지어 준다. 그리고 가질 수 없는 것을 원하고, 두려워하는 사람과 억지로 혼인해야 한다. 비록 내가 공주님의 접시를 닦고 속옷을 빨지만 오늘에서야 나는 처음으로 공주님도 그저 평범한 사람이라는 생각이 든다.

그 이후

나는 공주님에게 미소 짓는 공주님을 그린 그림을 보여 주었다. 공주님은 내가 자기의 가장 좋은 친구라고 말했다. 그 말을 꼭 적어 두어야지.

298일째

나는 매일 공주님께 노래를 불러 드린다. 가끔 노래는 두통이나 복통을 덜어 내는 데 도움이 되기도 한다. 나는 공주님 마음을 괴롭히는 것들을 없애고, 공주님의 병을 고치고 싶은 마음에 끊임없이 노래한다. 어제 나는 새로운 노래를 불렀다. 나도 거의 잊고 있던 노래였다.

알 수 없는 병을 위한 노래는 소리 내어 슬프게 통곡하며 부른다. 음이 높아지면 그 음을 따라 내 목청도 늘어진다. 음은 자꾸 올라가서 마치 상처 입은 새의 울부짖는 소리만큼 높아진다. **"빗방울은 떨어져 터지고, 빗방울은 떨어져 찢어지네!"** 노랫소리가 탑 안에서 메아리쳐 울릴 즈음에는 내 가슴도 꽉 멘다. 공주님은 한숨을 지으며 잔뜩 웅크린 채 나에게 기댄다. 울지는 않아도 마치 우는 것처럼 숨을 거칠게 몰아쉰다. 한참을 그러더니 공주님 마음이 한결 가벼워진 모양이다. 공주님은 점심을 먹으며 나와 이야기도 나누고, 콩 던지기 놀이도 했다.

어젯밤 나는 공주님의 병이 조금은 호전된 것 같아 뿌듯해하며 잠자리에 들었다. 하지만 오늘 아침 공주님은 여전하다. 왜 그렇게 슬퍼하며, 비관적이고, 외로워하는지. 그리고 가끔 어린아이처럼 행동하는 이유가 뭔지……. 내게 털어놓는다면 좋을 텐데. 공주님 자신은 그 이유를 알고 있을까? 원래 그런 사람일까? 어쩌면 고칠 게 없는 건 아닐까…….

그래도 나는 계속 노력할 것이다.

312일째

여름이다. 그리고 태양의 여신 **에벨라**에게 감사하게도, 올해는 견딜 만한 여름이다. 그렇지 않았다면 이 벽돌 오븐 안에서 구워졌을 것이다.

오늘 아침에 아이들이 우리가 갇힌 탑 주위를 뛰어다니며 놀았다. 전에도 왔던 아이들인 것 같았지만 오늘처럼 소리가 뚜렷하게 들린 적은 없었다. 아마 오늘은 더 가까이 와서 노는 모양이다. 어쩌면 누가 더 가까이 다가가나 내기를 했는지도 모른다. 아이들의 목소리가 떨어져 나간 구멍으로 밀려들려 왔다. 아이들은 탑 주위를 돌고 또 돌면서 노래를 불렀다. 노래 가사가 띄엄띄엄 들려왔다.

"탑에 두 여자가 죽어 있다네.
7년 동안 매일매일
콩을 세며
눈물만 흘리다
썩은 콩죽에 빠져 죽었다네."

그다지 마음에 드는 노래는 아니었지만, 나는 구멍 가까이에 앉아 아이들의 노래를 듣고 또 들었다. 오랜만에 듣는 새로운 노래는 잃어버린 설탕처럼 달콤했다.

339일째

공주님은 대개 혼자 앉아 아무 물건이나 뚫어져라 쳐다보며 시간을 보낸다. 자기 손가락, 바닥, 머리카락 한 가닥 등. 어떻게 사람이 아무 일도 하지 않고 저렇게 오랫동안 앉아 있을 수 있지? 유목민은 일하기 위해 태어나고 귀하신 분들은 앉아 있기 위해 태어났을까? 어둠 속에서 살다 보니 영원한 푸른 하늘 아래서 살 때는 한 번도 해 보지 않았던 생각들이 자꾸 떠오른다.

하지만 공평하지 않은 것 같다. 왜 공주님은 빨래도 하지 않고, 옷을 꿰매거나 먹을 음식 하나 만들 수 없는 걸까? 지하실 우물에서 물을 길어 양동이를 들고 사다리를 올라갈 일만 없어도 정말 좋을 텐데. 어느 정도 일하는 건 나쁘지 않을 텐데. 촛불만 우두커니 바라보거나 어둠만 뚫어져라 쳐다보는 일밖에는 아무것도 할 게 없을 땐 말이다.

그 후

조상님들이여, 용서하소서. 나는 공주님에게 똥빵 굽는 방법을 가르쳐 줄 테니 배워 보겠냐고 물었다.

"나는 어떻게 만드는지 몰라, 다쉬티."

"그러니까 가르쳐 드린다고요."

"제대로 못할 거야."

"그거야 당연하죠. 누구나 처음 새로운 것을 배울 때는 다들 제대로 못해요."

그랬더니 공주님이 울기 시작했다.

"하지만 난 다 망칠 거야!"

나는 공주님을 이해하고 싶었다. 왜 이렇게 우는지, 왜 이렇게 겁을 내는지. 공주님은 온 세상이 웅크리고 있다가 자기에게 달려들어 괴롭힐 거라고 생각하는 모양이다.

457일째

수주일이 지나가고 여러 달이 지나간다. 나는 빨래를 하고 음식을 만든다. 공주님은 사람이라기보다는 그림자 같다. 한번은 공주님에게 읽기를 가르치려고 했다. 공주님은 제대로 쳐다보려고 하지도 않는다.

나는 가끔 촛불이 싫다. 차라리 깜깜한 어둠이 나은 것 같기도 하다. 그럼 모든 게 사라질 때까지 가만히 있기만 하면 될 테니까. 하지만 그래도 나는 계속 음식을 만든다. 나는 계속 빨래를 한다. 나는 계속 노래를 한다. 나는 불을 지피고 초도 켠다.

528일째

오늘 나는 죽고 싶다는 생각이 들었다. 그래서 지하실로 내려가 빗자루로 쥐를 몇 마리 잡았다. 그렇게 하자 마음이 좀 가라앉았다.

640일째

이번 여름은 작년보다 더 심하다. 뜨겁디뜨거운 열기가 온 사방에서 벽을 뚫고 파고들어서는 우리 얼굴에 대고 소리 없는 아우성을 친다. 공주님과 나는 쥐를 벗 삼아 그나마 조금 시원한 지하실로 내려가 산다. 아니면 벽돌 사이 틈새를 통해 산들바람이라도 스며드는 위층에 앉아 있거나. 열기 때문에 죽을까 봐 나는 불을 지피지 않는다. 음식도 그냥 차게 먹는다. 우리는 머리에 물을 퍼붓고 나서 몸을 부르르 떨기도 한다.

난로는 여름 동안 비어 있다. 마치 눈을 꼭 감고 사는 기분이다. 낮이나 밤이나 우리는 초를 켜고 산다. 손톱만큼 작은 불빛이 너무 쇠약해져 더 이상 연명할 수 없는 듯 휘청거린다. 초를 켜도 구석구석에 밝은 곳보다 어두운 곳이 더 많이 생긴다. 공주님이 촛불과 먼 쪽에 앉으면 공주님조차 보이지 않는다.

그렇다고 하나 이상의 촛불을 켤 엄두가 나지 않는다. 쥐들이 수지 양초를 많이 먹어 치웠다. 죽어 가며 마지막 입김을 내뿜는 촛불이라도 없는 것보다는 낫다.

어느 날 나는 문을 막은 벽돌을 쳐다보며 벽돌 한 장이라도 깨려면 얼마나 세게 쳐야 할지 궁금했다. 만약 어떻게라도 탈출하면 파수꾼들이 활을 쏠까? 아직 근처에 파수꾼이 있는 걸까? 공주님의 아버님이 우리를 찾아내서 다시 7년간 가둬 둘까? 카사 왕이 우리를 찾을까?

나는 지난 몇 달 동안 행동보다는 생각을 많이 했다. 이제 나도 피곤했다. 열기가 얼마나 가혹한지 이런저런 생각을 할 여유도 없다.

684일째

어둠에 관해 알게 된 사실이 하나 있다. 오랫동안 어둠 속에 있으면, 없는 것도 눈에 보이게 된다는 사실이다. 얼굴들이 나를 쳐다보고 있다. 그러다 내가 고개를 돌리면 사라지고 없다. 눈에 보이던 예쁜 색깔들이 씻겨 나간 듯 희미해진다. 윤이 반지르르하게 흐르는 상상 속의 회색 쥐들은 아무 소리도 내지 않고 내 발 사이를 빠르게 왔다 갔다 한다. 나는 이런 일들을 써 놓고 싶다. 그래야 실제로 벌어지는 일이 아니라는 걸 깨달을 수 있으니까.

공주님의 눈에는 나보다 더 많은 것들이 보이는 모양이다. 뭐가 보이는지는 몰라도 공주님은 자꾸 운다.

723일째

나는…… 내가……. 내 생각에는…….

내가 뭘 쓰려고 했지? 단어가 생각나지 않는다. 촛불이 나를 노려보고 있다. 공주님이 끙끙 앓고 있다. 나도 이제 잠자리에 들어야겠다.

780일째

다시 겨울이 되었다. 벽돌 속에 갇혀 산 지 2년이 넘었다. 여러 주일 동안 누군가가 내 머리에 얼음을 퍼붓는 것처럼 생각이 느려진다. 하지만 지난 며칠 동안 많은 생각과 의문점과 기억들이 머릿속에서 소용돌이치고 있다. 곧 무슨 일이 일어날 조짐일까? 어둠 속에 오래 있으면 있을수록, 지나간 일들이 눈에 보이는 벽돌보다 더 또렷하게 보인다. 유령에게 둘러싸인 기분이다. 오래 전에 세상을 뜬 사람들이 내 주위로 몰려들고 있다.

우리 아버지는 내가 아빠라는 말을 하기도 전에 돌아가셨다. 엄마는 나를 낳기 전에 아들을 셋이나 두어서 괜찮았을지 모른다. 가장 큰오빠는 열네 살이었고 여느 집 자식들처럼 사냥을 해 오고 가족을 돌보았다. 오빠는 5년 동안 집안을 책임졌다. 그러다 어느 해 죽음과도 같은 겨울이 찾아왔다. 혹한이 몰려와 공기마저 얼음처럼 얼어붙었다. 하루는 아침에 일어나 나가 보니 말, 야크, 양들이 하나 빼고 죄다 얼어 죽어 있었다.

우리 가족은 수년 동안 부족에 속해 있지 않았기 때문에 홀로 이겨 내야 했다.

모든 가축이 죽은 지 3일이 지난 날 아침, 일어나 보니 오빠들이 없었다. 장화도 보이지 않았고 침낭과 칼, 벨트도 없어졌다. 오빠들이 왜 엄마와 나를 떠났는지 이해는 갔다. 엄마와 어린 여동생을 데리고 있으면 새

가축을 살 정도의 돈을 벌 기회가 보이지 않았던 것이다. 홀몸이라면 다른 부족에 들어가 7년 동안 일하고 부족 안에서 신부도 구하고 자기 나름대로의 가족을 이룰 수 있을 것이다. 하지만 아버지도, 키우는 가축도 죽고 없는 마당에 우리 집은 오빠들에게는 무덤이나 다름없었던 것이다.

엄마와 나는 그 이후 배고픈 날이 많았다. 하지만 그래도 우리에게는 천막집 게르와 우유를 주는 '잡초꽃'이라는 이름의 암말이 한 마리 남아 있었다.

우리는 목축이 생업인 초원으로 나설 엄두가 나지 않았다. 질 나쁜 유목민이 보호자 없는 여자와 소녀를 보면 약탈하러 덤비기 십상이니까. 게다가 키우는 가축이 단 한 마리일 경우, 목축으로 삶을 꾸릴 수 없었다. 그래서 엄마와 나는 숲 근처에 머물러 살면서, 작은 동물을 잡고 나무 열매를 땄다. 우리는 아무도 머물고 싶어 하지 않는 춥고 건조한 곳에서 숨어 살았다. 옷감이나 연장 때문에 도시에 들어가 일용직을 구해야 할 때가 되면, 우리는 잡초꽃 똥을 머리에 문지르고 누더기를 입어 그 어떤 남자도 우리에게 관심 가질 마음이 들지 않게 했다.

우리는 그럭저럭 살아갔다. 엄마가 불러 주는 노래 덕분에 우리는 건강을 유지할 수 있었다. 토끼를 잡아먹기보다는 진흙에 사는 미꾸라지나 모래무지를 먹었고, 영양보다는 새를 잡아먹었다. 우유에 물을 타서 먹기도 하고, 조금이라도 따뜻해지려고 암말을 천막 안으로 데리고 들어와 자야 할 때도 많았다. 하지만 온 숲이 흔들리고 강물에 파도가 일 정도로 웃는 날도 많았다. 가끔 나는 오빠들을 떼어 버려 속이 시원하다는 생각까지 했었다. 아마 엄마와 내가 이렇게 잘 지낼 줄은 몰랐을 것이다.

엄마와 옛집을 그리고 싶어 손가락이 간질간질하다.

문득 엄마가 돌아가실 때가 떠오른다. 난 열네 살이었다. 너무 울어서 젖은 빨래처럼 기운을 잃고 늘어졌었다. 하지만 나는 엄마를 영원한 푸른 하늘 아래 드넓은 초원에 눕혀 드렸다. 엄마 영혼이 어느 곳으로 가야할 지 알 수 있게 엄마 발을 성산 쪽으로 놓았다. 나는 엄마 곁에 하룻밤과 하루 낮을 더 앉아 있었다. 엄마가 자신이 어떤 사람이었는지를 기억하도록 우리가 함께 한 삶에 대해 이야기하고 나서, 엄마에게 이별 노래를 불러 드렸다. 엄마의 영혼에게 이제 가실 때가 되었다고, 이제 다 괜찮다고, 이제는 나를 떠나 성산에 올라가서 조상님들의 나라로 가셔도 된다고. 도시에서는 육체를 떠난 영혼에게 노래 불러 주는 일은 무당 몫이다. 하지만 수 킬로미터를 가도 무당을 볼 수 없는 우리 유목민은 스스로 그런 노래를 배워야 했다.

엄마에게 이별 노래를 불러 드리는 일이 내가 지금까지 한 것 중 가장 어려운 일이었다. 어쩌면 엄마의 영혼을 홀로 두지 않고 내 발이 움직이는 곳마다 따라오게 하는 게 더 나았을지도 모른다. 하지만 노래를 마치고 나니, 나는 내가 자랑스러웠다. 이제 엄마는 조상님들의 나라에서 언젠가 내가 들어갈 날에 불러 줄 노래를 준비하고 기다리실 것이다.

우리는 그해 여름, 도시에서 멀리 떨어진 곳에 머물렀다. 생각만 해도 다리가 아플 정도로 먼 곳이었다. 나는 게르를 접고 잡초꽃 등에 실을 수 있을 만큼만 물건을 싣고, 나머지는 내 등에 짊어졌다. 무거운 겨울용 게르 지붕은 그저 땅바닥에서 썩게 두고 떠나야 했다. 쉽지 않은 일이었다. 엄마와 내가 모직 천을 얼마나 꼭꼭 눌러 펠트를 만들었는데······. 얼마나 손이 아프고 오래 걸렸는데······. 하지만 어쩌겠는가? 그러잖아도 휘청거릴 정도로 짐이 무거웠는데.

여름 초원으로 걸어가며 마주치는 모든 사람에게 내가 가진 가축을 주겠다고 제의했다. 조상님의 은혜로 가축을 빼앗아 가는 사람은 없었다. 하지만 아무도 내 제의를 받아들이지 않았다. 만약 내 제의를 받아들이면 나를 가족의 일원으로 삼아 언젠가는 신랑감을 구해 주겠다는 뜻이기 때문이다. 정말 힘든 겨울이었다. 그 어떤 가족도 먹여 살릴 또 하나의 입을 원하지 않았다. 혹 내가 예뻤다면, 내 얼굴과 팔에 붉은 반점이 없었다면 또 모를까······. 붉은 반점은 불행한 운명을 뜻하니까.

엄마가 그랬듯이 나도 언젠가는 유목민의 아내가 될 거라고 생각했었다. 하지만 지금 일기를 써 내려가면서 절대 그런 일은 일어나지 않을 것임을 깨닫는다. 나의 고양이, 나의 주인님이 지금 내 무릎에 앉아 그르렁거리면 얼마나 좋을까······.

나는 마침내 도시로 가던 한 부족을 만났다. 내 천막을 주고 합류할 수 있었다. 나는 땅바닥에서 잠을 잤지만, 나에게는 우유를 마실 수 있게 해 주는 잡초꽃이 있었다. 나는 되는대로 나무뿌리를 캐기도 하고, 새나 토끼를 사냥하기도 했다. 다른 사람들이 냄비로 장만하는 음식과 우유를 맞바꾸기도 했다. 그렇게 많은 사람들과 함께 있어 본 적이 없었지만 그렇게 외로운 적도 그때가 처음이었다. 이상하지 않은가? 흠, 하긴 이 탑에 갇히기 전까지는 그때가 가장 외로운 줄 알았다.

잡초꽃이 보고 싶다. 일거리와 잘 곳을 구하려고 잡초꽃을 팔아야만 했었다. 예전의 내가 그립다. 하늘 아래서 어떻게 느끼고 살았는지 그립고, 나를 그저 먹여 살릴 입이나 혹독한 겨울에 버릴 존재로 생각하지 않을 남편을 꿈꾸던 그 시절이 그립다.

나는 허드렛물을 버리는 구멍을 쳐다보았다. 밖에서 빛이 들어온다. 아침인가? 내가 밤새 글을 썼단 말인가? 시간이란 전혀 알아들을 수 없는 말들을 중얼거리며 끊이지 않고 내 얼굴에 불어오는 바람 같다.

공주님이 부른다. 배가 고프다고 한다.

공주님은 늘 배가 고프다.

795일째

공주님에게서 냄새가 난다. 뜨거운 날 쌓여 있는 배설물에서 나는 냄새 같다. 내 글씨체가 엉망인 건, 내가 눈을 꼭 감고 쓰기 때문이다. 생각하지 말자. 하지만 분명히 냄새가 난다. 공주님에게서는 뜨끈한 똥 냄새가 난다.

812일째

공주님 시중을 들게 된 것은 영광이다. 분명 영광이라는 사실을 알고 있다. 그래도……. 조상님들이여, 이 글을 읽지 마세요. 과연 그럴까, 과연? 공주님은 자신의 의무를 게을리 했기 때문에 갇혔다. 하지만 나는 내 의무를 충실히 해서 갇혔다.

나의 고양이, 나의 주인님이 보고 싶다.

계략의 신 **언더**가 우리를 괴롭힐 새 방법을 자꾸 생각하나 보다. 나는 새 곡식 자루를 뜯어 밥을 지었다. 쥐들이 손대지 못하게 지하 구덩이에 숨겨 둔 자루였다. 나는 속도 편치 않고 먹을 기분도 아니어서 조금 깨작 거리기만 했다. 하지만 공주님은 납작한 **빵**을 몽땅 먹어 치웠다. 마치 동 물들이 풀을 뜯듯 우적우적 게걸스럽게 소리를 내며. 조상님들이여, 우 리 공주님을 돌보아 주소서.

점심을 먹은 후 온 사방이 화려한 색으로 물드는 것을 느꼈다. 색이 얼 마나 또렷한지 나는 모든 게 원래 그런 색인 줄 알았다. 벽돌은 주황색으 로 변하더니 불이 붙은 듯 너울거렸다. 열기도 없는데……. 이상하기는 했지만 크게 걱정되지는 않았다. 그러던 중 갑자기 공주님이 비명을 지르 더니 손가락으로 위를 가리켰다. 나무로 된 천장과 어둠뿐이었다.

하지만 공주님은 계속 비명을 질렀다.

"내려오고 있어. 위에서 떨어지고 있다니까!"

"뭐가요? 뭔데요?"

공주님은 벽에 난 구멍을 보고는 또 비명을 질렀다.

"늑대다! 늑대가 벽을 먹어 치우고 안으로 들어오고 있어!"

아무것도 없었다.

공주님이 비명을 지르고 토하는 동안 나는 공주님을 끌어안고 노래를 불러 드렸다. 벽돌에서 너울거리던 주황색 불이 더 이상 보이지 않게 되 자, 공주님도 기운을 잃고 축 늘어졌다.

상한 곡식이었던 것이다. 언젠가 엄마가 일러 주었던 적이 있다. 오래

저장되었던 곡식을 먹고 헛것이 보이면, 그건 계략의 신 **언더**가 장난을 쳐 곡식이 상한 거라고.

우리가 죽지 않은 것만도 감사한 일이다. 나는 우리를 거의 죽음으로 몰아넣었던 곡식을 구멍으로 자루째 다 버렸다.

852일째

나는 이따금씩 몇 시간이고 구멍 옆에 앉아 파수꾼을 부른다. 늑대가 울부짖고 간 이후로 아무 대답이 없다. 만약 카사 왕이 파수꾼들을 죽였다면 왜 임금님은 다른 파수꾼들을 보내지 않는 걸까?

912일째

저 아래서 쥐 새끼들이 미친 듯이 찍찍거리는 소리가 들려온다. 반쯤 잠이 들었을 때 들으면 쥐들이 잔치를 벌이고 놀면서 나를 비웃는 듯하다. 오늘 밤 지하에서 다시 잠을 이룰 수는 없을 것 같다. 밖에서 풍겨 오는 향기는 봄이 오고 있음을 알리지만, 여전히 매서운 추위 탓에 팔다리가 반은 얼어붙었고 하도 덜덜 떨어서 턱이 아프다.

쥐가 너무 많다. 이제 어떻게 해야 할지 아무 생각도 나지 않는다. 사실 별 생각도 없다. 지하에서 잠을 잤더니 너무 춥다. 머리가 얼음처럼 차갑고 머릿속에 있던 걱정거리도 다 둘로 쪼개지는 것 같다. 이제 겨우 2년하고 반이 지났을 뿐인데. 나는 밖에다 대고 소리를 지른다. 오래 견딜 수 없으니 먹을 것을 더 보내 주든지 아니면 제발 우리를 풀어 달라고 말이다. 아무도 없는 걸까? 공주님의 가족은 우리가 죽든 말든 상관하지 않는 걸까? 아니, 우리를 기억조차 하지 못하는 걸까?

훗에

나는 남아 있는 모든 식량을 중간층으로 옮겼다. 선선한 지하보다 음식이 더 빨리 상할지도 모르지만, 적어도 쥐 새끼들이 쉽게 접근하지 못할 것이다. 나는 양을 측정했다. 쥐 새끼들이 먹고 남긴 식량으로는 4년을 버틸 수 없다. 만약 내가 너무 추위에 시달리고 탑에 갇혀 정신이 이상해진 게 아니라면, 남은 식량으로는 한 달도 버티기 힘들 것이다.

그래도 공주님께는 아무 말도 하지 않을 생각이다. 공주님은 이해하지 못할 테니까. 요즘 들어서는 거의 말도 하지 않는다. 원인 모를 병을 위해 노래를 불러 드려도, 내가 있는 것조차 모르는 것 같다. 그리고 이제 공주님의 울음을 참아 줄 인내심이 내게 남아 있지 않다.

918일째

결심했다. 공주님과 나는 어떻게든 살아남을 것이다. 그렇게 마음먹고 나니 내 안에 들어 있는 유목민의 천성이 느껴지기 시작한다. 유목민은 어떤 힘든 역경 속에서도 살아남는다. 식량이 충분히 남아 있지 않다 해도……. 어떻게든 살아날 길을 찾을 것이다.

920일째

어제 아침, 나는 앉아서 벽돌 두 개 사이의 진흙을 손으로 긁어내기 시작했다. 식사도 준비하지 않고, 빨래도 않고. 나는 진흙을 긁고 또 긁어냈다. 부엌에서 쓰는 칼이 부러졌다. 원래 그리 좋은 칼도 아니었다. 하지만 칼이 없어서 오늘은 나무 숟가락으로 긁어 보았다. 손잡이가 다 닳아 버렸다. 나는 벽이 무너지고 손가락이 다 부러질 때까지 온갖 방법을 다 사용할 예정이다. 그런데 파수꾼이 우리를 발견하는 즉시 죽이라는 명령을 받았으면 어쩌지? 아니, 어쩌면 밖에 파수꾼들이 없을지도 모른다. 그건 우리가 굶어 죽는다는 사실처럼 확실한 건 아니다.

이제는 쥐 고기가 겨울철 영양 고기만큼 맛있을 것 같다.

921일째

쥐 고기는 정말 맛이 없다.

나는 빗자루로 쥐 한 마리를 사정없이 때려잡아 고약한 냄새가 나는 고기를 삶았다. 야크가 치즈를 만들 정도로 충분한 젖을 공급해 주지 않으면 유목민은 들쥐를 잡아먹었다. 대수로운 일은 아니었다. 하지만 용서하소서, 귀하신 분들은 그렇지 않을 텐데. 진흙만 먹고 살았는지 쥐 고기는 아무 맛도 없이 그저 쓰기만 했다. 하지만 공주님은 씹고 또 씹더니 꿀꺽 삼켰다. 어째서 공주님은 신선한 고기가 어디서 났는지 묻지도 않는 걸까? 가끔 나는 공주님 머리가 어떻게 된 건 아닌지 궁금하다.

925일째

계략의 신 언터는 쥐를 좋아하는 게 틀림없다. 녀석들은 내가 누군지 기억하고 빗자루를 잘도 피해 다닌다. 지난 이틀 동안 쥐 새끼보다 나 자신을 때린 횟수가 더 많다. 활과 화살이 있었으면 하고 바랄 때가 있다.

하지만 유목민 시절에 가지고 있던 모든 도구들을 다 버리고 떠난 건 바로 나였다.

그런데 이상한 게 뭔지 알아? 쥐들의 식욕 때문에 우리가 굶어 죽게 생겼는데도 내가 어느새 쥐를 좋아하게 되었다는 점이다. 녀석들의 생존 능력이 얼마나 뛰어난지 생각만 해도 기특해서 미소가 지어진다. 아마 이 이야기를 하면 칸님은 나와 함께 웃어 주실 것이다.

928일째

내 글씨가 삐뚤빼뚤한 것은 내 손이 떨려서다. 뜯겨져 나간 구멍으로 메아리쳐 들려온 소리 때문이다.

한 남자의 목소리가 들렸다.

"예전에는 망보는 데 쓰던 탑인데 지금은 아냐. 여기 보여? 계단이 있지만 쓸모없잖아. 이 벽돌들은 다른 데랑 비교해서 오래된 것 같지도 않아. 문도 유리창도 벽돌을 쌓아 막았어."

"그런데 이 안에 공주님이 있다고 누가 그래?"

"그걸 모르는 사람이 어디 있어? 수년 동안 그런 소문이 있었어."

웃음소리가 들렸다.

"그렇다면 공주님이 우리를 애타게 기다리겠는걸, 안 그래?"

"내가 제일 먼저 들어가야지."

그러더니 쿵 하며 둔탁한 소리가 들렸다.

"멍청아, 어깨를 사용하지 말라니까. 벽돌이 얼마나 단단한데. 저 통나무를 들어."

흑예

아마 한 시간쯤 지난 것 같다. 그런데 한 시간이 여러 날처럼 길게 느껴진다. 두들겨 대는 끔찍한 소리가 계속 들렸다. 소리만 듣고 있어도 마치 온몸을 두들겨 맞아 멍이 드는 것 같다. 남자들은 탑 주위를 돌며 벽돌을 여기저기 두들겨 허술한 곳이 있는지 찾아내려고 하고 있다. 조상님! 제가 그렇게 여러 번 소리쳐 기도를 드렸는데, 우리를 꺼내 주라고 이런 남정네들을 보내신 건가요? 아니면 **언더** 신만이 기도를 들으신 건가요?

여기 젖은 부분을 용서해라. 이게 땀인지 눈물인지 나도 알 수가 없다. 공주님은 탕탕 두들기는 소리에 무슨 일인지 보려고 왔다. 나는 남자들의 말을 공주님에게 해 주지 않았다. 하지만 공주님은 아버지가 용서하겠다고 온 것도 아니고, 칸님이 구하러 온 것도 아니라는 걸 짐작하고 있다. 나는 공주님을 지하실에 모셔다 놓았다. 공주님은 몸을 공처럼 말아서는 덜덜 떨고 있다. 쥐들이 찍찍거리며 그 주위를 돌아다닌다. 나는 공주님에게 울려면 남자들이 듣지 못하게 무릎에 얼굴을 파묻고 울라고 했다.

만약 놈들이 공주님 때문에 왔다면 공주님을 찾을 때까지 탑을 뒤지겠지. 그건 분명하다. 하지만 날 먼저 보면 다른 사람이 있는지 찾아보려고 하지는 않을 것이다. 내가 공주님인 줄 알고. 힘의 여신 **카르텐**이여, 어떻게 하면 제가 용감해질 수 있을까요? 나도 지하에 숨어 있고 싶은데, 그저 달아나고만 싶은데.

나는 소리 내지 않고 어떻게든 놈들을 먼저 할퀴어야지 하는 생각을 하다가 혼자 웃었다. 이빨로 물어뜯고 눈을 찢어 놓아야지. 아마 나는 미친 쥐 새끼보다 더 위험할 것이다. 끈질기게 살아남기 위해 맹렬히 대항

할 것이다. 나는 왼손으로 부엌에서 쓰던 칼자루를 쥐었다. 단단히 잡으려고 천으로 손잡이를 둘둘 말았다.

내가 글을 쓰는 동안 밖이 조용했다. 그러다 다시 쾅쾅 치는 소리가 들렸다. 붓을 잡고 있는 것도 힘들다.

929일째

아직 벽은 멀쩡하다. 지금 생각하니 참 이상하기도 하지만 축복이기도 하다. 추워진 걸 보니 해가 진 모양이다. 적막감이 엄습했다. 공주님과 나는 불도 피우지 않고 한 침대에 꼭 붙어 잤다. 사다리에서 끼익 소리가 날까 봐 겁이 나, 지하로 내려갈 엄두가 나지 않았다. 칠흑 같은 어둠 속에서 공주님은 불을 피워 달라고 사정했지만, 굴뚝에서 연기가 피어오르는 걸 보면 놈들은 우리가 이 안에 있음을 알고 절대 포기하지 않을 것이다.

불을 피우면 죽을 텐데도 왜 공주님은 간절히 불 피우길 원하시는지 짐작이 갔다. 3년 가까이 되는 시간을 어둠 속에서 보냈지만, 아직도 이런 칠흑 같은 어둠은 열병이나 카샤 왕보다도 더 두렵기 때문이다. 눈과 코, 목까지 꽉 들어찬 캄캄한 어둠이 영원히 계속될 것만 같다.

뜯겨져 나간 구멍에 쑤셔 박은 마지막 콩 자루 주위로 햇빛이 스며든다. 나는 글을 쓸 수 있게 먹물을 손으로 잡고 데웠다. 그런데 쓸 말이 없다. 그저 글에서 위안을 찾으려고 했을 뿐인데······.

무릎에 고양이가 포근하게 앉아 있다면 얼마나 좋을까. 만족스러운 듯 그르렁거리는 소리는 다 괜찮을 거라고 알려 주는 노래 같을 텐데.

또 다른 생각이 머릿속에서 꼬리를 물며 떠오른다. 그 남자들이 우리 탑의 벽을 부수지 못했다면, 과연 우리가 여기서 빠져나갈 수 있을까?

930일째

조용한 날이다. 불도 지피지 않았다. 우리는 마른 콩을 씹어 먹고 맹물을 마셨다. 나는 매 순간 또다시 두들기는 소리가 들려오는 건 아닌지 귀를 기울였다. 혹시 남자들이 근처에 숨어 있다 소리가 들리면 달려들어 벽을 두들겨 대는 건 아닐까?

931일째

남자들은 돌아오지 않았다. 아니면 우리가 나타나기를 기다리면서 거리를 두고 떨어져 있는지도 모른다. 그래도 상관없다. 어쨌든 우리는 여기서 빠져나가야 한다.

나는 하루 종일 쓰레기 버리는 구멍 주위의 진흙을 조금씩 긁어냈다. 거기가 다른 곳에 비해 가장 허술하지 않을까 해서였다. 나는 냄비 뚜껑을 사용했다. 칼은 더 이상 소용없었으니까. 목소리도 들리지 않았다. 쥐새끼들이 찍찍거리는 소리와 내가 진흙을 벅벅 긁어내는 소리뿐이다. 나무통은 거의 비었다. 단 하나 남아 있던 절인 고기는 썩어서 악취를 풍기고 있다. 쥐 새끼들이나 공주님의 지치지 않는 식욕이 아니었더라도, 공주님의 아버지가 신선한 음식을 보내주지 않는다면 어차피 7년을 버티긴 틀렸다. 이제 며칠밖에 견딜 수가 없다.

나는 태양의 여신 **에벨라**에게 기도를 드렸다. 당신의 빛 안으로 다시 받아 달라고 말이다. 길과 도시의 신 **리스**여, 우리를 집으로 인도하소서.

식량의 여신 **베라**여, 우리에게 먹을 식량을 주소서. 잠의 여신 **고다**여, 계략의 신 **언더**가 더 이상 우리를 괴롭히지 않도록 도와주소서. 힘의 여신 **카르텐**이여, 이 벽을 부수고 나갈 힘을 주소서.

우리는 절대로 죽지 않을 것이다. 나는 그렇게 마음을 먹었다.

932일째

지난밤 놀라운 일이 일어났다.

나는 지푸라기로 만든 내 침대에 누워 있었다. 거의 잠이 들었지만 여전히 공주님의 코 고는 소리가 들렸다. 조상님, 용서하소서. 하지만 사실입니다. 우리 공주님은 감기 걸린 뿔양처럼 코를 곱니다. 뭐, 놀라운 일은 아니지만.

나는 쥐 꿈을 꾸고 있었다. 사실 지난 몇 달 동안 잘 때도 꿈을 꾸고 깨어 있을 때도 꿈을 꿨다. 가끔 내가 잠든 건지, 아니면 미쳤는지 잘 모를 때가 있다. 언제가 낮이고 언제가 밤인지도 모르는 것처럼.

꿈에서 지하실을 봤다. 바쁘게 이리저리 오고 가는 뿌연 쥐들이 보였다. 쥐들이 코를 킁킁대며 지하실 바닥을 누비고 다닌다. 여기저기 떨어져 있던 곡식 낱알을 찾아내기도 하고 둥근 치즈를 싸고 있던 왁스 조각을 먹기도 한다. 그러다 나는 쥐들이 텅 빈 통들을 타고 올라가 틈새를 통해 탑에서 빠져나가는 것을 보았다.

나는 깜짝 놀라 꿈에서 깨어 벌떡 일어났다.

"쥐들이 탑으로 들어왔어. 그 말은 밖으로 나갈 수도 있다는 거야."

나는 양초에 불을 붙여서 사다리를 타고 살금살금 지하실로 내려갔다.

어둠 속에서 조그마한 눈들이 나를 노려보았다. 한 녀석이 서둘러 도망쳤다. 나는 그 녀석을 따라가 보았다. 녀석은 음식을 넣어 두었던 통 뒤로 사라졌다. 하지만 녀석이 기어 올라가는 발톱 소리가 들렸다. 나는 비어 있는 통을 밟고 올라가서 벽과 천장이 만나는 곳까지 초를 치켜들었다. 거기서 틈새를 보았다.

그곳을 힘껏 쳤다. 벽에서 신음 소리가 났다. 다시 한 번 더 쳤다. 나는 빈 통에서 나뭇조각을 뜯어내, 벽돌 사이에 쐐기처럼 박아서 벽돌 한 장을 뜯어냈다. 그런 다음 주먹으로 그 주변을 쳤다. 벽을 두들기고 있으니 기분이 좋아지기 시작했다. 동시에 화도 나는 것 같았다. 뜨거운 불 옆에 앉아 있다가 갑자기 톡 쏘는 늦가을 바람을 만난 느낌이었다.

얼마나 오랫동안 벽돌과 씨름했는지 모르겠다. 손에 멍이 들고 어깨도 많이 쑤셨다. 쥐 새끼들은 도망쳐서 보이지 않았다. 녀석들도 내가 장난치고 있는 게 아니라는 것을 알았던 모양이다.

이제 여자 아이 하나가 빠져나갈 만큼의 구멍이 생겼다. 내가 빠져나갈 수 있는 구멍. 밤공기가 지하로 휙 하고 불어왔다. 풀 냄새가 난다. 나는 그저 가만히 거기서 숨을 들이마셨다. 솔직히 말하자면 탑 밖으로 나서기가 두려웠던 것이다.

하지만 결국 구멍으로 손을 내밀어 흙을 만져 보았다. 그런 다음 딱딱한 땅으로 기어 올라가서 빽빽하게 들어선 관목 숲을 헤치고 나가 진짜 흙을 밟고 하늘을 올려다보았다.

밖에 나왔다. 별 아래 서 있었다!

나는 마치 몇 년 만에 처음으로 숨을 쉬는 사람처럼 공기를 들이마셨

다. 그건 완전히 옷을 벗은 다음 차가운 물에 들어가 박박 씻고 몸을 충분히 말린 뒤에 새 옷으로 갈아입은 느낌이었다.

나는 별 아래에 서 있었다. 물속에 들어 있는 물고기가 된 것 같았다.

내일 우리는 탑을 떠날 것이다. 만약 파수꾼이 밖에 있다가 도망치는 유목민 몸종에게 활을 쏠 준비가 되어 있다 하더라도, 벽을 두들겨 대던 남자들이 어디선가 숨어 있다가 덤빌지라도, 조상님들이여, 제가 제 의무를 충실히 수행하려고 최선을 다했다는 것을 아실 겁니다.

그리고 공주님, 유목민 몸종을 제일 친한 친구라고 말했던 우리 공주님을 보살펴 주소서.

2부 궁

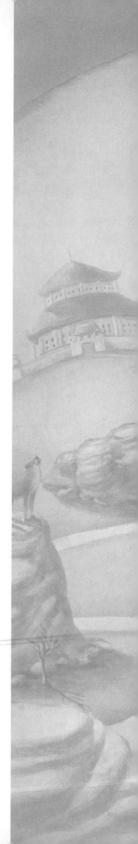

1일째

나는 우리가 새롭게 시작한 날을 기념하려고, 날짜를 처음부터 다시 세기로 마음먹었다.

어젯밤엔 한숨도 자지 못했다. 진짜 공기로 숨을 쉬게 됐는데 잠이 오겠는가? 하늘이 저 위에 있는데? 그래도 공주님만큼은 잠시 그냥 쉬게 내버려 두는 게 현명할 것 같아서, 나는 여러 시간 동안 홀로 별을 벗 삼아 보냈다. 그러다 더 이상 참을 수 없어져 다시 안으로 기어 들어가서 공주님에게 반가운 소식을 전했다.

공주님도 행복해했다. 안심하시는 것 같았다. 하지만 지하실 구멍 앞에서 공주님은 머뭇거렸다. 구멍까지 기어 올라가지 못하겠다, 발목이 아프다, 구멍이 너무 작다 하며 그냥 탑 안에 있으려고 별의별 핑계를 다 댔다. 조금 짜증이 났다. 조상님이여, 용서하소서. 나는 고집스러운 양을 다루듯 뒤에서 공주님을 밀어 대며 딱딱거렸다. 공주님이 일단 황홀한 밤 공기를 맡으면 괜찮아질 줄 알았더니, 내가 공주님 다음으로 주섬주섬 기어 나가 보니까 공주님은 탑 옆면에 딱 붙어서 궁지에 몰린 토끼처럼 벌벌 떨고 있었다.

나는 공주님을 안심시키기 위해 꼭 감싸 안고 달랬다.

"숨을 쉬어 봐요, 공주님! 별을 올려다보라고요!"

하지만 공주님은 그저 덜덜 떨기만 했다.

밤이라 어두워서 무서워하는 줄 알고, 나는 태양이 떠오르기만을 기다렸다. 새벽이 다가오고 있었다. 동쪽 하늘이 밝아지더니 노란색에서 마침내 파란색으로 변했다. 무척 아름다웠다. 그제야 모닥불로 탑 안에서 봤던 모든 게 진정한 제 색깔이 아니었음을 깨달았다. 수년 동안 우리가 본 것은 검은색, 회색, 주황색뿐이었던 것이다.

공주님은 눈썹을 찡그린 채 눈을 꼭 감고 있었다.

"보세요, 공주님. 눈을 뜨고 저 찬란한 색들을 보라고요."

그런데 참으로 공교로웠다. 공주님이 눈을 조심스럽게 살짝 뜨던 그 순간, 태양이 지평선 가장자리로 올라와 공주님을 노려보았던 것이다.

공주님은 비명을 지르더니 땅에 쓰러졌다.

"태양이 터지나 봐! 저러다 다 타 버리고 말 거야!"

"눈부셔서 그래요. 우리가 너무 어둠에 익숙해져 있었나 봐요. 시간이 지나면 나아질 거예요."

하지만 공주님은 불이 붙었다고 데굴데굴 구르면서 비명을 지르고 발버둥을 쳤다.

그래서 공주님을 도로 안으로 데리고 들어왔다.

내일 다시 시도해 봐야겠다.

3일째

우리는 지난 이틀 동안, 손으로 눈을 가리고 주위를 살피면서 탑 밖으로 몇 발짝씩 나가 보다가 다시 들어오기를 반복하면서 보냈다. 공주님은 애써 용감한 척 입술을 깨물고 소리 없이 울었다. 공주님은 자기 몸에 불이 붙을 거라고 생각했다. 나는 그저 태양일 뿐이고 태양의 여신 **에벨라**가 우리를 보호해 줄 거라고 달랬다. 용기를 북돋고 정신을 맑게 해 주는 노래를 수도 없이 불러 대서, 목이 쉬고 몸에 있는 수분이 다 날아가는 것 같았다. 노래가 용기와 생각을 다 뽑아 가서 몸뚱이가 내팽개쳐진 쭉정이처럼 느껴지기도 했고.

도망치는 몸종에게 활을 겨누는 파수꾼은 없었다. 적어도 내가 이렇게 살아 있는 것을 보니 말이다. 하지만 태양이 내 눈에 눈부신 화살을 쏘아 대고 있으니 제대로 살펴볼 수가 없다.

어젯밤 우리는 오랫동안 달빛 아래에 앉아 있었다. 공주님은 숨을 들이마시더니 마침내 안도의 한숨을 내쉬었다. 비로소 신선한 공기가 행복하게 다가온 모양이다. 하지만 공주님은 한순간도 내 팔을 놓지 않았다.

나는 오후 내내 빨래를 하고, 여분의 옷을 챙길 수 있게 담요로 보자기를 만들고, 통을 박박 긁어모은 콩으로 보리 빵을 구웠다. 우리는 내일 떠날 것이다. 나는 종이와 먹도 충분히 챙겼다. 우리가 어떻게 헤쳐 나가는지 다 기록하기 위해서이다. 쓸 이야깃거리가 많았으면 좋겠다.

5일째

오, 너무나 처참한 기분이다. 나는 땅바닥에 주저앉아 그저 목 놓아 울고만 싶었다. 아무도 없었다. 모든 게 불타 없어져 버렸다.

멀리서부터도 우리는 뭔가 잘못됐다는 걸 느낄 수 있었다. 공주님의 수도로 가는 길에 사람과 마주쳐야 했는데. 태양이 너무 눈부셔 잘 보이진 않았지만 세상이 이상했다. 분명 높은 산처럼 가팔랐던 길인데 요상하게 평평해 보였다. 마치 우리가 이미 탑에서 죽은 뒤 유령이 되어 그림자 세상을 헤매는 기분이었다.

공주님은 고개를 들려고 하지 않아서, 담요로 공주님 머리를 덮어 주었다. 공주님은 발만 내려다보면서 어정어정 따라 걸었다.

내가 물었다.

"아버지에게 돌아가고 싶으세요?"

"받아 주시지 않을 거야. 그리고 받아 주신다고 해도, 이제는 내가 아버지를 받아들일 수 없어."

공주님은 마치 내 팔을 놓으면 쏟아지는 태양빛에 빠져 죽을 듯이 꼭 잡았다.

"그래도 이렇게 밖에서 떠돌며 살 수는 없어요. 게르 같은 천막집이 없으면 오래 견디지 못할 거라고요. 지금 필요한 건……."

"우리가 어디로 가건 소용없어. 카사 왕이 나를 찾아내서 결혼하고는 곧 죽여 버릴 거니까."

"공주님, 그런 일은 없을 거예요. 궁전으로 돌아가지 않으시겠다면 제가 **에벨라의 노래**까지 모셔다 드릴게요. 칸 테거스 님과 재회하세요."

"안 돼! 그분을 만날 수는 없어!"

"하지만 공주님이 사랑하시는 분이잖아요. 그분은 공주님을 잘 보살펴 주실 거예요."

공주님은 우뚝 걸음을 멈추었다. 그러더니 길 한복판에서 어깨를 움츠리고는 덜덜 떨었다.

"그럴 리가 없어."

갑자기 공주님은 목이 메는지 거칠고 낯선 목소리로 말을 이었다.

"그 사람도 나를 죽이고 싶어 해. 활과 화살로."

헉! 나는 하마터면 다리에 힘이 풀려 거의 쓰러질 뻔했다.

"칸님이 공주님을 죽이고 싶어 한다고요? 왜 그런 생각을 하세요?"

"속삭이는 소리를 들었어."

"칸 테거스 님이 공주님을 죽이고 싶어 한다고 누군가가 공주님에게 속삭였다고요?"

나는 하마터면 웃을 뻔했다. 그러자 나를 쳐다보던 공주님의 눈이 조금 맑아지는 듯하더니 이내 말씀하셨다.

"아니. 난 아무것도 못 들었어. 그냥 더 이상 칸 테거스를 만나고 싶지 않아. 그래서 그래."

공주님이 탑에 갇혀 있는 동안 머리가 잘못되어 판단력이 완전히 흐려진 모양이다. 하지만 그렇다고 공주님을 대신해서 내 마음대로 결정할 수는 없었다. 천한 유목민 몸종이 뭘 어떻게 하겠는가?

우리는 나무 아래서 잠을 잤다. 공주님은 등을 나무에 기댄 채 주무셨고, 나는 몇 시간이고 자지 않으며 혼자서 놀았다. 하늘의 컴컴한 부분만 봐야지 했지만, 어느새 내 시선은 그 옆의 밝게 빛나는 별로 미끄러지듯 움직이고 있었다. 내 눈은 빛을 보고 싶어 했다. 나는 마치 차가운 하늘을 들이켜는 듯 숨을 쉬었다. 상쾌한 밤이었다.

그리고 오늘 아침 우리는 공주님의 아버지가 계시는 도시 가까이에 이르렀다. 성벽이 서 있던 자리에 회색 돌무더기가 쌓여 있었다. 검은 점으로 보이는 부분이 뭔가 석연치 않았다. 자세히 볼 수 있을 만큼 다가갔을 때는 너무 놀라 혁 소리를 냈다. 입이 다물어지지 않았다. 그 소리에 공주님도 고개를 들어 쳐다보았다.

공주님이 말했다.

"벽에 구멍이 나 있어. 누군가 벽을 무너뜨린 거야."

우리는 길에 늘어서 있던 나무 그늘에 몸을 숨기면서 계속 가까이 가 보았다. 그렇다고 안심되는 건 아니었다. 도시로 들어가는 성문도 보이지 않았다. 뜯겨져 나간 걸까? 불에 타 없어진 걸까?

공주님은 어린아이 같은 목소리로 말했다.

"이해가 가지 않네. 성문에 이상이 생겼는데 왜 고치는 사람들이 없지? 성문을 지키는 문지기들이 있었는데. 그렇지 않아?"

공주님은 울기 시작했다. 그래서 우리는 걸음을 멈추어야만 했다. 나는 공주님의 머리를 내 어깨에 기대게 하고는 등을 쓰다듬어 드렸다. 불쌍한 공주님. 이런 상황을 어떻게 받아들여야 할지 공주님이 알 리가 없었다.

우리는 나무 아래에 앉았다. 나는 깊이 잠들 수 있게 하는 위로의 노래를 불렀다.

"물속의 숭어야, 깊고 깊은 물속에서 은빛을 뽐내며 헤엄을 치네."

공주님은 잠이 들었다. 그래서 나는 공주님을 그늘에 눕히고 도시 쪽으로 살금살금 다가가 보았다. 벽에는 구멍만 나 있는 것이 아니라 검게 그을린 곳도 많았다. 화살이 돌과 돌 사이에 꽂혀 있기도 했다.

잔뜩 쌓여 있는 돌무더기 위로 기어 올라가는데 줄무늬 뱀 한 마리가 내 발밑에 있다 깜짝 놀랐다. 녀석은 나를 공격하지 않고 돌무더기 사이로 깊이 들어가 버렸다. 뱀은 분명 무슨 징조이다. 나는 잘 모르지만……. 모든 동물은 동물의 신인 **티토**에게 속해 있다. 하지만 뱀은 계략의 신 **언**

더가 가장 좋아하는 동물이다.

끝까지 올라가 본 다음에야 사태를 정확하게 파악할 수 있었다. 공주님의 아버지가 다스리던 도시는 이젠 존재하지 않았다. 약탈당하고, 처참하게 무너져 사라져 버렸던 것이다. 아무 소리도 들리지 않았다. 불타버린 재 위에서 타오르던 연기마저 날아가 버리고 없었다. 돌무더기와 불에 그슬린 나무판자, 부서진 마차뿐이었다. 사람은 아무도 없었다.

퀘단 마님도 없었다. 공주님이 살던 궁전에서 일하던 사람들도, 공주님의 아버지, 언니와 오빠도 없었다. 사람들로 북적이던 도시가 없어져 버렸다. 모든 죽은 걸까?

고양이가 내 옆을 지나가며 아무 일도 없었다는 듯 야옹 하고 울었다. 나는 혹시 주인님이 아닐까 하는 희망에 가슴이 벌렁거렸다. 하지만 갈색과 흰색이 어우러진 고양이로, 내가 노래를 불러도 가까이 다가오지 않았다. 아마 오랫동안 야생으로 떠돌아서 사람과 가까이 지내기를 원하지 않는 모양이었다.

공주님은 밤새 자고 낮에도 잠만 자서 일기 쓸 시간이 있었다. 이제 우리에게는 딱 하루분의 납작한 빵만 남아 있다. 어떻게든 먹을 것을 찾아 돌아다녀 봐야 하는데……. 하지만 공주님은 잠에서 깼을 때 내가 없으면 비명을 지른다. 나는 머리를 꼭꼭 잡아당겨 한 가닥도 빠지지 않게 촘촘히 머리를 땋아 드렸다. 나는 아는 노래를 부르고 또 불렀고, 몇 개는 만들어서 부르기도 했지만 공주님 상태가 좋지 않다. 몸이 영 시원치 않으신 듯하다.

6일째

칸 테거스 님의 나라도 불타 없어졌을까? 모두 죽었을까? 어쩌면 이 세상에 공주님과 나만 살아남아 이 나무에서 저 나무 그늘로 옮겨 다니며 풀을 뜯어 먹고 뱀이나 고양이와 이야기를 나누다 늙어 꼬부라져 한 줌의 재로 변하는 건 아닐까? 나는 나를 떠난 다음 다시는 돌아오지 않은 사람들을 떠올려 보았다. 오빠들, 칸 테거스 님, 우리를 지키던 파수꾼들……. 이 도시의 모든 사람들을 통째로 삼켜 버리다니 얼마나 어둡고 삭막한 세상인가!

아직 살아 있는 사람이 있는지 알아야 했다. 아무것도 모른다는 게 더 혼란스러웠다. 공주님은 **에벨라의 노래**로 가지 않겠다고 하신다. 하지만 조상님이여, 저를 용서하소서. 저는 공주님을 그곳으로 데려가야만 합니다. 일단 도착해서 칸님을 만나시게 되면 공주님의 병이 나을 것이고, 이상한 헛소리도 더 이상 들리지 않게 될 것이다.

길을 떠나기 전에 도시 안으로 들어갔다 와야 한다. 식량도 필요하고 시냇물을 찾지 못할 경우를 대비해 물을 넣을 통도 필요하다. 병을 치료하는 노래를 많이 들어서인지, 공주님은 오늘 상태가 좋은 편이다. 말만 잘하면 따라오실 것 같다. 공주님은 궁전이 어디 있는지 알고 계시므로, 약탈자들이 남기고 간 식량을 찾을 수 있을지도 모른다. 솔직히 도시로 들어가기가 겁이 난다. 만약 군대가 이렇게 만들어 놓았다면 병사들이 어딘가에 잠복하고 있을지도 모르니까.

만약 조상님들이 하신 일로, 조상님들의 분노가 이 땅을 밟고 지나간 거라면 왜 나와 공주님은 살려 두신 걸까? 영원한 푸른 하늘에서 보이지 않게 갇혀 있어 우리를 잊었던 것일까?

'다쉬티의 7년 일기'라고 이름 붙인 이 일기장을 넘겨 보았다. 이제 생각하니 잘못된 이름이었다. 우리가 탑에 7년 동안 있을 거라고 생각하고 그렇게 제목을 붙이면서, 이후의 모험을 기대했었다. 나는 가끔 고집스러운 암말 같아서, 내 자신이 직접 당근을 줘야 한다. 2년 반 이후에 하나의 무덤에서 간신히 빠져나와 보니, 공주님이 살던 도시가 두 번째 무덤이 되어 있다니. 내가 붙였던 제목은 더 이상 맞지 않는다. 하지만 2년 반은 7년이 아니더라도 그냥 내버려 둘 것이다. 제목에 죽 줄을 그어 지우면 보기도 흉할 테니.

7일째

공주님은 바람에 흔들리는 사시나무처럼 떨면서도 나를 따라 도시로 들어왔다. 조상님이여, 공주님을 돌보아 주소서.

공주님을 나무랄 생각은 없다. 그렇게 떨 만한 이유는 충분했다. 지붕하나 성한 게 없었고, 단 한 사람도 살아 있지 않았다. 시체가 즐비하고 불에 탄 뼈들이 널려 있었다. 어떤 시체에는 화살이 꽂혀 있었고 어떤 시체는 머리가 없었다. 더 이상 적고 싶지 않다. 있는 그대로 써야 하지만, 그러다가 공연히 나까지 더 겁먹어 두려움에 떨고 싶지는 않기 때문이다.

도시 전체가 적막에 싸여 있었다. 살아 있는 사람이 있기를 간절히 바랐지만, 동시에 사람을 만날까 봐 두렵기도 했다. 병사나 탑 벽을 두들겨대던 남자들이 있을지도 모르니까. 우리에겐 부러진 칼과 손톱밖에 없다. 어둑어둑한 모든 그늘과 모퉁이가 위험해 보였다. 얼마나 겁나던지

덫 위를 걷는 느낌이었다. 피부에 닿는 산들바람도 아플 지경이였다.

모든 사람들로부터 격리되어 갇히는 것이 더 끔찍한지, 아니면 모든 사람들이 죽어 버린 세상에서 자유롭게 다니는 것이 더 끔찍한지 알 수가 없다. 둘 다 종류만 다르지 어둠 속에 갇혀 있기는 매한가지다.

드디어 궁전에 도착했을 때, 우리는 가만히 서서 그저 쳐다보기만 했다. 한때 얼마나 웅장하고 아름답고 넓었던가! 내가 아무리 설명해도 엄마는 믿지 않으셨을 것이다. 그런데 지금은 돌멩이와 타일 무더기와 잿더미에 불과했다. 공주님은 울지 않았다. 떨지도 않았다. 아마도 궁전 생활이 그다지 행복하지 않았던 모양이다.

공주님은 부엌이 있던 자리와 지하 식량 창고가 있던 자리를 손가락으로 가리켰다. 내가 무더기 속을 뒤적이는 동안 공주님은 그저 뚫어져라 쳐다보기만 했다.

"어쩌면 처음부터 존재하지 않았는지도 몰라. 예전에도 이런 모습이었는지도 모르고."

"아니에요, 공주님. 그렇지 않았어요."

"기억이 나지 않아."

공주님은 폐허 더미에서 눈을 떼지 않았다.

"기억할 수가 없어, 다쉬티. 넌 확신하니?"

가끔 공주님은 인내심 없이는 대답하기 힘든 질문들을 한다.

조금 가벼워 보이는 무더기 속에서 보리가 반쯤 남은 자루를 찾았다. 그리고 밧줄, 주둥이가 쪼개진 도자기 주전자, 왁스에 싸인 치즈 덩어리, 마개 멀쩡한 기름 한 병, 장화 세 짝도 찾았다. 돌멩이 하나조차 못 들 정도로 팔에 힘이 빠지자, 무더기 주변을 돌며 뭔가 쓸모 있는 물건이 없나 둘러보았다. 조상님의 도움으로 마침내 칼 하나를 찾았다. 막대기를 뾰족하게 깎아 나무뿌리도 캐고 물고기도 잡고 토끼도 요리할 수 있을 것이다. 칼이 나에게 실낱같은 희망을 주었다.

세상이 얼마나 조용했는지 나는 느닷없는 울음소리에 깜짝 놀라 배 속이 뒤집어지는 줄 알았다. 병사들이 우릴 찾아낸 줄 알고. 그러나 내 눈에 들어온 것은……

동물의 신 **티토**가 우리를 불쌍히 여기셔서 **티토의 정원**의 마지막 공주님에게 선물을 보냈나 보다.

처음에는 녀석도 놀라 날뛰려는 듯 보였다. 나는 가슴 벅차오르는 야크의 노래를 불렀다.

"그가 웃는다, 또 웃는다, 신음을 하다가 또 웃는다."

그 어떤 동물도 동물 노래에 이렇게 빨리 반응하는 것은 처음이었다. 녀석은 거의 달려오다시피 나에게 와서는 내 손바닥에 코를 비벼 댔다. 친근감을 표시하는 행동이었다.

나는 녀석에게 유목민이라는 뜻의 '머커'라는 이름을 붙여 주었다. 녀석은 이제껏 내가 본 야크 중에 가장 잘생겼다. 윤기가 반지르르 흐르는 갈색과 검은색이 어우러진 털에, 뿔은 또 얼마나 길고 멋지던지! 암야크는 보기만 해도 얼굴을 붉힐 것 같았다. 이빨 또한 하나도 부러진 게 없었다. 기운도 세서 우리 짐을 등에 붙은 파리 정도로만 여기는 모양이다. 여행 중엔 야크만한 동물이 없다! 야크는 길 주변의 키 작은 풀만 먹어도 견딘다. 언제 어디서나 한 마리의 야크가 한 무리의 말보다 낫다.

게다가 얼마나 좋은 벗이 되어 주는지! 내 손에 코를 비벼 대고 내 귀를 핥는다. 걸을 때는 늘 내 옆에 붙어 커다란 머리를 내 옆구리에 지긋이 눌러 대는데, 그러면 뿔이 내 등을 감싸 안아 주는 것 같다. 심지어 유머 감각도 있는 듯하다. 내가 이야기를 들려주면 귀를 쫑긋 세우고 진지하게 듣는다. 녀석에 대해 쓰는 것만으로도 입가에 미소가 지어진다. 머커와 나는 잘 지낼 것 같다.

8일째

이 풍경은 내 눈 안에 있는 것처럼 친숙하다. 도시의 서쪽, 서서히 초원으로 이어지는 땅, 무릎까지 올 정도로 자란 풀, 낮고 둥근 언덕, 산꼭대기의 눈을 멀리 싣고 가는 시냇물, 바람에 휘어지고 굽은 나무들.

이곳에서는 바람이 절대 잠자는 법이 없다. 지금까지 그 사실을 잊고 있었다. 살갗으로 불어오는 선선한 공기는 양념한 음식보다 더 달콤했다. 밤을 보내려고 길을 멈추었을 때, 바람 향기가 내 마음속에 불어넣은 옛 추억 때문에 잠을 이룰 수가 없었다.

그러다 마침내 잠이 들고 꿈을 꾸었다. 황폐한 도시에서 빠져나가려고 헤매 다니는 꿈이었다. 궁전 안에는 시체가 즐비했고 돌아서서 나오려는데 벽이 나를 가두어 버렸다. 잠의 여신 **고다**여, 이런 환영 속에서 나를 구해 주소서. 잠에서 깬 후에도 마치 거미줄에 걸린 듯 꿈이 끈끈하게 나에게 매달려 있는 느낌이었다. 나는 머커에 기대어 누웠다. 녀석의 따뜻함과 숨소리에 마음이 조금 편안해진다.

별빛이 일기장을 밝혀 준다. 새벽이 밝아 오자마자 다시 길을 떠날 작정이다. 한동안 글을 쓸 기회가 없을 것 같다. **에벨라의 노래는 티토의 정원** 서쪽에 있다. 우리는 지는 태양을 따라 뻗은 길을 갈 것이다. 칸 테거스 님 일행이 충분한 식량을 챙기고 말을 타고도 2주나 걸리는 거리라면, 우리에게는 두 배의 시간이 걸릴 것이다. 식량이 충분치는 않지만, 봄이 왔으니 시냇물에 숭어가 헤엄치고 있을 터였다. 유목민이 아는 게 있다면, 그건 아무것 없이도 어떻게든 살아남는 방법이리라. 이젠 어떤 벽도 우리를 가두고 있지 않으니!

풀 향기와 야크 냄새를 맡으니 애초에 초원을 떠나지 말았어야 했다는 후회가 물밀듯이 밀려온다. 하지만 엄마가 돌아가셨을 때 나는 혼자서 살아가는 방법을 알지 못했다. 글자와 단어를 배우려고 내가 이 모든 것을 포기했던 걸까?

아니, 나는 공주님의 몸종이다. 내가 없었다면 공주님은 탑에서 살아

남지 못했을 것이다. 나는 그 사실을 잘 안다. 내 삶의 의미는 공주님이 언젠가 칸님을 만날 때까지 살아 계시게 하는 데 있다. 조상님들은 나 같은 삶도 존중해 주실 것이다. 희망 사항이기는 하지만.

33일째

우리는 3주 째 걷고 있지만 단 한 사람도 만나지 못했다. 폐허가 된 몇 몇 마을을 지나치긴 했는데, 수도가 파괴되었을 때 도망쳤는지 아니면 모두 죽었는지는 알 수 없었다.

며칠 전 넓은 강을 건넜다. 아마 이 강이 **티토의 정원**과 **에벨라의 노래**의 경계인 듯하다. 그렇다면 우리는 칸님의 영토로 들어온 셈이다. 이곳도 폐허가 되고 시체로 가득할까? 상관없다. 미리부터 걱정하지는 말자.

공주님 옷이 몸에 꼭 낀다. 나는 공주님이 괜찮다고 하시면 머커에게서 내려 자꾸 걷게끔 하고 있다. 그래야 피도 잘 통하고 공주님 몸 안에 있는 탑의 독이 빠져나가기 때문이다. 하지만 공주님은 어둠에 너무 길들여져 있어서 길을 잘 보지 못하기 때문에 되도록 머커를 타야 한다.

오늘 아침 공주님이 비명을 질렀다.

"물에 빠졌나 봐, 숨을 쉴 수가 없어! 공기가 이상해, 숨을 쉴 수가 없다니까!"

공주님은 허공을 할퀴듯이 손을 휘젓다가 목을 움켜잡았다. 병을 고치는 노래도 도움이 되지 않았다. 나는 시냇가 근처에서 자그마한 동굴을 발견했다. 공주님을 그 안에 앉혀 드리니 금세 편안해했다.

나는 동굴 밖에 앉아 있다. 그래야 하늘도 보고 햇빛이 내 팔을 따라 움직일 수 있기 때문이다. 나는 아주 잠깐이라도 좁은 공간에 갇히면, 비명을 지르고 싶어진다.

공주님이 낮잠을 주무시는 동안 나는 털갈이 중인 머키의 털을 손가락으로 빗기고, 칼로 막대기를 뾰족하게 깎고, 쐐기풀을 삶아 가시를 발라냈다. 그리고 시냇물에서 물고기를 잡아 잎으로 싼 다음 쐐기풀을 넣어 구웠다. 물고기 굽는 냄새가 나무도 깨울 듯이 강하게 풍겼지만 공주님은 여전히 주무셨다.

그래서 나는 내 몫을 먼저 먹고, 똑바로 누워 구름을 바라보았다. 7년 동안 먹을 식량도 저 하늘과 맞바꿀 만큼의 가치는 없다.

내일째

살아 있는 사람이 있다!

강을 건너니 초원이 점점 사라지며 나무가 듬성듬성 보이다가 거대한 숲이 나타났다. 오늘 우리는 큰길이 서로 만나는 지점에서 상인들을 만났다. 유령이 아닌 진짜 사람들이었다. 얼마나 감격스럽던지!

"도시까지는 얼마나 멀어요?"

나는 **에벨라의 노래**라고 구체적으로 말하지는 않았다. 공주님은 아직 우리가 어디로 가고 있는지 모르기 때문이다.

"곧장 간다면 한 나흘쯤 걸릴걸. 지금 동쪽에서 오는 길은 아니지?"

"아냐, 분명 **티토의 정원**에서 오는 길일 거야." 하고 또 다른 상인이 말하더니 몸을 숙이고는 신나게 웃어 댔다.

첫 번째 대답한 상인은 눈을 휘굴리더니 말했다.

"흠, 참 이상하군. **티토의 정원**에서 살아남은 사람이 있단 말이야?"

내가 물었다.

"거기에 무슨 일이 있었나요?"

"카사 왕이지. 일 년 전에 그곳을 완전히 초토화시켰거든. 이제 **고다의 두 번째 선물**과 전쟁을 벌이려고 떠났어. 우리는 거기도 완전히 불태워 버리기를 바라고 있단다."

"완전히 불태우길 바란다고요?"

"너도 그래야 해. 카사 왕이 그저 나라만 정복하면, 살아남은 적국의 병사들을 자기 군대에 넣을 거니까. 그러면 우리나라는 승산이 없어. 다음에는 분명 우리 쪽으로 올 텐데. 사실, 여덟 나라 중에 카사 왕의 그림자가 미치지 않는 곳은 하나도 없을 거라고."

공주님은 두 손으로 얼굴을 가렸다. 어깨가 들썩이고 있었다.

나나일째

곡식은 바닥난 지 오래다. 치즈와 기름도. 며칠 동안 쐐기풀밖에 먹지 못했다. 공주님과 나는 둘 다 젓가락처럼 마르고 신경도 날카로워졌다. 오늘 아침 나는 막대기로 마모트를 잡았다. 마모트 배를 석탄으로 가득 채워 안에서부터 익혔는데, 소금이나 다른 양념도 없고 고기는 얼마나 질긴지 한 입에 오십 번은 씹어야 했다. 하지만 그렇게 맛있는 식사는 오랜만이었다. 공주님도 별다른 불평을 하지 않았다.

이제 곧 나는 공주님과 칸 테거스 님을 만나게 해 드릴 것이다. 만약 공주님이 원하신다면 나는 공주님과 함께 살며, 공주님 아이들의 유모가 되리라. 하지만 원하지 않으시면 도시에서 다른 일을 찾아야겠지. 어쩌면 초원으로 돌아가 다른 유목 부족을 찾아 7년을 함께 산다는 서약을 하고 그들과 함께 먹고 게르 바닥에서 자면서 살 수도 있을 것이다. 그러다 보면 스물다섯 살이 될 테고, 결혼도 할지 모른다. 지참금 없는 신부를 원할 사람이 있을진 모르겠지만, 꽤 나이 많은 신부가 되겠는걸……

휴. 그건 일단 공주님이 무사히 자리 잡는 걸 보고 나중에 걱정하자.

이젠 하늘이 숨도 못 쉬게 거대하게 보이지는 않지만, 여전히 나를 짓누르는 듯하다. 앞으로 어떤 일이 닥칠지 몰라 불안해서 그런 것 같다. 계속 길을 따라 움직일 때는 끝이 좋으리란 희망이 있다. 하지만 일단 목적지에 도착해 실상을 보고 나면 달리 상상하기 어렵다.

46일째

길과 도시를 다스리는 신 **리스**가 우리의 발을 인도하사 마침내 도착했다! **에벨라의 노래**의 수도는 **티토의 정원**의 수도보다 컸다. 성벽은 세 남자의 키만큼 높았고 성문에는 각각 소수의 기마 부대가 주둔하며 지켰다. 카사 왕을 두려워하고 있는 걸까?

남쪽에서 온 상인 무리가 우리 앞으로 성문을 통과하고 있었다. 내가 퀘단의 심부름을 할 때, 상인들이 **티토의 정원**에 들어오는 것을 본 적 있었다. 상인들은 시장에서 판을 벌이기 전에 그 도시의 왕이나 여왕에게 공물을 바친다. 상인들을 쫓아가는 게 칸 테거스 님의 궁전을 찾을 수 있는 가장 빠른 지름길일 것 같았다.

대단한 볼거리였다! 낙타와 마차 그리고 사막처럼 눈부신 옷을 휘감은 수십 명의 상인. 상인들은 사람들의 흥미를 자극하듯 마차 덮개를 벗겼다. 염료를 칠한 냄비, 도자기, 비단, 꿀단지, 설탕 자루, 가죽 주머니에 든 포도주, 벽돌 모양의 향들이 보였다. 향료와 향초가 머리 위로 멋진 향기를 풍기고 있었다. 마치 꿈속을 걷는 것 같은 느낌이 들었다. 민머리에 화장한 배우들이 마차 위에서 미소를 짓고 있었다. 나중에 저 재주꾼들은 물건을 살 사람들을 모으려고 시장에서 재주를 선보일 것이다. 공중 곡예사, 몸을 마음대로 구부리는 재주꾼, 거칠고 낯선 사투리를 쓰는 이야기꾼……. 나도 구경하고 싶다.

우리는 상인을 따라 계속 걸었다. 나무 집을 지나고 상인들이 임시로 세운 가게들과 동물 우리를 지나니 석조 건물이 있는 시내 한복판이 나왔다. 어느새 내 심장은 날뛰는 토끼처럼 팔딱팔딱 뛰고 있었다. 칸님이 계실까 궁금했다. 가서 곧바로 그분을 만날 수 있을까? 칸님이 공주님을 진심으로 환영하며 그 즉시 결혼하실까? 그러면 나는 어떻게 되는 걸까?

거리는 깨끗하고 반듯했다. 좁고 꼬불꼬불했던 **티토의 정원**과는 다른 모습이었다. 그건 마치 공주님과 내 얼굴을 비교하는 것과 같았다. 공주님에게 우리가 어디에 와 있는지 어떻게 말하나 고민하고 있는데 공주님이 입을 열었다.

"여기가 **에벨라의 노래**지, 그렇지?"

"예, 공주님."

공주님은 고통스러운 듯 이맛살을 찌푸렸다.

나는 서둘러 말했다.

"칸 테거스 님은 공주님을 죽이려고 하지 않아요. 제가 탑에 있을 때 그분과 이야기를 나눠 봤잖아요, 기억나세요? 머리부터 발끝까지 선하신 분이었어요, 공주님. 그 점은 제가 분명히 말씀 드릴 수 있어요. 탑에서의 기억이 아직도 공주님의 마음을 무겁게 억누르고 있어서 그래요. 그리고 귀에다 속삭이는 소리는……."

공주님은 말을 가로챘다.

"속삭이는 소리는 안 들려. 난 괜찮아. 아무것도 무섭지 않아."

공주님은 머리를 꼿꼿이 들고 한 손을 머커 등에 얹고 다른 팔로는 내 팔짱을 끼고 걸었다. 공주님은 애써 용감한 척을 하고 있었다. 그 모습을 보니 가슴이 찢어지는 듯했다.

공주님은 길고 곧게 뻗은 길을 따라 걸으며 한동안 아무 말씀도 않으셨다. 어쩌면 이미 그 속에 공주님이 묻힌 건 아닐까. 사실 나도 그랬다. 온 사방에 사람이 있었다. 음식을 만들고, 소리치고 쫓고, 창문 너머로 허드렛물을 버리고, 싸우고 입 맞추고, 먹고, 끊임없이 이야기하고 있었다. 그 냄새하며, 또 얼마나 시끄러운지 머리를 말벌집에 넣은 것 같았다. 나는 사람들이 이렇게 쉬지 않고 시끄럽게 정신없이 움직인다는 걸 잊고 있었다. 사람들은 아름다웠다, 눈이며 손이며 목소리와 웃음까지도. 한참을 걷고 나서야 내가 울고 있다는 사실을 깨달았다. 왜 눈물이 날까? 이상하지 않은가? 하지만 엄마라면 이해해 주셨을 것이다. 어쩌면 칸 테거스 님도.

칸님 궁전은 아주 컸다. 지붕도 노랗고 파란 에나멜 타일을 5층으로 겹겹이 얹어 만들었다. 공주님의 궁전보다 훨씬 웅장했다. 누가 이런 말을 믿어 줄까? 하지만 사실이다. 파수꾼들이 무리를 지어 각 사방을 지키고 있었으며, 안으로 들어가는 문에는 더 많은 파수꾼들이 보초를 서고 있었다. 우리는 안으로 들어가려 했지만, 자기 키보다도 더 긴 옷을 입은 남자가 우리를 막아섰다.

"공주님이 누구인지 저들에게 밝히세요."

"싫어."

나는 보초가 듣지 못하도록 공주님 귀에 대고 속삭였다.

"제발요, 공주님. 저 사람들에게 공주님이 **티토의 정원**의 샤렌 공주님 이며 칸 테거스 님과 약혼한 사이라고 하세요. 그래야 그에 마땅한 대접 을 받지요."

"싫어. 아무한테도 내가 누구인지 절대 말하지 마."

공주님은 마치 사냥꾼에게 쫓기는 듯 주위를 살피더니 말을 이었다.

"카사 왕이 나를 찾아낼 지도 몰라, 아니면 칸 테거스 님이……."

"칸님은 공주님을 해칠 리가 없어요! 오히려 보호해 주실 거라고요."

공주님의 눈은 젖어 들고, 턱은 덜덜 떨리기 시작했다.

"만약 그분이 내가 예전에 생각했던 것처럼 믿을 만한 사람이 아니라 면 어쩔 건데? 너 말고는 아무도 안심할 수 없어."

공주님은 새가 나뭇가지를 움켜잡듯 두 손으로 내 팔을 꼭 잡았다.

"제가 공주님을 영원히 돌보아 드릴 수는 없어요. 전 돈도 없고 일거리 도 없고, 지위며 소속된 무리도 없다고요! 우리는 근근이 목숨만 부지할 거예요. 겨울이 오면 게르도 없이 얼어 죽겠죠. 공주님은 귀하신 분이에 요. 미천한 몸종이 해 드릴 수 있는 것보다 더 많은 걸 누리실 수 있어요. 제발 공주님 신분을 밝히세요!"

공주님은 숨을 깊이 들이마시더니 보초에게 돌아서서 말했다.

"저는 유목민이랍니다."

조상님들이여, 용서하소서. 나는 설움이 터지고 말았다. 나는 머커의 목에 고개를 묻고 지붕에 내리는 비처럼 울고 또 울었다. 정말 지쳤다. 오래 걸어서도 아니고, 배가 고파서도 아니었다. 빨래며 공주님 뒤치다꺼리가 힘들어서도 아니다. 나는 그저 다쉬티라는 것이, 그저 숨 쉬는 게, 산다는 게 힘들었다. 용서하세요, 엄마.

"무슨 일이에요?"

머리가 하얀 여자가 보초에게 다가와 물었다. 나중에서야 그 여자 이름이 '쉬리아'라는 걸 알았다.

"길을 막고 있는 이 여자 아이들은 누구예요?"

보초가 목을 가다듬었다. 우리에게 어서 비키라는 신호인가 보다. 나는 심호흡을 했다. 심장이 두근거렸다. 눈물은 다 말라 버렸다. 설마 지금보다 더 나빠질 일이 생기겠어? 그렇게 생각하니 마음이 편해졌다. 머커는 내 신발을 핥고 있었다. 어떻게든 살게 되겠지. 공주님을 먹여 살릴 수도 있겠지. 불쌍한 머커! 여행이 끝나면 편안한 우리도 마련해 주고, 빗질도 해 주겠다고 약속했는데.

나는 두 뺨을 훔치고는 쉬리아에게 말했다.

"칸 테거스 님께 선물을 가지고 왔어요. 제가 알고 있는 야크 중 가장 좋은 놈이랍니다. 이름은 머커라고 해요."

보초가 거절했다.

"우리는 가축을 사지 않아……."

"아니, 사라는 말이 아니에요. 그냥 칸님이 받아 주셨으면 하는 거예요. 유목민 출신인 한 여자 아이가 드리는 정성 어린 선물이라고요."

정말 어리석은 짓이었다. 나도 안다. 그리고 지금 여기 앉아 일기를 쓰면서도 단 하나밖에 없는 우리의 유일한 소유물을 줘 버린 멍청한 나 자신을 믿을 수가 없다. 가축도 없고 천막도 없는 신세라니. 몇 달 후면 겨울이 닥칠 텐데, 야크가 꼬리를 휘둘러 파리를 잡듯 겨울은 우리를 죽음으로 내몰겠지. 적어도 야크를 일자리랑 바꿨어야 했는데.

하지만 그때는 내가 그 녀석을 얼마나 사랑했었는지, 세상 모든 사람들이 다 죽었다고 생각했을 때 얼마나 큰 위안이 되어 주었는지밖엔 생각나지 않았다. 그래서 머커가 칸님의 궁전 마구간 같은 곳에서 살면 좋겠단 생각만 들었다. 그리고 조금은 칸님을 생각했다. 우리에게 세상에 둘도 없는 좋은 고양이를 선물해 주시지 않았던가. 칸님이 다시 돌아오시지는 않지만, 목소리를 통해 그분 영혼의 소리를 들었다. 이 세상에서 가장 좋은 야크를 받으실 만한 분이라는 것을 나는 믿는다.

나는 머커의 코에 입을 맞추고는 녀석의 커다란 귀에다 마음 편히 이별하는 노래를 불러 주었다.

"일직선을 그리며 펼쳐진 거리, 길은 계속 되리니, 내 마음은 태양과 함께 움직일 터……."

한 사내아이가 머커에게 귀리를 먹이며 끌고 갔다. 녀석을 잃고 이렇게 마음이 아플지 몰랐다. 너무 가슴이 아파 입이 다물어지지 않을 정도였다. 그런데 그때 조상님이 보우하사, 생각에 잠기거나 슬퍼할 기회를 주지 않고 쉬리아가 이렇게 물었다.

"너희들, 부엌일을 할 줄 아니?"

나는 쉬리아에게 손을 보였다. 쉬리아는 굳은살이 박였나 살피려고 손을 뒤집어 보았다.

"이 아이는 쓸모가 있겠어요."

쉬리아가 보초에게 말했다.

"비록 얼굴에 불운을 나타내는 반점이 있지만 장담컨대 분명히 쓸모 있을 거예요."

"나머지 한 아이는요?"

작은 보초가 인상을 쓰며 공주님을 보았다.

나는 실낱같은 희망을 느꼈다. 그래서 재빨리 기회를 낚아챘다.

"이 아이는 내 사촌이에요. 보통의 여자 아이가 상상도 할 수 없는 고된 역경을 이겨 냈어요. 아마 도시 여자 아이의 두 배 몫을 할 거예요."

그들이 내 말을 믿었나 보다. 우리는 칸님의 궁전에 들어오게 되었다.

내 기대와는 달리, 공주님을 비단과 베개가 있는 방으로 모시지는 못했다. 공주님은 빨래용 난로 옆 부엌 바닥에서 나와 같은 담요를 덮고 주무시게 되었다.

조상님이여, 저는 피곤하고 부엌일은 새벽에 시작합니다. 이렇게 늦게까지 글을 썼으니 내일 아마 그 대가를 톡톡히 치르겠지요.

54일째

밤이 늦었지만 달리 시간을 낼 수 없어 지금 쓴다. 어쨌든 지금은 유령처럼 희끄무레한 모닥불 옆에서도 일기를 쓰는 데 익숙하다.

부엌은 야생마 무리 같다. 이리 뛰고 저리 뛰고, 잠자는 시간 외에는 결코 멈추는 법이 없다. 공주님과 나는 빨래용 불을 지피고, 물을 끓이고 냄비를 닦고, 앞치마와 걸레를 빤다. 우리와 함께 불을 쓰고 그릇을 닦는 여자 아이가 두 명 더 있다. 우리는 다 함께 불 앞에서 더러운 걸레나 다른 아이들의 다리며 배를 베개 삼아 잔다. 다른 여자 아이들에 대해서 적어 두겠다.

'갤'은 열세 살로 가장 어리다. 흐린 갈색 눈은 늘 슬픈 듯 우수에 젖어 있다. **고다의 두 번째 선물** 출신으로 카사 왕의 군대가 쳐들어오기 전에 갤의 엄마가 갤을 피신시켰다. 서쪽은 산악 지대라서 남동쪽 나라인 **언더의 생각**과 **티토의 정원**을 통해 몰래 도망쳐 왔다고 했다. 갤은 가족이 어디 있는지, 아직 살아 있는지 어떤지도 모른다. 갤은 밤마다 운다. 하지만 낙타만큼 고집스러워서 남의 위로를 받아들이지 않는다. 나는 갤이 의심하지 않을 때, 마음의 고통을 덜어 주는 노래를 갤 옆에서 부른다. 갤은 입이 험하고 성격도 급하다. 그리고 우리 공주님에게 그 성질을 다 퍼부어 댄다. 공주님이 일하는 게 느리기 때문이다.

퀘차와 나는 열여덟 동갑이다. 더욱 반가운 것은 같은 유목민 출신이라는 점이다! 퀘차의 엄마는 카사 왕이 쳐들어왔을 때 **티토의 정원**에 있었다. 하지만 아버지는 무사히 살아남으셨고, 지금은 이곳 마구간에서 일하신다. 그래서 두 부녀는 매주 반나절 휴식 시간을 맞춰 도시 성벽을 벗어나 이야기도 나누고 나무뿌리나 열매를 채집하며 보낸다. 퀘차와 나는 서로 새로운 노래를 가르쳐 주거나 초원 이야기를 한다. 퀘차가 얼마나 잘 웃는지! 잠에서 깨어나면서 웃고, 사람들이 빨랫감을 잔뜩 던져 놓고 갈 때도 웃고, 요리장이 물을 흘린다고 숟가락으로 머리를 때릴 때도 웃는다.

나는 햇빛을 사랑하듯 퀘차를 사랑한다. 하지만 꼭 필요할 때가 아니면 되도록 붙어 앉지 않으려고 한다. 우리 둘이 같이 웃을 때 공주님 표정을 보면, 눈을 아래로 내리까는 것이 마치 금방이라도 웅크리고 울 기세이다.

물론 다른 사람들 앞에서는 공주님을 공주님이라고 부르지 않는다. 여기서 공주님의 이름은 '샤르'이다. 공주님은 다른 냄비 닦는 여자 아이들처럼 머리를 땋아 늘어뜨리고 다닌다. 우리는 친자매치고는 너무 모습이 달라서 같은 부족 출신 의자매라고 했다. 의자매라니, 조상님이여, 용서해 주소서.

60일째

이런 거짓말 때문에 마음이 무겁다. 물에 푹 빠져서 제대로 못 뛰는 그런 느낌이다. 공주님을 돌봐야 하기 때문에 냄비 닦는 일에 차질이 생긴다. 그리고 냄비도 닦고 걸레도 빨아야 하므로 공주님을 제대로 보살필수도 없다. 두 가지 일을 다 제대로 못하다니, 내 자신이 그렇게 한심할수가 없다.

공주님 상태도 별로 좋지 못하다. 자주 울지는 않지만 늘 수양버들처럼 축 늘어져 있다. 늘 내 근처에서 내 팔을 꼭 잡고 있거나, 옆구리가 닿을 정도로 바싹 붙어 서 있다. 세상 모든 것이 무시무시한 이빨을 드러내며 자기를 물어뜯기라도 한다는 표정이다. 밤이면 갤보다 더 많이 운다.

오늘 밤 지하에서 덩어리 비누를 깨며 공주님께 물었다.

"일이 힘들어서 그래요, 공주님?"

공주님이 대답했다.

"너무 피곤해. 요리장도 싫고. 잠이나 실컷 잤으면 좋겠어."

"공주님은 더 이상 냄비 닦는 일을 할 필요가 없어요. 칸님이 여기 계시잖아요. 그분에게 가서 당신의 열렬한 사랑을 일깨워 드리라고요."

그랬더니 갑자기 공주님 얼굴이 백지장처럼 하얗게 변하더니, 사냥꾼 앞의 토끼처럼 덜덜 떨었다. 나는 공주님의 얼굴을 톡톡 치고, 흔들어도 보고, 발가락으로 꾹꾹 찔러도 보았다. 하지만 공주님은 꼼짝도 하지 않고, 그 자리에서 아무 말 없이 덜덜 떨기만 했다. 조상님이여, 저를 용서하소서. 나는 빨래하던 물을 공주님 머리에 부었다.

공주님은 화를 냈다.

"왜 이래?"

"정신 차리게 하려고요! 제발 이해할 수 있는 행동을 하시라고요. 말해 줘요, 공주님. 왜 그분에게 가지 않으세요? 왜요?"

"말하고 싶지 않아. 어차피 내 말을 믿지도 않을 거야. 하지만 난 알아. 사람들은 내가 죽기를 바란다고. 누군가가 나를 죽이지 않으면 또 다른 누군가가 죽일 거라고. 카사 왕이 나를 찾으러 올 거야. 그는 무시무시한 야수야. 이빨로 염소 목을 물어뜯는다니까. 내가 봤어."

"오, 공주님!"

나는 신음을 하고는 등을 돌렸다. 공주님이 내 얼굴에 나타난 표정을 보지 못하게 말이다. 처음에는 칸님이 자기를 죽일 거라고 하더니 이제는 카사 왕이 염소를 물어뜯어 죽인다고 한다. 공주님은 아직도 탑에서 헤어나지 못하고 있나 보다. 공주님은 여전히 있지도 않은 일들을 본다.

62일째

우리 옆에 있는 불에서 일하는 여자 아이들은 접시를 닦고 가끔 요리장을 도와 음식 젓는 일을 한다. 그 아이들은 냄비 닦는 아이들, 특히 얼굴에 반점이 있는 나와 일이 서툰 공주님에 대해 수군거린다. 그래서 가끔 갤은 그 아이들을 노려보고, 퀘차는 웃음을 멈춘다. 탑에 들어가기 전이라면 그런 수군거림에 우울해져도 별말 못했을 것이다. 하지만 이제는 그런 데 신경 쓸 기력이 없다. 그런 일에 낭비하기엔 세상은 너무 아름답다. 그래서 우리 네 명의 냄비 닦는 아이들은 우리끼리 몰려다닌다.

다만 야채나 고기를 자르는 남자 아이가 있는데, 그 아이는 예외이다. 흠, 그 아이는 시간만 나면 냄비 닦는 일을 돕는다. 심지어 쉬는 시간에 말이다. 오늘은 일하다가 눈이 마주치자 나한테 윙크를 했다. 퀘차와 나는 킥킥 웃었다. 나는 윙크를 어떤 의미로 생각해야 할지 몰랐다. 소년의 이름은 '오솔'이다. 머리에 숱도 많고 턱도 잘생긴 아이다. 내 얼굴의 반점이 보이지 않는 걸까? 어떻게? 그래도 나는 되도록 그 아이를 볼 때마다 왼쪽 얼굴이 보이지 않게 고개를 돌린다.

칸 테거스 님에 대해서는 들은 게 없다. 카사 왕에 관해서도.

64일째

오늘은 반나절 쉬는 날이다. 하지만 공주님은 일을 해야 했다. 내가 가까이 없으면 불안해하시니까 공주님을 두고 갈 생각이 없었는데, 다른 친구들이 우겼다.

퀘차가 말했다.

"가서 자유 시간도 가져 봐. 이곳으로 온 이후에 한 번도 반나절 쉬지 못했잖아."

"하지만 샤……."

갤은 투덜거렸다.

"저 아이는 느려 터진 굼벵이야. 벌써 부엌에서 쫓아내야 했다고."

퀘차가 다독였다.

"맘 쓰지 마. 괜찮을 거야. 내가 샤르를 돌보아 줄게. 자, 어서 가 봐!"

이렇게 나를 배려해 주는 사람이 있다는 게 얼마나 기분 좋은 일인지 모른다. 아마 샤렌 공주님도 퀘차 같은 유목민 아이가 돌봐 준다면 괜찮을 것이다. 그래서 나는 밖으로 나왔다.

항상 옆에 매달리다시피 하던 공주님 없이 혼자 걸으니 기분이 이상했다. 조상님이여, 용서하소서. 마치 무거운 사슬로부터 풀려난 느낌이었다. 나는 맨 먼저 시장으로 갔다. 상인들이 이틀 전 성을 방문했었다. 멋진 배우들의 공연이 보고 싶었다.

슬프게도 이번 상인들에게는 재주라곤 물구나무를 서서 가끔 다리를 흔드는 것뿐인 곡예사밖에 없었다. 그래서 그냥 지나쳤고, 대신 팔려고 내놓은 아름다운 장신구들을 만져 보았다. 다발로 묶어 놓은 진사, 장뇌, 유리 밑에 진열된 진주와 보라색 보석, 직사각형 모양의 밀랍향, 터키석, 분홍색 산호, 그리고 내가 가장 좋아하는 푸른색의 청금석 원석 덩어리가 있었다.

내가 푸른색 보석을 들여다보고 있을 때 이야기꾼의 매력적인 목소리가 들려왔다. 그 목소리는 극적인 부분에서 천둥 치는 듯 울려 퍼졌고, 그러다가 낮아지면서 머리카락이 삐죽 설 정도로 묘하게 변했다. 나는 사막에 사는 사람들 이야기는 잘 알지 못한다. 그래서 그 여자가 들려주는 이야기가 무척 생소했다. 어두운 밤과 두려움에 대한 이야기는 얼마나 이상한지, 꼭 유령에게 둘러싸인 기분이었다.

그래도 그중 하나는 이전에 들어본 적이 있다. 한밤중에 벌거벗고 다니며 동물의 힘을 얻기 위해 사막의 무당과 거래를 한 사람 이야기였다. 이야기꾼은 내가 아는 부분에 좀 더 자세한 설명을 보탰다. 우선, 벌거벗은 사람은 자신의 영혼을 사막의 무당에게 줘야 한다는 조건이 있다. 그리고 자신과 아주 가까운 친척을 죽여야 한다. 사랑하는 사람을 많이 죽이면 죽일수록 그의 힘은 점점 더 커진다. 상상만 해도! 그런 희생을 감수하면 사막의 무당은 무시무시한 포식자의 영혼을 그에게 불어넣어 준다. 그러면 그는 야수의 강한 힘과 교활함을 얻는 동시에, 그 동물로 변할 수 있는 능력도 얻게 된다. 이야기꾼은 사막의 밤을 누비고 다니다 단 한 번의 공격으로 사람을 죽일 수 있는 표범 인간에 대해서 들려주었다.

입이 바싹바싹 타고 귀를 틀어막고 싶었다. 하지만 끝까지 이야기를 들었다. 사실일까? 조상들을 섬기는 여우처럼, 무당들만 다른 동물로 변하는 게 아니었던가? 그래야만 하는 게 아닌가?

암울한 이야기였다. 즐거운 일이 필요했다. 그래서 칸님의 궁전으로 가서 머커가 있는 우리에 들렀다. 머커가 내 손에 코를 대고는 행복한지

쿵쿵거렸다. 그 바람에 내 손은 따뜻해지고 어느 정도는 끈끈해졌다. 나는 녀석에게 노래를 불러 주고 빗질을 해 주었다. 우리를 떠나올 즈음에는 머커가 잘 손질한 나무토막처럼 윤기가 반지르르하게 흘렀다.

이제는 이렇게 햇볕 아래 앉아 있다. 이렇게 미소 짓고 앉아도 되는 시간이 한 시간밖에 남지 않았다. 오솔이 지나갔다. 목장으로 심부름 가는 모양이다. 오솔이 내 일기장에 야생화 한 송이를 던져 놓고 갔다. 바삐 자리를 뜨는 오솔에게 큰 소리로 인사를 하자, 오솔은 뒤돌아보고는 윙크를 했다. 그리고 미소 지었다. 오솔의 미소 하나는 정말 어디 내놔도 손색이 없다.

하늘은 크게 입을 벌려 하품이라도 하듯 넓고, 색은 파란빛을 띠고 있었다. 얼마나 크고 환했던지, 내 행복을 빌어 주는 듯했다.

흑에

샤렌 공주님은 생각만큼 잘 견디지 못했다. 너무 초조해하며 비명을 질러 대서, 요리장에게 들키기 전에 창고에 가둬 놓아야 했다. 퀘차가 설명해 줬다.

"막 걸음마를 시작한 아이처럼 마구잡이 떼를 쓰더라고. 어떻게 저런 아이를 참고 데리고 있는지 모르겠다."

내가 대답했다.

"힘든 시간을 겪어서 그래. 부모님을 모두 잃었거든."

"안 그런 사람이 어디 있어?"

탑에 대한 이야기를 할 수는 없다. 샤렌 공주님이 왕족이며 우리 유목민하고는 천성이 다르다고 말이다. 하지만 과연 그럴까? 공주님의 칸님은 왕이지만 마구 억지 부리고 떼쓰지는 않는다. 공주님을 괴롭히는 병이 사라지고 나면, 공주님도 칸님처럼 될까? 그런데 조상님들은 왕족과 귀족을 완벽하게 창조하셨던 게 아닌가? 만약 그렇다면 카사 왕은 왜 그렇게 난폭하지?

나는 이제 더 이상 아무것도 확신이 서질 않는다. 그게 사실이다.

67일째

오늘 퀘차와 샤렌 공주님과 바닥에 앉아 냄비를 닦고 있다가 초원에서 살던 때를 회상했다.

영원한 푸른 하늘 아래서, 하루하루를 가축에 둘러싸여 아침이면 젖을 짜고 치즈며 요구르트를 만들고, 빨래도 하고 요리도 하고 청소도 하고…… 그런 다음 영양처럼 자유롭게 초원을 뛰어놀던 시절 말이다. 나는 머리를 두 갈래로 땋고 다니던 여덟 살 무렵이 또렷이 기억난다. 갓 짠 신선한 말 젖을 마시고 마른 풀을 꼬아 인형을 만들던 때를.

"단 한 순간도 내가 그곳에서 영원히 살지 않을 거라고는 상상도 못 했어."

내 말에 퀘차도 고개를 끄덕였다.

"우리는 제법 많은 양을 길렀어. 아버지께서는 이렇게 말씀하시곤 했었지. '저 양이 보이지? 저 녀석이 네 지참금의 일부가 될 거다. 그리고 저 녀석도.' 하지만 바로 그때 카사 왕이 쳐들어왔지. 우리는 도시와 너무 가까운 곳에 머물렀어. 그래서 카사 왕의 부하들이 가축을 빼앗아 갔고 나머지는 다 흩어져 죽고 말았지…… 흠, 기억하지 말자. 하지만 카사 왕이 쳐들어오던 그해, 한 유목민 청년과 결혼하기로 되어 있었어."

퀘차가 웃었다. 퀘차는 어느새 평상시의 명랑한 상태로 돌아와 있었다. 나는 냄비에 묻은 찌꺼기를 닦아 내고 그 냄비를 불에 던져 넣으면서 말했다.

"그런데 어쩌다가 우리가 여기까지 왔구나."

잠시 우리는 아무 말 없이 냄비만 닦았다. 그러다 퀘차가 물었다.

"만약 지금이라도 돌아갈 수 있다면 돌아갈 거니?"

나는 공주님을 힐끔 훔쳐보았다. 공주님은 냄비에 팔꿈치까지 넣고 닦는 중이었지만 표정은 진지했다. 우리 이야기를 귀담아듣는 모양이다. 나는 퀘차에게 다 털어놓고 싶었다. '나는 덫에 걸렸어. 몸종이 되겠다고 맹세했거든. 샤르는 사실 공주님이고, 조상님이 공주님 시중을 들라고 나를 진흙으로 빚으신 거야. 나는 공주님을 떠날 수 없어. 공주님은 날개가 부러진 새라서, 내가 필요해.' 라고 말이다.

하지만 단지 이렇게 대답하고 말았다.

"한평생 한 곳에서만 살다가 죽는 것도 이상하고, 나중에 내가 엄마가 될지 아닐지 모르는 것도 이상해."

퀘차는 그저 고개만 끄덕였다. 퀘차는 정말 착한 아이다. 퀘차는 입을 열 때와 다물어야 할 때를 아는 눈치 있는 아이다.

69일째

나는 촛불을 들고 지하 창고에 있다. 요리장은 모르신다. 냄비를 닦고 있어야 하지만 지금 일기를 써야 할 것 같다. 그래야 떨리지 않을 테니까.

아까 더러운 냄비를 닦고 있을 때 요리장은 몸종들의 옷을 몇 벌 빨라고 시켰다. 옷이 다 말라서 반듯하게 접고 나니, 요리장은 나와 갤에게 옷을 반대쪽 방으로 갖다 놓으라고 했다. 우리는 길게 뻗은 복도를 따라 걸어갔다. 바닥에는 돌이 빈틈없이 깔려 있었고, 조각된 나무 벽 위에는 손으로 짠 양탄자가 걸려 있었다. 그래서인지 복도가 아늑했다. 창에는 유리가 끼어져 있었으며 옻칠을 한 탁자 위에 도자기가 놓여 있었는데, 내가 이제껏 본 궁전 중에서 가장 아름다운 곳이었다. 우리는 팔짱을 끼고 걸었다. 둘 다 이렇게 웅장한 곳을 자유롭게 걷는 것이 두렵기도 하고 흥분되기도 했다. 갤도 가끔은 얼마나 순한지 모른다. 갤 역시 그저 길 잃은 양처럼 슬픔이 많은 아이일 뿐이다.

우리가 연회장으로 들어가는 입구를 걷고 있을 때였다. 얼마나 멋지던지! 유리창은 총천연색이었고 천장은 얼마나 높은지 말 위에 올라타서 팔을 뻗어도 닿을까 말까 했다.

앞에서 세 남자가 우리 쪽으로 걸어오고 있었다. 한 사람은 다른 두 사람보다 젊었다.

갤이 귓속말로 말했다.

"여기 온 첫날 저분을 봤어. 저분이 칸 테거스 님이야."

칸 테거스 님. 저게 저분의 얼굴이라니! 저게 저분의 어깨고, 팔이고, 가슴이라니! 전에는 그저 장화와, 손, 목소리뿐이었는데. 우리가 나누었던 대화나 웃음, 고양이 그리고 소나무 가지가 생각나 소리쳐 인사드리고 싶은 마음을 억누르기 힘들었다. 하마터면 달려가 인사드릴 뻔했다. 가족이나 되는 듯이 팔을 잡고 **뺨**을 비비고, 그의 영혼을 받아들이기 위해 목에 코를 대고 냄새 맡고 싶었다.

그러다 그분에게 내 셔츠를 건네준 일이 떠올랐다. 칸님이 내가 무슨 짓을 했는지 알게 되면, 내가 우리 공주님 흉내를 낸 사실도 알게 될 것이고, 나를 남쪽 성벽에서 교수형에 처할지도 모른다.

그분의 얼굴은 걱정이 가득 담긴 주전자 같았다. 두 남자는 걸어가며 칸님에게 이야기를 하고 있었다. 나는 가서 그분의 손을 잡고 마음이 편해지는 노래를 불러 드리고 싶었다. 그분이 우리 곁을 지나가는데 복도가 더 이상 그리 넓어 보이지 않았다. 그분의 소매가 내 소매를 스쳤다.

아주 짧은 순간이었지만 칸 테거스 님이 나를 보았다.

그런데 지금에서야 그때 어떻게 했어야 했는지 생각났다. 그분께 샤렌 공주님이 여기 와 있다고 말씀드려야 했는데, 그랬어야만 했는데! 공주님의 말에 복종하는 것이 더 큰 의무인가? 아니면 공주님의 안녕에 최선을 다하는 게 더 큰 의무인가? 질서의 신 **니부스**여, 나를 바른 생각으로 인도하소서!

70일째

왜 다시 오지 않으셨을까? 왜? 돌아오시겠다고 해 놓고, 왜 카사 왕과 벽을 부수려 했던 남자들과 쥐들에게 우리를 내버려 두었을까?

이제 일하러 가야겠다. 내일, 칸님은 서쪽의 **리스의 사랑하는 사람들**이라는 나라에서 오는 손님들을 위해 잔치를 여실 것이다. 여러 날 그 준비를 하느라 산처럼 쌓인 냄비가 우리를 기다리고 있다.

나는 그분이 가끔은 우리 생각을 하는지 궁금하다. 기억하고 계실까? 그저 향기를 맡기 위해서라도, 소나무 잎을 부러뜨려 보실까?

기일째

자정이 지났다. 나는 여기 우두커니 앉아 불을 바라다보고 있다. 일기 쓸 기분은 아니지만, 잠이 오지 않아 일기 쓰는 게 더 나을 것 같다.

오늘 우리는 이 나라에 있는 모든 냄비보다 더 많은 냄비를 닦은 것 같다. 우물에서 물을 긷는데, 시중드는 사내아이인 '코크'가 우리에게 자기 앞치마를 주면서 얼룩을 지워 줄 수 있냐고 물었다. 퀘차가 앞치마를 받아 들었다. 퀘차는 코크가 아주 다정한 사람이라고 생각하고 있으며, 코크는 퀘차가 첫 번째 꽃이 핀 이후로 가장 아름다운 여자라고 생각한다. 코크가 퀘차에게 접근하기 위해 일부러 얼룩을 만든 것 같다. 우리가 이야기를 나누고 있자니 오솔이 다가왔다. 오솔이 나에게 미소를 짓길래, 나도 미소로 답했다. 못해 줄 것도 없지 않은가?

"여왕을 직접 봤어야 해. 입고 있는 옷에 얼마나 많은 수가 놓여 있던지, 빈틈이 없었어. 그렇게 차려입어도 별로 예쁘진 않아. 그렇다고……."

코크가 말하다 말고 나를 힐끗 보았다. 험담이라고 생각하나? 그럴 것까진 없는데, 본성이 착한가 보다. 내가 물었다.

"그분이 누군데?"

"바챠 여왕! **리스의 사랑하는 사람들**이라는 나라를 다스리는 여왕이지. 그분을 위해 잔치를 여는 거잖아. 카사 왕이 온 사방에서 공격해 들어

오고 있으니, **에벨라의 노래**는 다른 나라와 가족처럼 친밀한 관계를 맺을 필요가 있거든. 그리고 **리스의 사랑하는 사람들**은 우리와 가장 가까운 이웃이야. **티토의 정원**이 재로 변해 버렸으니까. 모두 칸 테거스 님과 바챠 여왕님이 오늘 밤 둘의 약혼을 공식적으로 발표하리라 기대하고 있지. 분명……."

나는 양동이를 떨어뜨렸다. 물이 온몸에 튀어 옷의 끝단에서 두 뼘이나 되는 곳까지 푹 젖었다. 심지어 양동이의 손잡이가 부러지기까지 했다. 퀘차는 요리장이 눈치 채기 전에 고쳐 보려고 애썼다. 갤은 다른 양동이를 가지러 갔다. 우리 공주님과 나는 우두커니 서 있기만 했다.

사람들이 왜 그러냐고 물었다. 쓰러질 것 같으냐, 앉겠느냐 물으며 걱정했다. 퀘차는 급병을 다스리는 노래를 부르며 내 머리카락을 쓸어내렸다. 아무도 우리 공주님을 살피지 않았다. 얼굴이 창백해지고 손을 떨고 있었는데 말이다. 나는 공주님을 위로하고 노래를 불러 드리고 머리를 빗겨 드렸어야 했다. 하지만 나도 움직일 수가 없었다.

후에

나는 샤렌 공주님이 제정신이 들 때까지, 두려움을 털고 탑에서의 충격을 이겨 내고, 자유롭게 숨 쉬고 온전히 공주님의 모습을 되찾을 때까지만 부엌에서 일하면 될 거라고 생각했다. 그분이 영원히 공주님을 기다려 줄 거라고, 다른 누구도 사랑하지 않을 거라고 생각했었나 보다. 왜 그랬을까? 이제 어떻게 해야 하나?

74일째

바챠 여왕이 떠났다. 두 사람은 이번 겨울에 결혼식을 올릴 것이다.

78일째

부엌으로 소식이 날아들었다. 카사 왕이 **고다의 두 번째 선물**을 점령했다고 한다. 상인들이 바랐듯이 나라를 초토화시키지는 않았다. 카사 왕은 왕족과 귀족을 모두 죽이고, 살아남은 병사들은 충성의 맹세를 시켜 자기 병사로 받아들였다.

나는 고향 소식에 귀를 기울이고 있는 갤을 살폈다. 귀로는 듣고 있었는지 모르지만 눈은 그렇지 않았다. 아마도 가족이 다 죽었다고 체념한 모양이다. 돌멩이에서 설탕이 나오리라 기대하는 정도의 희망도 품지 않은 것 같다.

코크는 카사 왕이 병사들에게 휴식을 취하게 한 다음, 새로 영입한 병사들을 훈련시켜 **에벨라의 노래**로 쳐들어올 거라고 말했다.

퀘차가 말했다.

"아슬아슬하게 바챠 여왕과 약혼했네. 이제 칸님과 여왕님의 병사들이 연합하게 되었으니 정말 다행이야."

내가 코크에게 물었다.

"카사 왕이 **에벨라의 노래**까지 쳐들어올까?"

"분명히 그럴 거야. 겨울이 오기 전에 쳐들어올걸. 내 추측은 그래."

공주님을 데리고 도망칠까? 하지만 어디로? 한겨울에 게르도 없으면 꿀벌처럼 빨리 죽을 텐데. 추위는 또 하나의 탑이다.

79일째

내게 심심치 않게 윙크를 보내던 오솔이 다른 여자 아이에게 윙크하는 걸 봤다. 아무에게나 윙크하는 사람인가 보다. 물론 난 전혀 상관없다. 더 이상 오솔을 생각하지 않기로 했다.

80일째

내가 오솔하고 결혼할 것도 아니고······.

82일째

지난밤, 퀘차가 자기 손을 뚫어져라 쳐다보는 걸 봤다. 물일을 너무 많이 해서 갈라지고 찢긴 손이었다. 닦는 일은 손에게 너무 가혹하다. 퀘차가 중얼거렸다.

"우리 엄마는 내 나이 때 얼마나 예뻤는데."

그러다 오늘 아침 퀘차가 손에 말 젖으로 만든 버터를 바르다 요리장에게 들켰다. 요리장은 소리를 고래고래 지르고 욕을 퍼붓고 난리도 아니었다. 잠잠해진 다음 갤과 나는 퀘차가 부엌 밖의 땅바닥에 앉아 너무 무서워 들어오지 못하고 울고 있는 것을 발견했다. 나는 그전까지 퀘차가 우는 모습을 본 적이 없었다. 얼굴에는 나무 숟가락으로 얻어맞은 자국이나 있었다.

"요리장님이 안으로 들어오면 머리카락을 다 뽑아 버린다고 했어. 그렇다고 우리 아버지가 나를 마구간에 데리고 있을 수도 없는데. 그럼 나는 갈 데가 없어. 내가 이 도시를 떠나면 아버지와 헤어져야 하는 거잖아.

그리고 코크와도……. 이제 코크를 어떻게 다시 만나지?"

나는 퀘차에게 위로의 노래를 불러 줄 수도 있었다. 하지만 그건 근본적인 해결책이 못 된다. 퀘차는 버터를 바르면 손이 예뻐질 거라고 생각했나 보다. 그러고 보니 언젠가 나더러 손이 참 예쁘다고 말한 사람이 있었는데…….

"갤, 잠깐 나 좀 볼래? 괜찮지? 퀘차, 우리가 요리장님의 기분을 풀어 드릴 수 있는지 한번 가 볼게. 그 후에 다시 일을 하게 해 달라고 해 봐."

요리장은 냄비를 내려다보며 땀을 흘리고 있었다. 얼굴로 기름진 검은 연기가 불어 닥치고 있었다.

내가 나섰다.

"저희 모두 냄비를 열심히 닦았어요. 어머나, 요리장님, 불에 달군 돌처럼 뜨거워 보이세요. 잠깐 쉬세요. 그동안 갤보고 저으라고 할게요."

"그러지."

요리장님은 무슨 꿍꿍이속인가 의심하는 눈초리였다.

나는 요리장님을 앉히고 발을 얹어 놓을 수 있게 작은 의자를 갖다 드렸다. 그러고는 어깨를 주물러 드리겠다고 했다. 요리장님이 쉬는 동안 나는 흥얼거리며 노래를 불렀다.

요리장님이 뭣 때문에 심기가 불편할까? 나는 나지막하게 흥얼거리다 소리 내어 노래를 불렀다. 돌멩이 위로 흐르는 물처럼 피로가 온몸을 적시고 있을 때 부르는 노래였다.

"나에게 말해 주렴, 기분이 어떤지……."

요리장님이 일어설 듯 움직였다. 아뿔싸. 하지만 다시 앉으셨다. 잠시 그대로 쉬려고 마음먹으신 듯하다. 내 손 아래에 있는 요리장님의 어깨가 느슨해졌다.

요리장님의 어깨와 등을 만지면서 나는 육체의 고통을 다스리는 노래에서 일반적인 아픔을 해소하는 노래로 이어 불렀다,

"둥지에 있는 백조, 어늑한 햇빛……."

요리장님은 발도 쑤시는 모양이었다. 하지만 감히 요리장님의 발을 만질 엄두가 나지 않았다. 내 속셈이 들킬지도 모르니까. 요리장님의 얼굴은 뜨거운 열기로 그을려 있었고, 굳은살이 박힌 손은 여기저기 다 벗겨져 있었다. 나는 눈을 감고 노래가 아픈 부분으로 들어간다고 상상했다. 요리장님은 한숨을 쉬었다. 요리장님은 노래를 잘 받아들이고 있었지만, 단순한 아픔보다 더 깊은 무언가가 있었다.

나는 마음의 고통을 다스리는 새로운 노래를 불렀다.

"틸리 틸리, 검은 새야. 닐리 닐리, 파랑새야……."

깊은 상처를 천천히 치료하는 것처럼 부드럽게 노래를 불렀다. 그저 내 짐작이지만, 이 나라 그 누가 마음의 아픔이 없겠는가? 요리장님의 어깨가 긴장되었다가 다시 풀렸다. 나는 더 깊이 들어가 보고 싶었다.

"찔러라, 찔러라, 옷에 피가 묻도록……."

나는 배신당했을 때의 노래와 연결해 불렀다. 노래를 시작하자마자 요리장님은 고개를 숙이고 마치 굴뚝에 갇힌 바람처럼 슬프고 길게 한숨을 내쉬었다. 덩치 큰 여자가 갑자기 어린 소녀처럼 작고 여리게 보였다.

"이제 됐어. 가서 일해야겠다."

요리장은 나를 밀쳐 내고 일어섰다. 하지만 목소리에 더 이상 까칠한

느낌은 없었다.

나는 퀘차에게 지금이 적절한 기회이니 서둘러 들어가서 용서를 빌라고 했다. 퀘차가 다시 냄비를 닦게 해 달라고 간청하자, 요리장은 따끔하게 혼내기는 했어도 뒤끝은 없었다. 한 시간도 안 돼서 퀘차는 우리 옆에서 냄비를 닦고 있었다.

"나는 그렇게 차분한 요리장님은 처음이야."

퀘차는 웃었다. 갤이 물었다.

"유목민도 사막의 무당처럼 모습을 바꾸는 재주가 있니? 사물을 다르게 보이게도 하고?"

퀘차와 나는 웃었다. 얼토당토않은 소리였다.

"그와는 정반대야. 노래는 모든 것을 본연의 모습으로 돌아가게 해 주지. 건강한 몸이라든지 엄마의 자궁 속에 들어 있는 아기의 심장처럼 편안하게 말이야."

퀘차의 말을 내가 거들었다.

"노래 안에 다른 힘이 있는 건 아냐. 노래는 그냥 노래일 뿐이지."

하지만 퀘차는 생각이 달랐다.

"흠, 그건 모르겠어, 다쉬티. 밖에서 네 노랫소리를 들었는데, 그렇게 두 개의 노래를 서로 잘 섞어 부르는 사람은 처음이야. 정말 놀라웠어. 요리장님만을 위한 노래를 골라내는 것도 놀라웠고. 사나운 요리장님을 차분하게 진정시키다니 정말 대단해."

내가 대답했다.

"요리장님이 직접 하신 거야. 나는 그저 도왔을 뿐이고."

그때 공주님이 내 옆으로 슬금슬금 다가오더니 냄비 하나가 도저히 깨끗이 닦이지 않는다고 도움을 청했다. 우리는 입을 다물고 열심히 일했다. 나는 갤이 골똘한 표정으로 나를 힐끔거리는 걸 눈치 챘다.

그날 밤 늦게 불 옆에서 퀘차 다리에 머리를 얹고 자던 중, 뭔가가 나를 찔렀다. 나는 어둠 속에서 눈을 뜨고 잠시 공포에 질렸다. 내가 다시 탑에 갇힌 줄만 알고. 하지만 그저 밤이어서 아무것도 안 보였던 거고, 나를 찌른 건 갤이었다. 나는 공주님이 깨지 않게 공주님의 팔을 살짝 들어 올려 치우고는 몰래 일어나 앉았다.

갤이 입을 뗐다.

"가끔 언니가 나에게 흥얼거려 주는 노래를 들었어. 하지만 나는 슬픔에 잠겨 살려고 늘 노래를 피해 왔어. 하지만……."

갤의 턱이 떨리고 있었다. 갤은 손등으로 얼굴을 세게 훔쳤다.

"괜찮아, 갤."

"모르겠어."

갤은 흐느끼기 시작했다.

"우리 가족이 살았는지 죽었는지, 나를 찾으러 올지 안 올지……."

내가 위로했다.

"그렇다고 희망을 버리지는 마. 확실하게 알기 전까지는 말이야."

"하지만 희망을 갖는다는 게 얼마나 가슴 아픈 일인지 몰라."

내가 팔을 뻗자 갤이 툭 쳐 냈다. 그러더니 갑자기 마음이 바뀌었는지 나에게 기댔다. 누가 한 번도 안아 준 적이 없던지, 아니면 사람을 어떻게 안아야 하는지 모르는 것 같았다.

나는 부엌 특유의 기름진 어둠 속에서 갤을 끌어안고 다독거려 주었다. 온 사방은 코 고는 소리로 요란했다. 나는 쓰라린 슬픔을 위한 노래를 불렀다.

"시커먼 강물이, 그 어느 것보다 시커먼 강물이, 그 어느 것보다 빠른 강물이, 나를 잡아당기네."

처음에는 나지막하게 울던 갤이 나중에는 펑펑 울었다. 그러다 조용해졌다. 이제 갤은 내 무릎을 베고 갓난아기처럼 쌔근쌔근 잠들어 있다.

정말 재미있는 건, 어찌 된 일인지 하나도 피곤하지 않다는 것이다. 나는 언젠가 우리 공주님의 병을 낫게 해 줄 수 있는 노래를 찾아내길 간절히 빌었다.

88일째

나는 치즈 창고에 숨어 있다. 희미한 불빛과 막힌 벽이 너무 싫지만 어쩔 수 없다. 요리장님에게 들키면 혼쭐이 나겠지. 그래도 오늘 일어났던 일을 적어 둬야 한다.

칸님의 궁전에서 살 수 있게 일자리를 준 머리 하얀 쉬리아가 오늘 부엌으로 와서, 칸님이 치유의 노래를 아는 유목민을 찾는다고 말했다.

"퀘차, 너 유목민 출신이지?"

"예, 하지만 다쉬티도 유목민이에요. 그리고 저보다 노래를 훨씬 잘 불러요."

"다쉬티 언니가 제일 나을 거예요."

갤도 거들었다. 심지어 쉬리아 앞으로 내 등을 떠밀기까지 했다. 그러더니 더없이 환한 미소를 지었다. 비가 공기를 깨끗이 씻어 낸 후 떠오른 태양이 눈부시게 빛을 뿌리는 듯한 얼굴이었다. 밤새도록 울고 난 후 갤의 얼굴은 그렇게 변해 있었다.

"칸님을 괴롭히는 병이 무엇이든지 간에 다쉬티 언니가 고쳐 줄 거예요."

나는 우물쭈물하다 공주님을 쳐다보았다. 하지만 공주님은 아무 반응이 없었다.

쉬리아는 내일 나를 데리러 오겠다고 했다. 칸님에게 데려다 주러. 어쩌지. 아무 생각도 안 난다.

89일째

아침 내내 심장이 두근거려 앞으로 닥칠 일을 일깨워 준다. 쿵쿵쿵쿵. 쉬리아가 언제 올지 몰라, 하루 종일 신경이 곤두서고 초조했다. 오빠들이 집을 나가기 전 어느 여름이 떠오른다. 우리 가족은 여름 초원에 게르를 세우고 머물렀다. 초원에는 어린아이들이 많았다. 하루는 자주 하던 사냥 놀이를 했는데, 몇몇은 동물이 되어 키 큰 풀숲에 숨고 다른 아이들이 장난감 활과 화살을 갖고 찾는 놀이다. 어찌나 심장이 도리깨질하듯 두근거리던지! 내가 동물 역할이 되면 웅크리고 숨어, 힘의 여신 **카르텐**에게 기도드리곤 했다. 흥미진진하면서 동시에 두렵기도 해서 울고 싶었다. 오늘이 딱 그런 기분이었다.

닭을 냄비가 말도 못하게 많이 쌓였을 때 쉬리아가 갑자기 내 앞에 나타났다.

"네가 유목민 소녀니?"

조상님, 고맙습니다! 다행히 소리를 지르진 않았다. 그래도 감자를 한 입 베어 먹는 듯한 소리가 입 안을 맴돌았다.

"따라오너라. 하지만 먼저 깨끗이 씻어라. 너한테서 기름 냄새와 연기 냄새가 나는구나."

쉬리아는 제대로 씻는지 감시하는 것처럼 세수하는 나를 유심히 살폈다. 쉬리아에게 샤렌 공주님과 함께 가도 되냐고 물었는데, 들은 척도 하지 않고 걸음을 뗐다. 혹시 칸님이 공주님과 만나면 다시 두 사람이 맺어져 모든 게 다 잘 풀릴지도 모르는데. 나는 공주님에게서 비명을 지르지 않겠다는 약속을 받아 낸 다음 퀘차에게 공주님을 부탁하고, 쉬리아를 쫓아 달려갔다.

화려한 복도가 나왔다. 쉬리아는 방 두 개를 지나 천장이 게르처럼 낮고 어두운 방으로 나를 데려갔다. 칸님이 바닥에 양반 다리를 하고 앉아 몸을 앞으로 숙인 채, 다른 두 남자와 이야기를 나누고 있었다. 쉬리아와 나는 칸님이 아는 척을 하실 때까지 조용히 서 있었다. 쉬리아가 함께여서 다행이었다. 나는 샤렌 공주님과 너무 오래 둘만 있어서, 귀하신 분들께 먼저 말을 걸면 안 되고 그분들이 먼저 아는 척하실 때까지 가만히 기다려야 한다는 사실을 잊고 있었다. 얼마나 다행인지! 내 심장 소리가 하도 요란해서 쉬리아가 시끄럽다고 야단칠 것만 같았다. 나는 나 자신을 일깨웠다.

'넌 유목민이야. 지금은 샤렌 공주님인 척하는 것도 아니고, 탑에 갇혀

있지도 않아. 괜찮아. 그냥 냄비 닦는 아이니까, 그저 있는 그대로를 보여 주면 돼.'

난 점점 칸님을 관찰하는 게 재미있어졌다. 자유롭게 그분을 살피고 있자니, 공주님이 왜 칸님을 택했는지 알 것 같았다. 아마 어렸을 때도 아주 잘생긴 아이였으리라. 칸님은 늘씬하지만 강건해 보이고, 학식도 높아 보였다. 눈에는 재치가 보였는데, 내 생각엔 그게 현명한 사람들의 공통점 같았다. 게다가 난 이미 그분이 잘 웃으신다는 걸 알고 있었다.

마침내 칸님이 올려다보았다. 그분이 나를 정면으로 보셔서 헉 소리를 낼 뻔했다.

"쉬리아, 이 아이가 유목민인가? 이름이 뭐냐?"

"다쉬티입니다, 마마."

나는 이름을 답하며, 이분이 샤렌 공주님의 몸종 이름을 기억하고 계실까 궁금했다. 눈빛을 보니 전혀 알아채지 못하신 듯했다.

칸님은 쉬리아에게 나가 보라고 하더니 낮은 의자에 앉아 두 남자와 계속 이야기를 나누었다.

"몇 년 전에 **티토의 정원** 출신인 한 유목민을 만난 적이 있소. 그 아이가 병을 고치는 노래를 불러 주었는데 해묵은 다리 통증이 사라졌다오."

두 남자 중의 한 사람이 말했다.

"제가 잘못 알고 있는 게 아니라면, 그건 저 때문에 생긴 통증이 아니던가요?"

"그래. 자네였군, 바투. 그렇지?"

칸님은 이맛살을 찌푸렸지만 장난기가 서려 있었다.

"잊고 있었네. 자네가 칼을 휘둘러 내리치면서 전진하는 방법을 가르치고 있었는데 내가 말의 방향을 잘못 돌렸었지."

칸님은 낮은 의자에 몸을 죽 펴고 누웠고, 나는 그 옆에 무릎을 꿇고 앉아 통증 부위를 맴도는 듯 미묘한 열기가 느껴지는 무릎 아래에 손을 갖다 댔다. 제대로 찾았는지 칸님이 고개를 끄덕이시고, 남자들과 이야기를 계속하셨다.

나는 용기가 나지 않아 탑에서 불렀던 노래는 부르지 않았다. 내가 누구인지, 속옷을 준 게 공주님이 아니고 나라는 게 밝혀지면 죽을지도 모르기 때문이다. 그래서 나는 갓 생긴 상처를 낫게 하는 노래를 불렀다. 그건 싸움의 노래라서 아주 빠르고 열정적이다.

"정지! 정지! 위두르고 도망쳐라!"

칸님은 대화에 열중하고 계셨지만, 난 노래 효과가 별로라는 걸 알 수 있었다. 칸님도 실망하신 듯했다. 다리 통증 때문에 지쳐 보이시고.

그래서 나는 용기를 내, 탑에서 불러 드린 **"저 높이, 저 높이 구름에 앉은 새들처럼……"** 하고 시작했다가 **"들으면 한숨이 절로 나올 비밀을 그녀에게 말해 줘요."**로 끝나는 그 노래를 불러 드렸다. 그분의 표정을 살피니, 잠시 눈이 감기는 듯하다 이마의 주름살이 펴지고 입술 사이로 길게 숨이 새어 나왔다. 하지만 나를 기억하지는 못하셨다.

요 몇 년 동안 내 옷을 얼굴에 대 보셨을까? 내 체취를 기억하실까? 엄마 고양이가 아기 고양이를 냄새로 알아보듯, 내 체취로 나를 알아차리실까 궁금했는데……. 내 노래에도 눈 하나 깜짝하지 않으셨다.

91일째

이틀 동안 칸님 다리에 손을 얹고 노래를 불러 드렸다. 쉬리아는 칸님이 원하시면 또 부르러 오겠다고 했다. 어찌해야 좋을지 몰라 잠을 이루지 못했다. 공주님이 코 고는 소리가 들린다. 공주님은 하루 종일 냄비를 닦아 힘들어서인지, 더러워진 앞치마도 벗지 않은 채 부엌 바닥에서 주무시고 계신다. 나는 영원한 푸른 하늘 아래에서 가장 형편없는 몸종일 것이다.

칸님은 바챠 여왕과 약혼하셨다. 법으로 그분의 약혼자는 누구든 그 혼인을 위협하면 그자의 목숨을 앗아갈 수 있다. 초원에서도 혼약은 신성하게 보호받기 때문에, 약혼자가 있는 여자를 데리고 도망치는 남자는 부족 사람들에게 죽임을 당한다. 공연히 공주님이 여기 있다고 말해 공주님을 위험에 처하게 할 순 없다.

하지만 우리 공주님과 먼저 약혼하셨는데! 하긴 서로 마음으로는 약혼했지만, 주홍색 리본과 과거를 쓸어버리는 빗자루를 갖다 놓고 정식으로 약혼하신 건 아니니까. 만약 바챠 여왕이 우리 공주님의 목숨을 내놓으라고 하면, 나라를 다스리는 총리 대신은 바챠 여왕의 정당성을 인정해 그러라고 할 것이다.

게다가 칸님이 우리 공주님을 자기가 사랑했던 여자라고 어떻게 확신하겠는가? 적어도 지난 4년간은 보지도 않았고, 둘이 어렸을 때 만나서 지금은 어른이 되었는데…….

퀘차에게 머리가 맑아지는 노래를 불러 달라고 해야겠다. 그리고 이 문제는 내일 다시 생각해야지.

154

92일째

결정을 내렸다. 말하지 않기로. 칸님이 공주님을 진심으로 받아들일 거라는 확신이 서고, 바챠 여왕으로부터 공주님을 보호해 주기로 약속할 때까지는 말하지 않으리라.

공주님께 여쭤 봤다.

"두 분 사이에 언약이 있었나요?"

공주님은 걸레를 빨고 있었는데, 빡빡 문지르는 게 아니라 손가락으로 마사지를 하는 식이어서 제대로 빨릴 리가 없다. 나는 공주님에게서 걸레를 빼앗아 얼룩을 없애려고 세게 문질렀는데, 공주님이 다시 낚아채듯 가져가셨다.

"내가 할게, 다쉬티. 언약이라니 무슨 소리인지 모르겠어. 기억나지 않아."

공주님은 곧잘 이렇게 말한다. 아무것도 모르겠다거나 기억나지 않는다면서, 여러 시간 동안 아무 말 없이 닦고 또 닦는다. 나는 왜 공주님께 치유의 노래를 불러 드리고 있는 걸까? 하나도 낫지 않는데.

100일째

나는 세 번이나 칸님에게 갔었다. 진통이 있을 때 노래를 불러, 모든 뼈와 근육이 온전했던 과거를 기억하게 도와준다. 가끔 칸님의 주요 대신들이 함께 앉아서 전쟁이며 카사 왕에 대해 조용히 의논한다. 문 밖에 보초를 세워 두고 칸님과 둘만 있을 때도 있다. 그럴 때는 방에 침묵만 흐른다. 첫날 이름을 물어본 이후로 칸님은 나에게 한 마디도 하지 않았다.

103일째

조상님이여, 제가 입을 다물어야 할 때 방정맞게 입을 열고 말았습니다. 제 신분을 깜빡 잊고 말입니다.

오늘 오후 쉬리아가 다시 나를 천장이 낮은 칸님의 방으로 데려가더니 나만 그곳에 두고 갔다. 칸 테거스 님은 서류를 읽고 계셨고, 나는 오랫동안, 아마 한 시간쯤을 문 옆에 서 있었다. 발이 얼마나 근질근질하던지! 하지만 아주 엄숙한 시간처럼 느껴지기도 했다. 칸님은 좋지 않은 소식이라도 적혀 있는지 목을 구부정하게 숙이기도 하고, 가끔은 재미있는 이야깃거리가 있는지 뺨을 실룩이며 미소 짓기도 하셨다. 이마와 턱을 긁고, 한 번은 엉덩이를 긁기도 했다.

계속 그런 모습을 보고 있자니, 엄마가 돌아가셨을 때 내가 성산을 하염없이 바라보던 일이 생각났다. 오랫동안 산꼭대기를 쳐다보며 엄마의 영혼이 가파른 산등성이를 타고 올라가, 영혼이 가득하고 빛이 너울너울 춤추는 조상님들의 나라로 들어가는 걸 상상했었다. 나는 가끔 조용히 지켜만 보아도 사람을 변화시킬 수 있지 않을까 생각한다.

기억을 더듬어 그린 그림이다. 정확하지 않을 수도 있지만.

얼마쯤 후 칸님은 기지개를 펴다가 나를 발견했다. 칸님은 헉 하고 놀라 입을 벌렸다.

"깜짝이야. 누가 들어와 있는지 몰랐다."

웃음이 절로 났다. 칸님은 딱히 기분 나빠 하시는 것 같지는 않았다.

나는 칸님의 다리를 돌보아 드렸다. 칸님의 다리 통증이 아주 빨리 사라지는 게 느껴졌다. 2주 전에 통증을 해소하는 노래를 부를 땐 불 위의 물이 끓을 만큼 오래 걸렸는데, 칸님의 다리는 돌봐 드릴수록 멀쩡했던 때를 더 잘 기억하는 듯하다. 언젠가는 완전히 나을 테고, 그러면 나는 필요하지 않겠지…….

그래서였을까? 칸님에게 더 깊은 고통이 있는지 알아보고 싶었다. 손을 그분의 배 위에 얹었다가 그 다음에는 가슴에 얹었다. 칸님이 눈을 떴다. 칸님의 몸속에서 열기가 느껴졌다. 톡 쏘는 듯한 아주 날카로운 열기였다. 뭔가 두 조각이 나서 서로 부딪히며 나는 노란색 열기였다. 육체보다는 마음의 상처 같았다. 이렇게 열을 뿜는 고통은 지금까지 우리 엄마, 공주님, 내가 내 아이처럼 사랑했던 어린 양에게서만 느껴 봤다. 그런데 지금 칸님에게서도 그런 고통이 느껴졌다.

"저…… 다시 노래를 불러 드려도 될까요, 마마?"

"다리는 괜찮아졌다. 이제 됐어."

칸님이 됐다고 하셔서 나는 물고기처럼 재빨리 그 자리를 나와야 했다. 하지만 이미 상처가 있다는 걸 알게 됐는데, 고치려는 시도도 하지 않는단 말인가? 엄마의 성격, 우직스러운 유목민 성격, 세상 모두가 다 얼어붙고 식량이 바닥나도 살아남으려는 그 기질이 고개를 들었다. 어리석은 중생들은 그냥 죽어서 조상님들의 나라로 들어가는 걸 행복으로 여기지만, 유목민은 끝까지 고집스럽게 살아남는다.

내가 말했다.

"앉으세요."

일기를 쓰는 지금도 눈이 질끈 감긴다. 내가 **에벨라 노래**를 다스리는 존경받는 왕이신 공주님의 칸님에게 감히 앉으라고 말했다. 진짜다. 질서의 신 **니부스**여, 용서하소서.

나는 칸님의 가슴에 손을 얹었다. 얼마나 강인한 분인지 느껴졌다. 달리는 말의 목에 손을 댔던 때가 떠올랐다. 살갗 아래가 온통 근육이었다. 칸 테거스 님은 용맹한 전사다. 내가 그분께 한 대 얻어맞으면 천장까지 올라갔다 내려올 것 같았다. 그런데 칸님이 몸을 뒤로 뺐다. 그래서 나는 서둘러 노래를 불렀다.

"여름날의 열매들. 빨간색 열매, 보라색 열매, 초록색 열매⋯⋯. 따고 또 따고, 굵고 또 굵어⋯⋯. 땅은 그 아들을 낳으니⋯⋯."

칸님은 몸을 점점 더 뒤로 빼며, 긴장했다 풀었다를 반복했다. 이마의 근육이 굳더니 갑자기 입을 벌렸다. 고통 때문이 아니라 놀라서. 칸님의 팔이 툭 떨어지며 서류가 흩어졌다.

"괜찮으세요?"

손이 떨렸다. 나는 칸님의 가슴과 배를 토닥이며 혹시 내가 어딜 아프게 한 건 아닌지 살폈다.

칸님은 여전히 눈이 휘둥그런 상태였지만, 고개를 끄덕였다.

"조금 전에 네가 어딘가를 찌른 것 같았단다. 설명할 수는 없지만."

"혹시……."

나는 주저했다. 칸님의 느낌을 말해 달라고 하고 싶진 않았지만, 뭔지 이해될 것 같았다.

"가슴 깊숙이 뭔가가 쪼개진 것 같나요? 그 고통을 잊고 있을 만큼 오래된 상처인가요? 노래가 그 고통을 다시 끄집어낸 거지요?"

바로 그 순간, 칸님이 나를 처음으로 똑바로 쳐다보았다. 내 눈을 똑바로. 그러더니 미소를 짓고 말씀하셨다.

"고맙다, 다쉬티."

칸님이 내 이름을 기억하고 계시다니! 상상조차 못했다. 왠지 모르게 나는 울고 싶어졌다. 그래서 나는 얼굴을 돌리고 흩어진 서류를 주섬주섬 주웠다. 칸님이 내 옆에 무릎을 꿇는 게 느껴졌다. 부스럭거리며 다른 양피지를 집어 들고 계셨다.

잠시 후 칸님이 중얼거리셨다.

"식량 잔고를 적은 게 어디 있지?"

나는 칸님에게 양피지를 한 장 건넸다.

"여기 있어요, 마마."

"글을 읽을 줄 아느냐?"

"예, 마마. 쓸 수도 있어요."

"내 시중을 들지 않을 때는 어디서 일하느냐?"

"부엌에서 냄비 닦는 일을 합니다."

"글을 읽기도 하고 쓸 줄도 알고, **에벨라** 여신의 목소리를 가졌는데도 부엌에서 일한다고!"

나는 웃었다.

"**에벨라**의 목소리라뇨! 전 아름다운 가수도 아니고, 앉아서 들을 만큼 잘하는 노래도 아닌걸요. 어머니는 제 노랫소리가 고양이 혀만큼 거칠고 강하다고 하셨어요. 그래서 제 노래가 병을 고칠 수 있는 거예요. 상처를 파헤치고 안으로 들어가 깨끗이 닦아 주니까요."

"그래, 너의 어머니는 지금 어디에 계시느냐?"

"조상님 나라예요."

대답을 하자마자 눈물이 났다. 엄마가 돌아가신 지 5년이나 되었고 이제는 익숙해졌다고 생각했는데, 칸님에게 엄마가 돌아가셨다는 말을 하자마자 온 얼굴 가득 슬픔이 밀려오다니……. 처음으로 칸님에게 내 진실을 솔직하게 털어놓아서일까?

나는 재빨리 나머지 서류를 건네드리고 물러가도 되냐고 허락을 구하고는, 허락이 떨어지기도 전에 나와 버렸다.

이런. 공주님의 칸님에게 지은 죄만 생각하면, 그 자리에서 벼락을 맞고 죽지 않은 게 신기하다. 어쩌면 아침에 깨어났을 때 나는 한 줌의 재가 되어 있으려나?

104일째

아직 재가 되지 않았다.

105일째

나는 지금 난로와 말털 담요, 나무 탁자와 의자가 있는 깨끗한 방에서 일기를 쓰고 있다. 목장이 내다보이는 유리창도 있다! 게르의 반만 한 크기로, 여기가 내 방이다! 엄마가 들으면 얼마나 웃으실까. 게르 하나를 다섯 명이 써도 넓다고 생각했던 유목민에게 독방을 갖는 느낌이란 참 묘한 기분이었다.

어제 쉬리아가 요리장에게 이렇게 말했다.

"다쉬티는 앞으로 2층에서 머물 거야. 대신들에게 보낼 서류를 베끼고, 칸 테거스 님께 치유의 노래를 불러 드리며 시중들어야 하니까."

당연히 샤렌 공주님은 싫어하셨다. 하지만 내가 달리 어쩌겠는가? 나는 퀘차에게 공주님을 잘 돌보아 달라고 단단히 부탁했다. 다른 사람과 속도를 맞춰 냄비 닦을 수 있게 도와 달라고도 하고. 그런 다음 작별 인사를 하고 후다닥 이 방으로 올라왔다. 어쩌면 공주님과 함께 지낼 방법이 있을지도 모르지만, 탑에서보다 나아진 것도 없고 매일 노래를 불러 드리는데도 상태가 호전되지 않는 게 사실이다. 이렇게 좀 떨어져 있어 보는 것도 나쁘지 않을 듯했다.

나는 이틀간 식량 공급량, 무기 목록 등을 베끼느라 정신없이 일했다. 그러다 눈이 아프면 유리창 밖을 내다본다.

유리창은 조상님들의 눈이다. 유리창이 먹을 것보다 더 좋다!

오늘 아침 잠깐 틈이 나서 부엌으로 돌아가, 빈 곡식 자루 아래 숨겨 둔 이 일기장을 가지고 왔다. 내가 알기로 부엌 일꾼 중 글을 읽을 줄 아는 사람은 하나도 없었지만, 그래도 위험을 자초할 필요는 없으니까. 일기장 안에는 내가 남쪽 성벽에서 교수형 당할 만한 내용도 있으므로.

다른 아이들은 나를 반기며 얘기해 달라고 졸랐다. 그래서 나는 냄비를 같이 닦으며 내 방, 유리창, 말털 담요에 대해 얘기해 주었다. 하지만 공주님은 한 마디도 하지 않았다. 심지어 눈도 마주치지 않았다. 난 소리 지르고 싶은 마음을 참으려고 나뭇가지를 부러뜨렸다.

'아니, 왜 그분에게 공주님 신분을 밝히지 않는 거예요? 왜 미소를 짓지 않나요? 이제 그만 아버님과 카사 왕, 탑에 대한 걱정을 접고 그저 '샤렌 공주님'이 되시는 게 어때요?'

이 말은 다 지워 버려야 한다. 나중에.

109일째

요즘 하는 일은 글쓰기뿐이다. 여전히 식량 공급량이며 무기 숫자를 베낀다. 잠이 들어도 붓이 양피지 위를 슥슥 움직이는 나지막한 소리가 귓가에 맴돈다. 냄비를 닦아 거칠어졌던 손은 벌써 부드러워지고 있다. 꼭 필경사가 된 기분이다. 나는 혼자 있는 시간이 많다. 흰 머리의 쉬리아가 내가 베낀 서류를 가지러 오고, 하루에 두 번 퀘차가 식사를 가져다줄 때를 제외하곤.

이따금 퀘차와 함께 밥을 먹을 때면, 꼭 날개 튼튼한 새가 된 것처럼 행복하다. 우리는 인사할 때 언제나 서로의 팔을 잡고 뺨을 비비고 상대방의 체취를 들이키기 위해 숨을 들이쉰다. 체취는 영혼의 목소리다. 그래서 이런 인사는 아주 친한 사이에만 한다. 보통 가족이나 같은 부족 사람들하고만 하는데, 혼자 너무 오래 지낸 후라 이런 인사가 얼마나 훈훈하고 좋은지 잊고 있었다.

간혹 시간이 나면 부엌으로 돌아가 공주님과 다른 친구들을 만나고,

마구간과 목장을 걸으며 기분 좋은 여름날의 태양에 푹 젖는다.

유리창은 정말 멋지다. 하지만 벽만 보면 탑이 생각난다.

이 작고 깨끗한 방으로 옮긴 다음, 칸님은 한 번도 보지 못했다.

111일째

오늘 쉬리아가 칸님의 방으로 나를 불렀다. 방에 사람들이 가득 차 있어 좀 놀랐다. 칸님의 일곱 대신과 서너 명의 무당이 모두 카사 왕이며 그에 관한 정보며 피난민으로 터져 나갈 듯한 도시 상태를 의논하고 있었다. 필경사도 세 명이나 와 있었다. 나는 벽 쪽의 필경사들 옆으로 가서 들리는 이야기를 되도록 빨리 받아 적었다.

칸 테거스 님은 나를 한 번도 쳐다보지 않았다. 난 그저 유목민 몸종이다. 그 사실을 잊으면 안 된다. 가끔 내 허황된 상상력이 바람을 타고 날아다니는 나뭇잎처럼 위험하게 제멋대로 떠다닐 때가 있다. 차라리 돌멩이가 되면 좋을 텐데…….

112일째

쉬리아가 아침에 몹시 당황한 얼굴로 나를 찾았다.

"따라와라! 어서!"

우리는 복도를 달려 한 층 위에 줄줄이 늘어선 칸님의 방 중에서 제일 끝 방으로 들어갔다.

가장 먼저 눈에 띈 것은, 바닥에 누워 피를 흘리고 있는 한 남자였다. 피가 무서울 정도로 많이 흘러나오고 있었다. 또 한 남자는 손목과 발목이 묶인 채 구석에 있었는데, 얼굴에는 동물이 할퀸 자국이 나 있었다. 세 명의 남자가 칼을 빼 들고 묶인 남자를 감시하는 중이었다. 모두 게르 지붕처럼 뻣뻣하게 긴장한 채, 여차하면 그 남자를 찔러 버리려는 듯 파르르 떨고 있었다. 나는 문지방에 멈춰 섰다. 다리가 후들거렸다.

쉬리아가 말했다.

"유목민 아이를 데려왔습니다, 마마."

칸님은 나를 다친 남자 앞으로 잡아당겼다.

"내 친구가 다쳤다. 노래를 불러 다오."

"전…… 전 못해요. 치유의 노래는 피를 멈출 수도 없고, 상처를 닫을 수도 없어요."

"도와줘, 다쉬티."

에벨라의 목소리와 **카르텐**의 강인함, 그리고 사막 무당들의 놀라운 능력을 가지고 사람의 육체를 마음대로 다스릴 수 있다면, 큰 상처도 치유할 수 있다면 얼마나 좋을까! 하지만 난 가느다란 이파리에 불과했다. 남자의 머리맡에 앉아 얼굴을 손으로 만져 봤다. 어찌나 떨리던지 내 몸 안에서 뼈가 서로 부딪히는 소리가 들리는 것만 같았다. 이러다 팔다리가 몸에서 떨어져 나가는 건 아닐까 걱정될 정도로.

'노래를 불러야 해, 다쉬티!' 하고 스스로를 채찍질하며 적당한 가락을 생각하고 있자니, 열병을 앓던 엄마가 떠올랐다. 엄마의 몸은 지금 내가 쓰고 있는 이 종이처럼 누랬었다. 엄마 입술은 뱀이 벗어 놓은 허물처럼 말라 있었는데, 내 영혼을 가사에 다 불어넣어 목소리가 재처럼 거칠어질 때까지 노래를 불러 드렸어도, 결국 엄마는 깊고 깊은 잠에 빠지고 말았다. 온몸이 차갑게 식어서.

무당이 내 옆에 무릎을 꿇고 앉아, 다친 남자의 가슴에 손을 갖다 댔다. 무당은 술이 달린 모자도 쓰지 않고 아홉 개의 거울이 달린 허리띠도 하지 않은 평범한 차림이라서, 얼굴을 보기 전엔 무당일 거라고 감히 상상조차 하지 못했다.

무당은 눈을 감고 말했다.

"펄떡거리는 열기가 느껴집니다. 피가 육체를 떠나듯이 생명의 온기 또한 떠나고 있군요. 영혼이 살지 죽을지 결정을 내리지 못해 문턱에서 서성이고 있습니다."

"살려 주게."

칸 테거스 님은 나와 무당에게 부탁하셨다. 금방이라도 울음을 터뜨릴 것만 같았다.

"이 친구의 영혼에게 꼭 살라고 해 줘!"

아니, 내가 뭐라고 사람을 살라 말라 할 수 있단 말인가? 조상님들의 고유한 권한인데? 나는 무당이 그의 신성한 능력을 발휘하도록 옆으로 비켰다. 무당은 성산에 올라 조상님의 얼굴을 보고 온 사람이다. 나는 그 옆에 서 있을 자격조차 없다.

그래서 나는 구석에 조용히 앉았다. 말을 다루는 사람처럼 욕이나 내뱉고 의자를 차 버리고 싶은 심정이었다. 왜 난 똑똑하지도 않고, 진짜 병, 진짜 상처를 고칠 수 없을까! 내가 할 수 있는 거라곤 고통을 덜어 주는 느리고 밝은 노래, 동물들의 노래뿐이다.

훗에

퀘차는 내 방으로 저녁을 갖다 주면서, 다친 사람이 칸님께서 아주 소중하게 여기는 대신이라고 말해 주었다. 나는 물어보았다.

"누가 그를 찌른 거야?"

"암살자인가 봐. 카사 왕이 칸 테거스 님을 해치려고 보냈대. 코크가 그렇게 들었댔어."

"나라 이름을 계략의 신 **언더**를 따서 지은 왕에게 뭘 더 기대하겠어?"

"그런데 사실은 **언더** 신이 카사 왕에게 계략을 부린 셈이야. 암살자가 나타났을 때 무당이 마침 옆에 있었대! 무당이 여우로 변해서 칸님과 암살자 사이로 펄쩍 달려들었대. 카사 왕의 부하도 그런 여우를 해칠 엄두는 안 났나 봐."

"아."

동물의 발톱 자국이 있는 암살자 얼굴과, 평범한 옷을 입고 있던 무당이 이제야 이해됐다. 아, 그 자리에 있었어야 했는데.

그리고 보니 **언더** 신은 오늘 모든 사람을 속였다. 칸님은 무사했지만 암살자의 칼날이 결국 임자를 만나기는 했으니까. **언더** 신은 도통 알 수 없는 신이다. 나는 북쪽을 향해 무릎을 꿇고 칸 테거스 님을 보호해 주셔서 감사하다고 기도드렸다. 하지만 계략의 신에게 의존하는 건 별로 내키지 않는다.

113일째

아직 어둠이 채 가시지 않은 이른 아침에 누군가 내 방문을 두들겼다.

나는 잠옷 위에 모직 겉옷을 걸치고 문을 열었다. 쉬리아인 줄 알고. 하지만 쉬리아 대신 나는 칸 테거스 님과 마주 보게 되었다.

칸님은 새벽만큼이나 지쳐 보였다. 칸님은 문에 기대어 반쯤 감긴 눈으로 잠시 나를 쳐다보셨다. 칸님이 깊이 숨을 내쉴 때에서야 비로소 내가 숨을 멈추고 있었음을 깨달았다.

"희망이 없다고, 도와줄 수 없다고 말하겠지만, 다쉬티. 그래도 나와 함께 가 주겠니?"

칸님을 따라 어두운 복도를 걸어가면서 그게 무슨 말씀이시냐고 여쭙지 않았다. 너무 뜻밖이라 신발 신는 것도 잊었다. 바닥은 차갑고 미끄러웠다. 꽉 막히게 둘러싼 벽을 보니 탑이 생각났다. 만약, 샤렌 공주님이 아니라 다른 사람과 함께 탑에 갇혔다면 그 3년이 어땠을까…….

칸님의 방에 들어가 보니, 방은 로뎀 나무를 태운 달콤한 연기로 가득했다. 여자 무당이 침대와 불 사이에서 납작한 북을 두들겨 대고 모자에 달린 술을 정신없이 휘날리며 미친 듯이 춤추고 있었다.

"잠시 휴식을 취하게, 성자여."

칸님의 말에 여자 무당이 빙글빙글 돌다가 멈춰 서서 구석으로 가 앉았다. 무당의 허리띠에 달린 아홉 개의 거울에 내가 비쳤다. 나는 고개를 돌렸다.

다친 남자가 낮은 의자에 누

워 자고 있었다. 자는 사람치고는 가슴이 너무 빨리 오르락내리락했다. 칸 테거스 님은 침대 옆에 무릎을 꿇고 앉으셨고, 나는 그분 옆에 무릎을 꿇고 앉았다.

"무당들은 할 수 있는 건 다 했다고 말하더구나. 그런데 차도가 없어. 바투의 몸에서 피가 다 빠지면, 그의 영혼도 피와 함께 떠내려갈 거라고 한다. 지금은 영혼이 그의 가슴에서 빠져나와 육체 언저리에 머물고 있다고 해."

남자의 얼굴엔 핏기가 없었다. 팔을 만져 보니 따끔할 정도로 뜨거웠다.

"영혼이 떠나야 할지, 머물러야 할지를 모르고 있어요."

칸님은 내 눈을 똑바로 쳐다보았다.

"머물 수 있게 도와줘."

칸님은 눈도 깜짝하지 않았다. 나는 불 옆에 쭈그리고 앉아 흥얼거리는 무당을 보았다. 무당이 되는 훈련을 마치고 성산에 올랐겠지. 그리고 모든 음식을 금하고 하늘 아래서 벌거벗고 나흘간 기도드렸을 것이다. 벌거벗는 건 인간으로서 가장 수치스러운 일이다. 그래서 무당들은 그렇게 한다. 자신을 조상님들께 완전히 바친다는 뜻으로, 벌거벗은 몸으로 새롭게 태어나는 아이처럼 영원한 푸른 하늘 아래 엎드리는 것이다.

병을 고치는 무당은, 영원한 푸른 하늘에게 영혼의 씻김을 받은 사람들이다. 그런데 무당들도 하지 못한 일을 내가 감히 어떻게?

"마마……"

"제발……"

칸님이 손으로 눈을 비비느라 얼굴이 보이지 않았다. 하지만 목소리를 들으니 금방이라도 무너져 버릴 것 같았다.

"바투는 내 친구란다. 그리고 군대를 이끄는 장군이야. 카사 왕이 행동을 개시했어. 내 군대의 목을 끊어 버리려고 말이지. 난 단 한 사람이라도 잃을 수 없어. 제발 바투를 살려 줘, 다쉬티."

바로 그 순간, 그분을 위해서라면 나는 금지된 성산의 높이라도 잴 수 있을 것 같았다. 하지만 그분이 바라는 걸 어떻게 수행해야 할지 몰랐다.

치유의 노래는 본인이 원하는 원래 상태로 돌아가게 도와준다. 사람의 영혼에게도 노래를 불러 줄 수 있는 걸까? 몸 밖으로 빠져나온 영혼이 다시 가슴으로 돌아가 평화롭게 잘 수 있도록 도울 수 있을까? 영혼을 위한 노래가 있을지는 몰라도, 엄마가 가르쳐 준 적은 한 번도 없었다.

난 도망치고 싶었다. 아무짝에도 쓸모없을 것 같아 창피했다. 하지만 도망칠 수는 없었다. 칸 테거스 님은 소나무 가지도 주셨고, 고양이 '주인님'도 주시고, 고통을 덜어 주는 노래를 부르게 해 주셨다. 그리고 내 이름도 기억해 주셨다. 어떻게든 노력해야 했다.

나는 바투 대신의 손을 잡고 눈을 꼭 감은 채, 태양과 노래의 여신 **에벨라**에게 기도드리고 노래를 부르기 시작했다. 나도 내 귀에 들리기 전까지는 무슨 노래를 부르게 될지 몰랐다.

"작은 새야, 작은 새야. 지지배배 짹짹짹짹 날아다니는 새야.
작은 새야, 작은 새야. 깃털에 숨겨 놓은 하늘을 펼쳐 보여 주렴."

그건 병을 고치는 노래가 아니었다. 그저 아이들이 놀 때 부르는 노래였다. 유목민 아이들이 봄에 원을 그리며 돌면서 돌멩이를 뛰어넘을 때 부르는 노래. 스스로도 이런 노래를 부르는 게 기막혀 웃을 뻔했다. 왜 그 노래가 딱 맞을 거라고 생각했을까? 행복한 소리를 담고, 혀와 목에서 톡 톡 튀는 가락이라 그랬을까?

무당은 모자에 달린 술 사이로 나를 노려보았다. 마치 이렇게 말하는 것 같았다.

'그건 죽어 가는 사람에게 존경을 나타내는 노래가 아니야!'

나도 무당을 노려보았다.

'중요한 건 죽음을 멈추는 거라고요!'

칸님은 우리가 서로 노려본다는 걸 눈치 채신 모양이었다. 잠시 후, 칸님은 무당더러 나가 있으라고 하셨다. 이제는 우리만 남았다. 나는 계속 노래를 불렀다. 그의 '영혼' 에게 노래해야 한다고 스스로를 다그치면서.

나는 행복한 노래를 더 불렀다. 삶이 얼마나 풍요로운지, 영원한 푸른 하늘이 얼마나 푸른지, 소금을 듬뿍 뿌려 구운 고기가 얼마나 맛 좋은지, 서리가 녹은 후 수천 송이의 노란색 하트 모양 꽃이 가득 핀 초원이 얼마 나 아름다운지. "돌에 구운 빵이여. 엄마, 배가 꼬르륵거려요."라고 시작 하는 아주 경쾌한 노래를 부르기 시작했을 때, 칸님이 같이 따라 불렀다. 아마 어릴 때 들어 알고 계셨나 보다. 내 목소리에 비해 칸님의 목소리는 거칠지만 따뜻한 말털 담요 같았다.

조금 있다 나는 칸님이 혼자 그 노래를 부르게 하고는, "땅이 숨 쉬고, 땅이 노래를 하고, 땅의 영혼이 강을 따라 흘러가네."라는 노래를 곁들였 다. 그런 다음 질병과 상처를 다스리는 노래를 불렀다.

바투 대신의 숨소리가 차분해지더니, 목에서 잠꼬대를 하는 듯 중얼거리는 소리가 들렸다. 내가 그 증상을 알 정도로 똑똑했다면, 그게 영혼이 몸 안으로 다시 들어가, 가슴에 안긴 고양이처럼 기분 좋아 그르렁거리고 있는 거라 알려 주었을 텐데.

그때 칸님이 내 옆에 털썩 주저앉았다. 그러고는 낮은 의자에 등을 기대며 다리를 쭉 폈다. 나도 등을 기댔다. 우리는 환자가 좋아졌다는 것을 알았다. 말할 필요도 없었다.

칸님이 입을 여셨다.

"네 방으로 돌아가도 된다."

나는 어깨를 으쓱이며 대답했다.

"오늘 밤은 잠이 올 것 같지 않아요."

"나도 그렇구나."

칸님은 난로의 불꽃을 바라다보며 말을 이었다.

"정말 훌륭한 재능이구나. 무당들도 들어 보지 못한 노래를 유목민이 어떻게 이리도 많이 알고 있는지 궁금하다."

나는 입을 열기 전에 숨을 길게 내쉬었다. 그저 그렇게 하고 싶었다.

"돌벽 안에 사는 도시 사람들은, 병이 들면 부를 의사도 있고 축복을 해 줄 무당도 있어요. 하지만 펠트 천으로 만든 집에서 사는 사람들은 그저 바람과 풀밖에 없기 때문에, 태양의 여신 **에벨라**가 가엾게 여겨 주지 않으면 그대로 죽을 수밖에 없어요. 그래서 **에벨라** 여신은 태양빛 아래서 계속 살아갈 수 있도록, 우리 유목민들에게 치유의 노래를 주셨어요. 엄마가 그렇게 말씀하셨어요. 전 엄마 말을 믿어요. 엄마를 의심하는 건 어리석은 일이에요. 우리 엄마가 밖에 나가면 발밑의 풀들조차 발이 닿기도 전에 엄마에게 절을 했답니다."

칸님은 껄껄 웃으셨다. 왜 웃으시냐고 묻자, 칸님은 자기도 그런 엄마가 계셨다고 했다. 7년 전에 조상님의 나라로 들어가셨지만, 얼마나 대단한 분이셨던지 지금도 야단맞을까 봐 저도 모르게 아침마다 공단 허리띠를 제대로 맸는지 확인하신다고.

내가 중얼거렸다.

"엄마가 '테거스' 라는 이름을 지어 주셨군요."

"뭐?"

내가 대답했다.

"그냥 그런 생각이 들었어요. 자기 아이 이름을 어떻게 지었나를 보면 그 사람이 어떤 사람인지 알 수 있지요. 테거스 님은 '완벽한' 이라는 뜻이잖아요."

테거스 님은 인상을 찌푸렸다.

"난 늘 이름이 마음에 들지 않았어. 어릴 때 사촌들이 얼마나 괴롭혔는지 몰라. 이름 때문에."

"아주 멋진 이름인데요? 아, 제 말 뜻은……."

나는 다시 불로 시선을 돌렸다. 그래야 그분과 이야기를 나누는 게 더 쉽기 때문에.

"제 말은요. 어머니가 아기를 안고, 아이의 손가락과 발가락, 눈, 입술을 보면서 '완벽해, 이 아이는 완벽해. 나의 테거스.' 라고 말하는 장면을 떠올리니 무척 아름답다는 생각이 든다고요."

"그래. 어머니께서 그러셨을 것도 같구나."

칸님은 잠시 침묵을 지키다 다시 말씀하셨다.

"'다쉬티'. 그건 '행운을 가져오는 아이' 라는 뜻이지, 그렇지?"

"놀림감이 되는 또 다른 이름이었죠. 얼굴에 불운을 가져온다는 반점이 있으면서 '행운을 가져온다' 는 이름이라니, 놀림을 견뎌 내기란 쉽지 않았어요. 엄마가 나를 낳으실 때 출산을 돕던 언니가 '이 애는 '알가' 라고 불러야 해요.' 라고 했대요. '얼룩덜룩' 이란 뜻이니까요. 아빠도 '알가 라고 부릅시다. 그래야 모든 사람들이 이 아이가 불운을 가져온다는 걸 미리 알게 될 테니까.' 라고 하셨대요. 그런데 우리 엄마는 '이 아이 이름은 다쉬티에요.' 라고 하셨죠."

칸님은 차가 들어 있는 잔을 올리고는 이렇게 말했다.

"꿋꿋한 엄마들을 위해 건배!"

칸님은 길게 죽 들이켜더니 그 잔을 나에게 건네셨다. 자기가 마시던 잔을 말이다. 그분이 나랑 같은 잔으로 마시다니……. 왕께서 평민과 같은 그릇을……. 나는 존경심을 나타내려고 두 손으로 잔을 받았다. 차를 마시자 따뜻한 온기가 내 배뿐 아니라 머리부터 발끝까지 채워 주었다.

나는 계속 불을 쳐다보며, 엄마와 다른 것들을 이야기했다. 나는 칸님이 어떤 분인지, 내 출신은 어떤지 재차 일깨우곤 했다. 하지만 졸렸다. 불꽃을 바라보고 있으니 마치 치유의 노래를 듣는 기분이었다. '편안하게, 천천히 편안하게. 모든 것이 다 좋아질 거야.' 뭐, 이런 노래를 말이다. 칸님이 탑을 세 번째로 찾아왔을 때가 떠올랐다. 칸님이 땅바닥에 앉아 벽에 등을 기대고, 내가 벽 반대편에 기대고 앉아 이야기를 나누었었는데……. 그래도 조상님이 내버려 두셨었다.

칸님은 내 발을 보고 불쑥 말하셨다.

"너, 신발도 신고 있지 않구나."

나는 발가락을 꼬무락거리며 대답했다.

"그렇군요. 그래도 전 허리띠는 제대로 묶고 왔어요."

"흠, 그런 비교를 하면 안 되지. 아니, 훌륭한 너의 유목민 어머니가 맨발로 다니는 것을 보면 뭐라고 하시겠니?"

나는 가느다란 발목을 놀려 대던 말이 입에서 맴돌았다. 하지만 꾹 참았다. 하마터면 내가 누구인지 밝혀질 뻔했다.

"왜 그러느냐?"

칸님은 내가 가만히 있자 허리를 세워 앉으며 물었다.

"배가 고프냐? 뭐라도 가져오라고 시킬까?"

"아니요. 이상하네요. 평상시 같으면 뭐라도 한 접시 후딱 먹어 치웠을 텐데, 지금은 아무것도 먹고 싶지 않아요."

정말 그랬다. 하지만 사실 더 큰 이유는, 칸님이 일어나서 누군가를 부르면 사람이 늘어날 테니까 싫었다. 음식은 이런 둘만의 평화로움과 바꿀 만큼의 가치는 없었다.

칸님은 알았다고 중얼거리더니 다시 의자에 등을 기대고 편안하게 앉으셨다. 둘의 어깨가 거의 닿았다. 둘 사이에 뜨거운 열기가 감돌았다.

"존경하는 마마님, 제가 한 가지 여쭤도 될까요?"

"나를 '테거스'라고 부르면 대답해 주마. 너는 바투를 살려 줬어. 그러니 내 이름을 부를 자격이 충분하다."

"테거스!"

나는 칸님을 그렇게 불렀다. 입 안에서 감도는 이름이 얼마나 근사하던지! 속으로는 얼른 질서의 신 **니부스**에게 용서를 구했다.

"몇 주 전에 마마의 깊은 마음속 고통을 달래기 위해 노래를 불러 드렸는데, 그 고통은 무엇인가요? 어떤 오래된 상처신지요?"

"내가 감히 담고 있을 수도 없는 상처지."

칸님은 눈을 반쯤 감았다. 대답해 주시지 않으리라 생각했다. 당연했다. 적절하지 못한 질문이었으니까. 하지만 칸님은 곧 설명해 주시기 시작했다.

"한때 한 공주님을 사랑했었단다. 공주를 구할 힘이 내게 없다고 생각해서, 노력도 하지 않았어. 내가 망설이는 사이 그분은 해를 입으셨을 거야. 내 어리석음 때문에."

나는 반박하지 않았다. 조상님이여, 용서하소서. 나는 '왜 다시 돌아오지 않았어요?' 라고 묻고 싶었지만, 감히 그런 질문을 할 수 없었다. 정말 궁금했지만. 불꽃들이 톡톡 터지며 부르는 노랫소리가 이제 조금씩 슬퍼졌다. 자신이 꺼져 가고 있다는 것이 슬픈 모양이었다.

우리 뒤에 누워 있던 바투가 몸을 뒤척였다. 테거스 님과 나는 동시에 바투의 가슴에 손을 얹었다. 테거스 님은 자기만큼이나 내가 본능적으로 자기 친구를 위한다는 걸 아시고는 미소를 지으셨다. 테거스 님은 손을 치우지 않았다. 그 순간 나는 칸님이 어떤 아빠가 될지 상상해 보았다. 한밤중에 일어나 아기를 재우는 부인의 손을 잡고 밤새 이야기를 들려주는 모습이 그려졌다.

샤렌 공주님은 이런 남자를 만나야 행복해지실 텐데……

칸님도 공주님을 사랑했었다고 했다. 나는 공주님의 몸종이다. 어떻게든 내가 할 수 있는 일을 해야 한다.

115일째

오늘 샤렌 공주님의 자유 시간에 맞춰 반나절 휴가를 받았다. 공주님과 나는 **티토의 정원**과 **고다의 두 번째 선물**에서 도망쳐 온 피난민이 모여 사는 거리를 걸었다. 샤렌 공주님은 내 팔짱을 끼고 도움이 필요한 사람처럼 기댄 채 걸으셨다. 바깥 공기와 하늘 때문에 불안한 모양이었다.

"공주님의 칸님과 시간을 보내 보니 정말 좋은 분이셨어요. 안심하셔도 돼요."

나는 다음 말을 덧붙이며 터져 나오는 웃음을 참기가 힘들었다.

"활과 화살로 공주님을 죽일 생각은 전혀 없던데요."

공주님은 이맛살은 찌푸렸지만 반박은 하지 않았다.

"공주님은 듣고 싶지 않을지도 모르지만 그래도 전 말해야겠어요. 탑에 갇혀 있는 동안 공주님은 병에 걸려, 사실이 아닌 걸 사실이라고 믿게 되신 것 같아요. 죄송하지만 제 말이 맞아요."

"나도 알아."

공주님은 아주 차분히 수긍하셨다.

"그러니 제 말을 믿으세요. 칸 테거스 님은 안심해도 될 분이에요. 그분은 공주님을 잘 보살펴 주실 거예요. 다른 분과 약혼하기는 했지만 여전히 공주님을 사랑하고 계셔요. 수년이 흘렀지만 공주님을 떠올리면서 한숨을 지으시더라고요."

"그래?"

공주님은 숨을 크게 들이마셨다.

"오, 그럼요. 공주님이 보내신 편지를 여전히 하나하나 다 기억하고 계시더라고요. 그건 마음속에 공주님 얼굴을 담고 있단 뜻이에요."

공주님은 혼란스러운 것 같았다. 아니면 그저 생각에 잠겨 계셨던 걸까. 공주님에게서 두 가지 표정이 동시에 나타났다. 그래도 공주님은 싫다고는 하지 않으셨다. 그건 내가 기대했던 이상이었다.

"물론 다른 분과 약혼한 사이기는 해요. 하지만 여전히 공주님을 사랑하고 계시고, 공주님과 먼저 한 약속이잖아요. 그러면 바챠 여왕도 할 말이 없을 거예요. 위험하긴 하겠지만, 칸님께 알리지 않고 그분의 궁전에서 계속 살 수는 없잖아요?"

공주님은 걸음을 멈추었다. 공주님 얼굴에 태양빛이 환하게 내리쬐고 있었다. 그제야 나는 공주님 얼굴이 얼마나 창백한지 알게 되었다. 부엌에만 틀어박혀 밖으로 나오지 않고 사는 건, 여전히 벽돌 탑 안에 갇힌 거나 다를 바 없다는 생각이 들었다. 공주님 눈이 모든 걸 다 말해 주고 있었다. 초점 없이 흐린 눈, 절대 멀리 앞을 내다보지 않는 눈이 말이다.

"하지만…… 하지만 돌아오지 않았잖아."

나는 뭐라고 할 말이 없었다.

"저도 그 이유는 몰라요. 그래도 가슴이 찢어질 정도로 아파하셨다는 건 알아요. 공주님만이 그분의 고통을 고치실 수 있어요. 그런데 왜 하지 않으시냐고요!"

"그렇지만 느닷없이 내가 샤렌이라고 주장하면서 나설 수는 없어."

"하지만 공주님이 맞잖아요."

공주님은 자기 손을 내려다보았다. 부엌일에 손이 망가져 있었다. 손톱은 쪼개지고, 손바닥에는 굳은살이 박이고, 멍이 들어서 내 반점만큼 검고 붉은 얼룩이 진 살갗. 나는 공주님의 손을 아름답게 지켜 드리겠다고 맹세하지 않았나? 가슴이 아팠다. 만약 길거리만 아니었으면 그 자리에서 무릎을 꿇고 용서를 구했을 것이다. 나는 대신 공주님 손을 잡고 한 손씩 입을 맞췄다.

"제 의무를 제대로 못했어요, 공주님. 제가 도와 드릴게요. 공주님이 원래 신분으로 돌아가실 수만 있다면 뭐든 공주님께서 시키시는 대로 다 할게요."

공주님은 이맛살을 찌푸리더니 잠시 생각하고는 말했다.

"네가 나인 것처럼 행동해, 다쉬티. 네가 나라고 말해. 그래서 그분이 어떤 행동을 하시는지, 어떤 반응을 보이시는지 알아봐. 만약 잘해 주신다면 그때 내가 모든 걸 밝힐게."

"공주님, 탑에서의 일이 있잖아요. 물론 그분이 제 얼굴을 보시지는 못했지만……."

"내 얼굴도 못 알아볼 거야."

"수년이 흘렀으니까요, 저도 알아요. 하지만 그래도……."

내 얼굴. 얼룩덜룩한 반점이 있는 얼굴과 팔, 윤기 없는 머리카락, 단단한 유목민의 몸. 나의 어느 한 부분도 공주님 같은 데가 없었다.

공주님이 쐐기를 박았다.

"너는 맹세를 했어."

그건 사실이다. 맹세를 깨뜨리면 우리 엄마가 기다리고 계시는 조상님의 나라로 갈 수 없다. 그리고 공주님을 바챠 여왕의 분노와 목숨을 잃을지도 모르는 위험에 처하게 둘 수도 없다. 그 어떤 해악으로부터 공주님을 지키는 게 나의 의무이며, 내가 직접 그 위험을 감수해야 한다. 하지만 또 다시 공주님인 척을 해야 하다니……. 그것도 이번에는 어두운 탑에 숨어서가 아니라 영원한 푸른 하늘 아래서…….

갑자기 배가 얼음처럼 싸늘해졌다. 더 이상 글을 쓰고 싶지 않다.

119일째

사흘간 걱정만 했다. 아직 하지도 않았지만, 곧 하게 될 거짓말에 대해 용서의 기도도 드렸다. '제가 샤렌입니다.'라고 거짓을 고할 때 칸님은 어떤 표정을 지으실까. 사흘이 그냥 지나갔다. 칸님이 없으면 우리 공주님은 언제까지나 냄비 따위를 닦고 계실 텐데…….

칸님의 군대가 오늘 갑자기 출정을 떠났다. 마치 바람이 서쪽에서 불다 돌연 남쪽에서 불어오는 듯 갑작스러운 행보였다. **리스의 사랑하는 사람들**로부터 카사 왕이 쳐들어온다는 소식이 날아오자 떠난 것이다.

모두들 카사 왕이 그 다음에는 **에벨라의 노래**로 쳐들어올 거라 생각했다. 카사 왕은 테거스 님의 황제라는 뜻의 '칸' 칭호를 자신이 갖겠다고 선포했다. 곧바로 쳐들어오는 대신 더 약한 나라들을 먼저 치는 것 같다.

우리는 여러 날, 아니, 여러 주일 동안 아무 소식도 듣지 못할지도 모른다. 고래고래 소리를 지르며 발로 차고 욕도 실컷 퍼붓고 싶다.

칸님이 없으니 필기할 것도 많지 않을 것이다. 그래서 다시 부엌에서 일하겠다고 자청했다. 나만의 방을 떠나도 아쉽지 않다. 혼자 지내는 게 외롭기 시작했으니까.

122일째

칸님으로부터는 아무 소식이 없다. 추워지기 시작한다. 담요를 충분히 챙겨 가셨나 걱정이다.

125일째

아직도 소식이 없다. 나는 누가 건드리기만 하면 물어뜯는 미친개가 되어 가는 것 같다. 부엌에서 냄새가 난다.

126일째

엄마가 알면 혼내시겠지. 요즘 하는 일이라곤 그저 빗자루로 쓸고 또 쓰는 일뿐이니. 아무도 내게 소식을 전해 주지 않는다. 오솔은 또다시 나에게 윙크하기 시작했다. 하지만 귀여운 사내아이를 보고 한숨지을 여유가 없다. 걱정이 가득했으니까. 나는 걸레가 카사 왕의 목이라도 되는 듯, 꽉꽉 쥐어짜며 빨았다. 그리고 냄비를 빨리 닦을수록 전쟁이 일찍 끝날 것처럼 박박 문질러 닦는다. 요리장은 일을 그렇게 열심히 하면 내가 자기 자리를 차지할 거냐, 뭐, 그러더니 웃었다. 냄비 닦는 일은 부엌에서도 가장 하찮은 일이니까.

"전 필경사예요."

내 말에 요리장은 또 웃었다.

내가 빗자루질을 하는 동안 공주님이 이맛살을 찌푸린다. 냄비를 닦을 때 공주님이 내 귀에 속삭이셨다.

"넌 맹세를 했어. 그런데도 시키는 대로 하지 않았구나."

나는 냄비를 더 열심히 문질러 닦았다.

127일째

믿을 수가 없다……. 얼마나 대단한 일이 벌어졌는지 적기도 힘들다. 글자로 다 담을 수 있을 것 같지도 않다. 하지만 그래도 적어야 한다.

'주인님'이 살아 있다! 지금 여기 있다. 이전처럼 강하고 아름다운 모습으로, 온 궁전이 흔들릴 정도로 그르렁대며!

나의 주인님! 나의 고양이! 아름다운 내 고양이!

늑대를 잘 피했었나 보다. 아마 그 악마의 눈을 할퀴고 곧장 칸님에게로 온 게 틀림없다. 탑에서 주위가 암흑이어도 항상 아침이 온 걸 알아차렸던 것처럼, 자기 주인의 나라로 가는 길을 알고 있었던 게 분명하다. 고양이들은 그만큼 똑똑하다. 고양이는 무당의 눈을 하고 있다.

오늘 나는 반나절 휴식이 있는 날이어서, 머커를 보러 갔다. 그런데 공교롭게도 머커가 마차를 끌러 나가고 없어서, 이리저리 정처 없이 돌아다녔다. 태양이 기분 좋을 만큼 둥글게 떠 있었고, 그 바람에 내 그림자는 뚜렷하게 일직선을 그리고 있었다. 누가 아름답고, 누가 그렇지 않은지, 그림자로써는 절대 알 수 없겠구나 생각하고 있었을 때, 갑자기 회색 꼬리 고양이가 외양간으로 들어가는 걸 봤다.

하도 빨리 사라져서 확신은 들지 않았지만, 무작정 뒤를 쫓아 달렸다.

그러다 그만 바닥에 흐른 우유에 미끄러져 우유를 짜던 남자의 다리 밑으로 들어가게 되었다. 남자는 버럭 소리를 질렀다. 나는 발에 채여 내쫓기기 전에 불쑥 이렇게 말했다.

"죄송해요, 하지만 제 고양이가 이리로 들어와서요."

주인님은 선반으로 훌쩍 뛰어올라 균형을 잘 잡고 서 있었다.

외양간에서 일하는 사람이 물었다.

"저 녀석이 네 고양이라는 걸 어떻게 증명할래?"

칸 테거스 님이 주셨어요, 라고 말하고 싶었다. 물론 그렇게 할 수는 없다. 조상님들이 벼락을 내리건 말건, 좋은 거짓말이 생각났다면 나는 그렇게 말했을 것이다. 그 정도로 주인님을 다시 품 안에 안고 싶었다.

뭐라 둘러대려는 순간, 주인님이 훌쩍 뛰어 내 어깨에 앉더니 꼬리로 내 목을 감쌌다. 탑에서 하던 대로……. 외양간에서 일하는 사람이 웃으며 말했다.

"네 고양이가 맞나 보구나. 어서 데리고 나가거라."

나를 기억하고 있었다! 지금 내 글자가 춤추는 것 같지 않은가? 녀석이 살아 있었다. 그리고 나를 기억하고 있었다!

지난 며칠 동안은 너무 우울해서 숨 쉬기도 귀찮았는데 오늘은……. 이 변화로 나는 다시 초원 위의 하늘을 생각했다. 잠깐 구름이 잔뜩 끼다가도, 어느 순간 영원한 푸른 하늘이 다시 나타났다. 푸른 하늘을 보지 않고 사는 날은 거의 없었다. 그게 유목민의 감성이다. 엄마는 늘 이렇게 말씀하시곤 했다.

"슬프니? 그렇다면 잠깐 기다려 봐."

128일째

나의 주인님, 나의 고양이가 어젯밤 내 옆에서 잤다. 나는 한 번도 깨지 않고 잠을 잘 잤다.

129일째

모든 여자 아이들이 내 고양이에게 홀딱 반했다. 당연하다. 고양이가 내 어깨에 앉으면 사람들이 나를 둘러싼다. 퀘차는 지나갈 때마다 고양이를 쓰다듬지 않을 수 없는 모양이다. 손에 거품이 잔뜩 묻어 있어도 쓰다듬는다. 털이 축축하게 젖으면 주인님은 투덜거리지만, 그래도 귀여워하는 걸 알고 있는지 싫어하는 것 같진 않다. 요리장은 처음엔 불평만 하다 이제는 이렇게 말한다.

"저 녀석은 남자보다 멋지네."

"저 녀석을 요리해 먹느니 차라리 내 손톱을 깨물어 먹을 거야."

131일째

나는 나의 주인님, 고양이를 사랑한다. 정말 사랑한다. 녀석은 다시 내 배 위에서 자고 있다. 전쟁은 어떤 상황에 처해 있는지, 칸님은 어떠신지, 내가 할 거짓말에 대해 걱정하다 한밤중에 깨면 녀석이 그르렁거린다. 노랫소리 같은 녀석의 그르렁 소리를 들으면 다시 잠을 이룰 수가 있다. 고양이는 유리창보다 좋다.

133일째

어젯밤 부엌 난로 옆에 누워 있었는데, 주인님이 어디선가 휙 뛰쳐나와 내 옆에 자리를 잡았다. 그리고 곧 코 고는 소리가 우리를 에워쌌다. 자리를 잡고 눕다가 공주님이 나를 쳐다보고 있다는 걸 깨달았다. 공주님은 나와 고양이를 쳐다보고 계셨다.

공주님이 속삭이듯 말했다.

"그게 왜 네 고양이야? 테거스 님이 나에게 준 거 아니야?"

"흠, 칸님은 저에게 주셨는데⋯⋯."

"그거야 네가 샤렌 공주라고 했으니까 그렇지"

나는 아무 대답도 하지 않았다. 심장이 뜨거운 용광로가 된 것 같았다.

"고양이는 내 거야."

공주님은 손을 뻗어 내 팔에 안겨 있던 녀석을 거머쥐고 자기 쪽으로 끌어당겼다. 고양이는 몸을 뒤틀어 빠져나와 도로 내게 왔다. 공주님이 다시 녀석을 잡자, 고양이는 몸부림을 치다가 화가 나는지 하악거렸고 공주님 팔을 할퀴었다. 그 소리에 갤이 자면서 씨근거렸다.

"죄송해요, 공주님."

사과할 기분은 아니었지만 그렇게 말했다. 고양이가 나를 더 좋아해서 얼마나 고소한지. 나도 공주님을 할퀴고 싶었거든.

그 순간까지 나는 내가 지난 수주일을 어떻게 보냈는지 깨닫지 못했었다. 다시 암울한 생각이 속에서 부글부글 끓었다. 심장이 질긴 양고기처럼 뜨거운 물에 푹 삶아지는 것 같았다. 내가 샤렌 공주님을 증오한 만큼, 다른 무언가를 그토록 격렬하게 증오해 본 적이 있던가? 공주님의 모든 게 싫었다! 자기가 여섯 살배기인 줄 알고 찡얼거리는 목소리, 완벽한 얼굴에 윤기가 반지르르 흐르는 검은 머리, 존경하옵는 아버지, 공주님의 향기, 하늘 아래 서 있을 때 떨리는 손, 공주님의 비겁함과 굼뜬 행동. 공주님의 모든 것! 나는 공주님이 미웠다.

나는 주인님을 옆에 누인 후 웅크리고 누워 자는 척했다. 한참 후에 코를 훌쩍이는 소리가 들렸다. 한밤중에 자기가 싫어하기로 마음먹은 사람이 훌쩍거리는 소리보다 더 짜증나는 건 없다.

……. 결국 나는 일어나 앉았다. 시끄러운 소리와 몸싸움에 짜증이 나 있던 고양이는 문 쪽으로 훌쩍 가서 앞발을 손질하기 시작했다.

"또 뭐가 문제인데요, 공주님?"

그다지 공손하지 않은 말투로 물었다.

공주님은 울기 시작했다. 그럴 줄 알았지만…….

"나를 위해 한 가지만 더 해 달라고 명령하겠어."

고양이를 원하나 보다. 난 그렇게 생각했다. 어디 가져가 보라지.

"난 네가……."

공주님은 코를 훌쩍이면서 울더니 말을 이었다.

"네가 나를 죽여 주었으면 좋겠어."

우리 공주님은 말장난을 치는 법이 없다. 말하는 것 모두 진심이다. 공주님은 세상을 모두 혼자 삼키고, 아무것도 내뱉지 않는다. 나는 공주님이 진심으로 그 말을 했다는 걸 알았다. 핑 하고 머리가 돌았다.

"안 돼요."

나는 나지막하게 대답했다. 목이 소금에 절인 고기처럼 바싹 마른 느낌이었다.

"명령이야……."

"어디 죽을 때까지 명령해 보세요."

나는 갤과 퀘차를 힐끗 쳐다보았다. 두 사람은 죽은 듯이 잠들어 있다.

"그런 짓을 하면 저는 조상님의 나라로 못 들어가요. 공주님도 마찬가지예요. 우리는 생과 사의 잿빛 연옥 속에서 영원히 방황하게 될 거라고요. 앉지도 못하고 마실 우유도 없는 곳에서요. 그리고 엄마랑 다시는 만나지 못할 거예요! 명령을 어겨 벌을 받아도, 그보단 나을 거예요!"

샤렌 공주님은 등을 대고 돌아누웠다. 그러고는 얼마나 심하게 울어대던지 공주님이 토하는 줄 알았다.

"난 더 이상 살고 싶지 않아."

말 한 마디 한 마디가 훌쩍거리는 소리에 묻혀 거의 들리지 않았다.

"매일 밤 나는 태양이 영원히 사라졌으면 하고 바라. 아침마다 태양이 떠오르지 않기를 바라고. 왜냐면 하루 종일 냄비를 닦아야 하니까. 그리고 가슴은 늘 돌덩이가 짓누르는 듯이 아파. 우리나라 백성은 모두 죽었어. 다 나 때문이야. 내가 카사 왕과 결혼하지 않아서. 모두 내 잘못이야. 내 죄가 너무 무거워 더 이상 버틸 수가 없어. 그리고 카사 왕은 아직도 나를 쫓고 있잖아. 탑이 빈 걸 알면 찾으러 다닐 거라고. 칸 테거스 님은 날 사랑하지 않을 거야. 난 영리하지도 않고 더러운 냄비 냄새나 풍기고……. 나는 죽고 싶어. 다쉬티, 제발. 나 혼자서는 할 수 없어. 해 봤지만 너무 무서워. 그리고 제대로 되지도 않았어. 그러니 네가 대신 해 줘. 제발, 다쉬티."

공주님이 애원하는 동안 나는 꼼짝도 하지 않았다. 공주님의 울음과 넋두리에 파묻힌 느낌이었다.

나는 고양이에게 고개를 돌리고 아주 조용히 고양이 노래를 불러 주었다. 아주 느리고 미끄러지는 듯한 노래다. **"움칫 움칫, 세상은 고기다. 세상은 내 것이다."** 녀석은 마치 노래의 냄새를 맡는 듯 코를 벌렁거리면서 타박타박 걸어와, 머리를 내 몸에 지그시 눌렀다. 나는 마치 녀석이 죽어 다시는 집에 오지 않는다는 말을 듣기라도 한 것처럼 심장이 칼에 찔린 기분이었다.

이윽고 나는 공주님 뒤에 앉아 고양이 노래를 부르면서 공주님의 어깨를 뒤에서 감싸 안았다. 그리고 고양이를 공주님의 무릎에 놓아주고 말했다.

"이제 공주님이 부르세요."

처음에는 주저주저하고 너무 울어서 고양이가 노랫가락을 알아들을 수 없을 정도였지만, 이내 진정하고는 제대로 노래를 부르셨다.

공주님의 목소리는 나보다 부드러웠고 더 다정했다. 내 노랫소리가 뜨끈하고 풍성한 음식이라면 공주님은 설탕을 친 우유 같았다.

주인님은 공주님의 노래를 받아들인 건지, 여전히 공주님을 싫어하는 건지 모르겠다. 노래는 늘 듣는 쪽이 어떻게 듣느냐에 따라 다르니까. 고양이들은 굉장히 고집스럽다. 하지만 주인님은 우호적이고 천성이 행복한 영혼이다. 고양이는 공주님의 다리 안에 웅크리고 있다가, 한참 후에 그르렁거리기 시작했다. 공주님은 유목민이 아니지만 공주님이 부르는 노래는 우리 엄마의 노래이다. 공주님은 고양이가 놀랄까 봐 꼼짝 않고

187

가만히 앉아, 계속 노래하며 고양이를 토닥거렸다.

"괜찮아요. 누우셔도 돼요. 고양이는 공주님 곁에 있을 거예요."

공주님은 아주 천천히, 그리고 조심스럽게 옆으로 누웠다. 주인님은 공주님 옆에 웅크리고서 만족스럽게 그르렁거렸다.

나는 한참 후에야 잠들었다. 토끼잠으로. 다시 일어났을 때는 불이 거의 꺼져 가고 있었으며, 사람들은 여전히 한밤중이었다. 샤렌 공주님만이 밤새도록 노래하고 속삭이며 고양이를 만지작거리고 있었다. 나의 주인님은 공주님 배 위에서 편안히 누워 자고 있었다.

조상님들의 나라로 들어가는 엄마에게 노래를 불러 드렸을 때를 제외하고는, 나의 주인님을 공주님에게 준 것이 이제껏 했던 일 중 가장 어려웠다. 가슴속의 우물을 다 퍼낸 듯 허전하고, 다리가 세 개밖에 남지 않은 귀뚜라미처럼 불쌍한 처지가 된 것 같았다. 돌아누워 잠을 청하려는데, 이상하게도 내가 공주님을 더 이상 미워하지 않는다는 걸 깨달았다.

134일째

나의 주인님이 아침 산책에서 돌아왔을 때 샤렌 공주님이 고양이 노래를 불렀다. 그랬더니 녀석은 공주님의 어깨에 올라타 꼬리로 목을 감았다. 퀘차가 내 팔꿈치를 꾹 찌르면서 말했다.

"다쉬티, 샤르가……."

내가 대답했다.

"알아."

유목민 사이에서 다른 사람의 동물에게 노래하는 건 중죄였다. 그래서 나는 서둘러 덧붙였다.

"내가 그렇게 하라고 했어. 이제는 샤르의 고양이야. 사실 처음부터 언니 고양이였어. 애초에 고양이를 빼앗았던 건 나였고!"

퀘차는 내 말을 믿지 못하겠다는 듯 고개를 가로저었다. 퀘차는 샤렌 공주님을 그다지 좋아하지 않았다. 공주님이 왕족이란 걸 알지 못했기 때문에, 자기 몫의 일도 제대로 못하고 나 이외의 다른 사람과는 말도 섞지 않으며, 내가 곁에 없으면 어린아이처럼 칭얼대는데 어떻게 참고 봐 주겠는가? 퀘차가 노려보는 것도 이해는 간다. 하지만 고양이가 코를 공주님 코에 갖다 대자, 샤렌 공주님이 고양이에게 미소 짓는 모습이 보였다. 가슴이 뛰었다. 행복했기 때문에.

칸님의 군대에서는 아직 아무 소식도 없다.

136일째

일이 생겼다. 날카로워진 신경을 가라앉히려면 글을 적어야 할 것 같았는데, 지금은 망설여진다. 오늘 재판이 열렸다. 조상님들이여……. 다른 일부터 적어 잠시라도 정신을 딴 데로 돌려야겠다.

여덟 왕국의 수도에 왕이나 여왕 말고 여덟 명의 대신이 있는 줄은 미처 몰랐다. 여덟 조상님들과 영원한 푸른 하늘을 상징하는 신성한 아홉 지도자가 나라를 다스리는 것이다. 각각의 대신은 해당 조상님을 섬기고 성별은 늘 반대로 한다. 예를 들어 전쟁 대신 바투는 힘의 여신 **카르텐**을 섬긴다. 정리해 보자.

칸 테거스 (왕) - **영원한 푸른 하늘**을 섬긴다. 그래서 모든 대신들의 우두머리이다.

전쟁 대신 (병사들을 다스린다) - 힘의 여신 **카르텐**을 섬긴다.

수도 대신 (모든 구조물 및 상인들의 길을 관장한다) - 길과 도시의 신 **리스**를 섬긴다.

동물 대신 (가축을 지키고 목장과 숲에서의 사냥도 관장한다) - 동물의 신 **티토**를 섬긴다.

식량 대신 (농장을 관리하고 식량 공급을 책임진다) - 농장과 식량의 여신 **베라**를 섬긴다.

질서 대신 (재판을 관장한다) - 질서의 신 **니부스**를 섬긴다.

밤의 대신 (야간 경비를 하고 평화를 지킨다) - 잠의 여신 **고다**를 섬긴다.

불의 대신 (잔치를 관장하고 무당들을 담당한다) - 태양의 여신 **에벨라**를 섬긴다.

나는 여덟 번째 대신은 어떤 분일까 궁금했다. 코크 말이, 그분은 계략의 신 **언더**를 섬기는 여성 대신인데, 회의 때는 항상 빈 의자만 있다고 했다. 생각하니 등이 오싹했다.

이제 무슨 일이 일어났는지 적어 보자. 속이 울렁거린다. 하지만 계속 머릿속에서 뱅뱅 도니 적어야겠다. 오늘 재판은 오솔 때문에 열렸다. 오솔은 내게 윙크를 하고, 언젠가 들꽃도 줬던 사내아이다. 부엌에서 떠도는 소문에 의하면, 오솔과 한 여자 아이가 목장에서 시끄럽게 떠들고 있었다고 했다. 마침 동물 대신이 그 옆을 지나시다 조용히 하라고 명령하셨던 모양이다. 그런데 오솔이 화를 내며 대신을 밀치고, 땅에 쓰러진 분께 발길질을 했다는 것이다!

죄가 가벼울 때는 질서 대신이 벌을 정하지만, 이건 전혀 가벼운 죄가 아니었다. 동물 대신은 칸님의 사촌이자 왕족이었다. 칸 테거스 님이나 전쟁 대신 바투가 없고 여덟 번째 대신의 빈 의자를 제외하고도 여섯 명의 대신이 있었으므로, 네 명만 찬성해도 형벌이 정해진다. 그래서 대신들이 모여 결정한 것이다. 오늘 밤 오솔을 남쪽 성벽에서 교수형에 처하기로 말이다!

그런 죄에 당연히 내려지는 벌이라는 건 나도 안다. 새삼 놀랄 것도 없는데, 나는 한 번도 사람이 교수형 당하는 걸 보지 못했다. 매달려 있는 시체를 힐끗 본 적은 있었지만, 모르는 사람이었다. 모든 게 변했다. 오솔의 미소가 그리워 눈물이 나고, 가끔 던지던 윙크를 떠올리니 슬픔이 복받쳐 올랐다. 오늘 밤 그 아이가 어떤 기분일까 생각하니 몸이 덜덜 떨렸다. 꼭 내가 교수형 당하는 사람인 것 같았다.

왕족을 때리는 건 안 되는 일이다. 하지만 조상님이여, 그 정도의 일로 교수형을 당해야 하나요? 가끔은 **언더**를 섬기는 여덟 번째 대신이 우리가 아는 것보다 더 많이 악한 건 아닌지 궁금하다.

137일째

오솔이 어젯밤에 죽었다. 나는 오솔의 시체를 보러 가지 않을 것이다.

140일째

며칠 동안 부엌일을 너무 많이 해서 붓을 들 시간이 없었다. 하지만 공주님에 대해 적어야겠다. 공주님은 냄비를 닦고 청소를 하고 물을 길어 오면서도 하루 종일 흥얼거린다. 요리장님이 '얼른 냄비나 닦아!' 하고 야단쳐도 공주님은 미소만 짓는다. 보조개까지 들어가게 말이다. 내 말이 거짓이라면 **언더** 신에게 벼락을 맞아도 좋다.

지금도 가끔은 수양버들처럼 축축 늘어지고, 울적하고, 냄비 떨어지는 소리나 문이 쾅 닫히는 소리에 깜짝 놀라실 때도 있다. 하지만 편안할 때는 연못의 물보다 더 침착하고, 이따금 행복해 보이기도 한다.

나는 공주님 뺨에 뽀뽀를 하거나, 옆구리를 간질였다. 그랬더니 글쎄, 공주님이 웃었다! 그리고 이런 말씀도 하셨다. "걸레가 얼마나 깨끗한지 몰라.", "분명히 저건 내가 먹고 내놓은 냄비야." 이런 식으로 말이다. 오늘은 잔뜩 쌓인 냄비를 공주님이 다 닦고 나자, 요리장님이 공주님께 솥을 긁게 해 주셨다. 공주님은 날아갈 듯 기뻐하셨다.

아마 고양이 덕분인 것 같다. 분명하다. 고양이는 공주님을 진정으로 사랑한다. 공주님도 그걸 아신다. 고양이는 공주님이 노래를 불러 주지 않아도 공주님의 발목이나 목에 감겨 있다. 밤이면 공주님 배에 누워 그르렁거린다. 고양이는 우리가 피곤할 때 편안히 쉬게 해 주고, 그저 무릎에 앉음으로써 우리의 분노도 가라앉혀 준다. 고양이가 가까이 있다는 건 치유의 노래를 듣는 것과 같다.

우리는 요즘 **리스의 사랑하는 사람들**에서 온 바챠 여왕과 많은 수행원들 때문에 요리하느라 정신없다. 한겨울에 포위당하는 게 두려웠는지 전쟁을 피해 칸님의 나라로 도망쳐 온 것이다. 소식이나 많이 가져오지……. 칸님의 소식은 거의 들은 게 없어서 어떻게 지내시는지 알 수가 없다. 하지만 분명 조상님들이 보호해 주실 것이다.

칸님이 돌아오시면 내가 샤렌 공주라고 어떻게 얘기를 꺼내야 하나? 현재 약혼한 여왕이 같은 궁전에서 머물고 있는데. 그러잖아도 가시 방석 같은 상황이 꼬일 게 뻔하다. 그전에 말하지 않은 게 천만다행이지. 칸 테거스 님도 안 계시는 상황에서 바챠 여왕이 혼인에 위협적인 존재라고 날 죽이려 들면 누가 막아 주냐고. 그게 법이다. 질서의 신 **니부스**가 세상을 그렇게 만들어 놓았다.

나는 오솔의 죽음으로 인해 대신들이 법을 집행하는 데 아무 주저함도 없다는 걸 깨달았다.

145일째

지난주 요리장님은 공주님이 열심히 일하는 게 기특하다고, 샤렌 공주님을 부엌 냄비 닦는 일에서 요리를 접시에 담는 일로 승격시켰다. 음식을 식당으로 내가는 사람 바로 밑이지만, 부엌에서 일하는 사람 중에서는 제일 높은 자리다. 샤렌 공주님은 그 소식에 밝게 웃었고, 나의 주인님은 공주님 발목에 매달렸다. 공주님은 일을 하면서 흥얼거렸고, 두 뺨은 태양 아래서 일하는 건강한 유목민 처녀처럼 분홍빛으로 환히 빛났다.

갤은 투덜거렸다.

"그저 예쁘게 생겨서 뽑힌 거야. 음식 내가는 아이가 될지도 모르니까. 불공평해. 부엌에서 일을 제일 잘하는 사람은 언니잖아. 저 자린 언니 자리였어야 했는데."

"상관없어. 나는 이제 필경사잖아."

대답은 그렇게 했지만, 다시 필경사로 돌아갈 수 있을지 자신 없었다.

오늘은 반나절 쉬는 날이다. 칸님의 근황을 알 수 있을까 해서 시내로 뛰쳐나갔지만, 들리는 이야기는 늘 듣던 바와 같았다. 카사 왕은 무적이고, 피비린내 나는 싸움이 곧 시작될 것이며, 앞으로 수년 동안 계략의 신 **언더**를 기쁘게 할 만큼 많은 재난과 고통이 있을 거라는 말뿐이었다.

나는 피난민들이 일자리를 구하기 위해 길게 늘어선 일용직 시장을 지나갔다. 모두들 직업을 상징하는 물건들을 들고 있었다. 돋보기를 들고 있는 보석상, 작은 돌메를 든 금 세공사, 책을 들고 있는 선생님, 저울을 들고 있는 상인, 망치를 든 대장장이, 톱을 든 목수, 붓과 먹을 들고 있는 필경사. 필경사들을 보니까 기분이 이상했다. 공주님이 결혼하고 나면 나도 저들과 함께 줄을 서게 될까.

150일째

다 같이 들떴기 때문에 이제야 겨우 일
기를 쓴다. 칸 테거스 님이 돌아오
셨다! 병사 십분의 일이 전사
하고, 테거스 님도 상처
를 입으셨다. 그들
은 **에벨라의 노래**로
힘들게 말을 타고 오

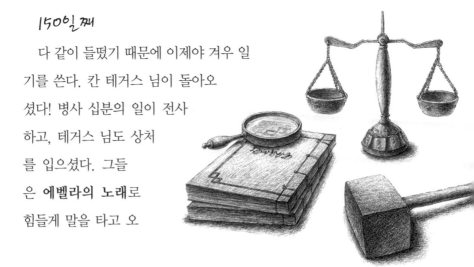

면서, 성 밖의 백성들을 불러들이고는 도시의 성문을 닫았다.

하루 종일 냄비를 얼마나 열심히 닦아 댔던지 냄비에 구멍이 날 지경이었다. 그러다 마침내, 쉬리아가 나를 부르러 왔다.

나는 나의 작고 조용한 방에서 지내는 시간이 거의 없다. 그저 잠이나 자려고 온다. 얼마나 피곤한지 곁눈질을 하면 펄쩍펄쩍 뛰는 개구리들이 보이는 것 같다. 상황이 이렇게 심각하지만 않았다면 웃었을 텐데.

지난 사흘 동안은 칸 테거스 님 방에서 다른 무당들과 함께 목이 터질 정도로 노래를 불렀다. 칸님은 옆구리에 화살 맞은 상처가 있다. 열이 나시고 주무실 때도 헐떡이신다. 칸님이 힘들어하시면, 개미 수천 마리가 나를 한꺼번에 깨무는 듯 아프다.

무당은 붕대를 갈고 칸님에게 마실 것을 주며 북을 치면서 춤을 추고 성산에 기도를 드린다. 그러고는 향을 태우고 희망을 나타내는 징조가 보이는지 양 뼈를 불에 넣어 갈라진 틈을 살폈다. 나는 테거스 님의 팔을 잡고 노래 부르고 또 불렀다. 나의 임금님, 불쌍한 우리 임금님. 엄마가 돌아가셨을 때와 너무 흡사하다. 지난 며칠 동안 칸님의 의자에 머리를 대면 눈을 감자마자 꿈을 꾸는데, 탑의 시커먼 어둠이 온 세상을 덮고 길에 즐비한 시체가 가운데 칸님의 시체가 내팽개쳐져 있는 꿈이었다.

나도 휴식을 취할 필요가 있다. 그래야 그분께 노래를 더 많이 불러 드릴 수 있을 테니까.

151일째

병을 고치는 무당이 나더러 나가 있으라고 했다. 내 노래가 효과를 내지 못한다고. 나는 말털 담요에 누워 있다. 무당들 말이 맞는 것 같다. 하지만 테거스 님이 바투를 살려 달라고 부탁하셨던 게 생각났다. 테거스 님은 "제발, 다쉬티." 그렇게 말씀하셨고, 그래서 나는 노력했다. 바투 대신의 몸은 곧 좋아졌다.

반쯤 잠든 상태에서 열 살 때 가시덤불 속에 떨어졌던 꿈을 꿨다. 팔이 온통 긁혀 부풀고 또 부풀어 마치 화상 입은 듯했고, 온몸에 열이 나 덜덜 떨렸었다. 엄마와 내가 단둘이서 거대한 숲 가장자리에 머물러 살던 때라, 수 킬로미터 안에 우릴 도와줄 사람이 하나도 없었다. 그런데도 엄마는 얼마나 침착했던지. 내 얼굴에 닿는 엄마 손은 참 차가웠다. 내가 침대에서 몸을 뒤척이며 땀을 뻘뻘 흘리는 동안, 엄마는 한 번도 노래를 멈추지 않았었다. 사흘째 되던 날, 나는 죽음의 꿈에서 깨어나 엄마 눈을 쳐다보았다. 엄마는 자신감에 차 있었다. 내가 나을 걸 알고 계신 듯. 나는 엄마 무릎을 베고 몸을 웅크려 누웠다. 엄마의 노래는 내 몸속으로 들어왔고 열은 마침내 식었다. 그런 다음 편안히 잠잘 수 있어서, 병도 나았다.

이제 칸님의 방으로 돌아가야지. 가서 계속 노래해야지.

153일째

아직 날이 어둡다. 가을의 아침은 너무 지쳐 일어나기가 힘든 모양이다. 나는 모닥불 옆에서 일기를 쓰고 있다. 병을 고치는 무당들은 칸님의 병이 찢긴 상처로 인해 생겼다고 했다. 전투 수일 후 발병해서, 많은 병사들을 죽음으로 몰고 가는 열병이라고 걱정들이 대단했다.

하지만 자정 무렵 열이 내리기 시작했다. 무당들은 기적이라고 하면서 북쪽을 향해 기도를 드리더니, 몇몇은 떠나고 몇몇은 바닥에 깔린 딱딱한 판자에서 웅크린 채 잠을 잤다.

나는 칸님의 의자 곁에 머물렀다. 바투가 아팠을 때 누웠던 바로 그 긴 의자였다. 내가 칸 테거스 님과 함께 어깨를 나란히 하고 바투의 팔에 손을 겹쳐 얹고 있었던 그 의자였다. 나는 칸님의 팔에 손을 대고 가슴이 오르락내리락하는 것을 바라보았다.

지난 엿새 동안 나는 내가 아는 모든 치유의 노래를 불렀다. 태양빛에 대한 기억과 모든 노래를 엮어, 내 영혼에 들어 있는 푸른 하늘을 몽땅 노래로 쏟아 부었다. 지금 나는 달팽이집에 들어간 것과 다름없다. 더 이상 불러 드릴 게 없었다.

그래서 탑에 있을 때 칸님이 부르셨던 말도 안 되는 노래까지 불러 드렸다. 내 목소리는 말이 히잉 하며 우는 소리 같았다. 잠을 거의 자지 않았고, 노래를 너무 많이 불러 목이 쉰 모양이었다. 하지만 칸님이 친구도 없이 음악도 없이 외로움을 느끼게 하고 싶지 않았다.

"오늘 아침 아기 돼지를 보았네.
내 침대에서 꿀꿀거리네.
아기 돼지는 몸뚱이가 없고
머리만 있었다네.
아기 돼지는 코와 턱을 대고
이리저리 굴렀다네.

요란하게 꿀꿀거리며
앞발도 뒷발도 없이
쩝쩝거리며 먹어 대네.
뭐가 그리 좋은지."

제대로 못 불렀다. 목소리가 행복해야 하는데, 신 나고 쾌활해야 하는데. 나는 그저 천천히 속삭였을 뿐이다. 하지만 그것도 도움이 된 듯했다.

내가 한 손을 칸님의 팔에 얹고, 다른 손으로 이마를 덮은 머리카락을 뒤로 쓸어 넘겨드리며 노래하고 있을 때, 칸님이 눈을 떴다. 손을 치웠어야 했는데. 사실은 창피해서 의자 밑으로 쪼르르 기어 들어가 숨었어야 했는데. 그래도 나는 노래를 계속 했다. 여전히 한 손을 칸님의 팔에 얹고 다른 손으로 이마의 머리를 쓸어 넘겨드리며.

칸님은 나를 유심히 살피며 내 눈을 바라보았다. 나는 심장이 부풀어 갈비뼈에 닿을 것 같았다. 결국 창피해서 손을 치우려고 했는데, 칸님이 그대로 더 있으라고 하셨다. 칸님도 내가 그저 미천한 유목민 출신 냄비 닦이에 불과하다는 걸 알고 계셨지만, 가까이 두고 싶어 하셨다. 나는 아주 한참 동안 숨을 멈췄던 것 같다.

칸님이 찾아오시기 전, 탑에서 살던 때가 떠올랐다. 칸님이 태양의 여신 **에벨라**에 의해 만들어진 사람이 아닐까 궁금했던 때가. 그게 사실인가 보다. 나는 그분의 얼굴을 똑바로 볼 수 없어 눈을 찡그려야 했으니.

칸님이 다시 잠들었을 때 나는 무당들과 함께 방에서 나왔다. 나는 온 팔다리가 떨리지 않을 때까지 말털 담요 위에서 웅크리고 있었다.

155일째

오늘 아침 칸님의 방으로 들어갔을 때, 칸님은 앉아 계셨다. 얼굴도 창백해 보이지 않아서 지난주 내내 내 가슴속에 있던 얼음이 녹기 시작했다. 칸님은 근심이 가득한 얼굴로 대신과 이야기를 하고 계셨다. 하지만 나를 보고는 얼마나 환하게 미소 짓던지……. 마치 영혼에서 뿜어져 나오는 미소 같았다. 그러더니 손바닥을 아래로 펴서 팔을 앞으로 내미셨다. 오랜만에 다시 만나는 친척이라도 되는 듯, 팔꿈치 아래를 서로 잡고 인사하자고 말이다.

"잘 있었니, 다쉬티."

아주 형식적인 말투였지만, 미소 안에 스민 명랑함을 보니 웃고 싶으신 모양이다.

"편안히 주무셨어요, 마마."

나는 침대 옆에 무릎을 꿇고 앉으며 인사를 드리고, 손바닥을 위로 해서 그분의 팔을 잡았다.

그랬더니 그분은 왕이 평민에게 절대 하지 말아야 할 행동을 하셨다. 나를 당겨 내 뺨에 자기 뺨을 대고 코로 내 영혼을 마시듯 숨을 쉬신 것이다! 나는 너무 갑작스러워 숨도 못 쉬었다. 내가 코로 칸님의 체취를 들이마시지 않았다는 걸 모르셔야 하는데! 그런 거절은 모욕을 뜻하니까. 하지만 나는 탑에서 드린 내 셔츠를 아직 간직하고 계시는지 생각하지 않을 수 없었다. 혹 냄새를 기억하실까?

내 팔을 놓으며 칸님이 말씀하셨다.

"그래, 막 양젖을 짜고 오는 길이구나. 그렇지?"

웃음이 났다. 그건 유목민들이 뺨을 대고 인사를 나눈 후에 던지는 농담이었다. 지난 2주일 동안 나는 실내에만 있었고 이틀 전에 목욕을 했으니까, 내게서 암양 냄새가 날 턱이 없었다. 칸님의 장난기 서린 미소를 보니, 다른 유목민의 우스갯소리를 주워들으신 것 같다.

그래서 내가 대답했다.

"예, 그래요. 암양들이 테거스 오빠에게 안부를 전하라고 하던데요."

156일째

오늘 아침 테거스 님은 또다시 팔을 잡고 뺨을 대는 인사로 나를 맞았다. 이번에는 놀라지 않았다. 나도 목에 얼굴을 대고 숨을 들이마셨다. 그분의 피부에서 나는 냄새를 뭐라고 표현해야 할까? 계피 향? 갈색이고 건조하고 달콤하면서도 따뜻한 기운이 느껴졌으니까. 조상님이여, 제가 잘못된 걸까요? 이런 걸 쓰면 안 되나요? 내 머리를 그분의 가슴에 얹고 눈을 감은 채 그분의 체취를 맡아 보는 상상도 잘못인가요?

그래, 잘못이다. 다시는 생각하지 않으리.

칸님은 나를 가까이 두고 싶다고 하셨다. 내 노래가 고통을 덜어 준다고 했다. 그렇다고 내가 늘 노래만 부르는 건 아니다. 우리는 거의 대부분의 시간을 이야기하며 보낸다. 가끔 웃기도 한다. 화살로 인한 상처가 다시 아파 오거나 무당들이 나를 쫓아내기 전까지는 말이다. 하지만 곧 다시 돌아가면 무당들은 언제나 나를 또 받아들여 줬다. 그럼 나는 다시 노래를 부르고 함께 웃는다.

고열을 앓다 처음으로 의식을 차렸을 때 이후로 나는 그분의 몸에 손을 대지 않았다. 칸님이 기억하실까? 아니면 꿈이라고 생각하실까?

157일째

드디어 바챠 여왕을 보았다. 한 나라의 여왕답게 화려하게 치장하고 있었다. 눈 주위는 쪽빛 가루로 칠해져 있었고, 피부에서는 백단향이 풍겼다. 움직일 때면 머리카락에 장식된 진주가 거북이 등껍질로 만든 장신구에 부딪혀 찰랑찰랑 소리가 났다. 사람들은 그런 장신구가 여자를 행복하게 해 줄 거라고 생각할지 모르지만, 전혀 그렇지 않다. 바챠 여왕의 미소를 상상하느니 뱀의 미소를 상상하는 편이 쉬울 것이다. 입은 고집스럽게 다물고 있고, 눈에는 슬픔이 가득한데다 손은 무릎에 얼어붙은 듯 놓여 있었으니.

바챠 여왕은 이틀간 테거스 님이 쉬는 방에 와 계셨다. 여왕과 세 명의 몸종을 위해 긴 의자가 마련되었고, 그들이 등을 꼿꼿이 세우고 앉아 우릴 보고 속삭이는 바람에, 테거스 님과 나는 더 이상 많이 웃지 않는다.

테거스 님이 깨 계실 때는 손을 그분의 상처 언저리에 얹고, 뼈와 살, 근육과 피를 향해 노래한다. 주무실 때는 구석에서 필기를 한다. 솔직히 필기하는 일은 염소 털에서 이를 잡아내는 것만큼이나 재미있다. 그런데 필기할 때 바챠 여왕이 나를 찌를 듯 노려본다. 기분 나쁘다.

오늘 칸님이 잠드셨을 때 바챠 여왕이 물었다.

"나도 등이 아픈데, 저기 있는 저 아이 이름이 무엇이오?"

전쟁 대신 바투가 방에 와 있었다. 그가 대답했다.

"다쉬티라고 합니다, 마마."

"저 아이가 내게도 치유의 노래를 불러 주었으면 좋겠는데. 내 방으로 들라 이르시오."

여왕과 몸종은 일어나서 나갔다. 나보고 따라오라고 한 것 같아서 따라갔다. 반쯤 가다 여왕은 자기 방이 청소 중이니 내 방으로 가자고 했다. 그래서 나는 여왕을 내 작은 방으로 모시고 가, 말털 담요 위에 앉혀 드렸다. 세 명의 몸종은 마치 살점 많은 먹잇감이 어서 죽기만을 기다리는 독수리처럼 나를 에워싼 채 서 있었다. 나는 여왕의 등에 손을 얹고 높고 쾌활한 가락의 노래를 불러 드렸다.

"어떠세요, 마마?"

노래가 끝나자 여왕은 일어나며 말했다.

"너를 왜 가까이 두시는지 이해되지 않는구나. 전혀 효과가 없는데 말이다."

흠, 그 말에 나는 화가 치밀어 올랐다.

"노래는 듣는 사람이 받아들일 의사가 있을 때만 효과가 나타난답니다. 혹시 등의 통증을 즐기시는 건 아니신지요? 아니면 처음부터 등이 아프지 않으신 건 아니고요?"

여왕은 내 입을 손으로 후려쳤다. 왜 왕족들은 사람을 때리는 거지? 킥킥 웃음이 났다. 그러자 여왕이 나를 노려보았다. 아니, 내가 말대답을 하다니. 심지어 여왕 앞에서 웃기까지? 휙 하고 방을 나가는 여왕의 시선이 순간 구석에 있던 이 일기장에 머무는 게 보였다.

지금부터 일기장을 꼭 몸에 지니고 다녀야겠다. 여덟 왕국의 모든 사람들에게 다 보여 줘도, 바챠 여왕에게만은 절대로 보여 주지 않을 테다.

나는 여름날에 썩어 가는 가죽만큼 바챠 여왕이 싫다. 우리 공주님과 칸님 사이에 끼어들어 화가 났을까? 아니면 주는 거 없이 미운 사람일까? 너무 일방적으로 사람을 판단해서도 안 되지만, 부정적인 면이 분명히 있다. 바챠 여왕은 아무것도 사랑할 줄 모르는 사람 같다. 한꺼번에 너무 많은 죽음을 경험했는데 슬픔 대신 돌처럼 마음이 굳어 버린 사람처럼 보인다.

159일째

최근 며칠 동안 칸님 방에서 논의되는 모든 이야기의 주제는 카사 왕이었다. 나는 내용은 무시하고 필기에만 집중하려고 했다. 해결할 능력이 없는 일에 대해 듣는 것보다 답답한 일은 없으니까. 하지만 들리는 건 어쩔 수 없다. 어느새 나도 같은 문제를 고민하게 된다. 꼭 턱이 얼얼할 때까지 질긴 고기를 씹는 기분이다.

난 카사 왕이 싫다. 공주님과 내가 갇혀 있던 탑에 카사 왕이 불붙은 나무 조각을 던졌을 때처럼 무서웠던 적이 없었다. 그 목소리만 떠올려도 치가 떨린다. 병을 고치는 노래가 우리 몸에게 좋았을 때를 기억하게 해 준다면, 카사 왕의 목소리는 정반대의 작용을 한다. 무슨 말을 하건, 어떻게 웃건 고함을 치건, 그의 모든 소리는 악의 노래처럼 들린다. 생각만 해도 내 꿈에 더러운 기름칠을 하는 것 같다. 그리고 기름기 있는 냄비 찌꺼기가 손에 묻는 느낌이 든다.

바챠 여왕의 영토를 공격했던 카사 왕의 군대가 휴식을 취하고 재정비를 한 다음 다시 행군을 시작했다는 소식이 오늘 들려왔다.

바투가 이제는 다 나아서 여름을 잘 보낸 야크처럼 건강해진 말투로 말했다.

"겨울 내내 **리스의 사랑하는 사람들**을 포위할 거라 생각했는데 다시 움직이고 있습니다. 우리 쪽으로 행군을 시작했답니다."

칸 테거스 님은 허리를 세워 앉으며 인상을 찌푸렸다.

"혹한이 오기 전에 재차 출정하여 **리스의 사랑하는 사람들**에게서 쫓아내려 했더니. 그곳마저 잃고 병사들을 카사 왕 밑으로 들어가게 둘 수는 없다."

항상 나에게 친절하게 대해 주는 연한 갈색 눈의 노인, 밤의 대신이 물었다.

"놈이 **에벨라의 노래**를 공격하기 위해 행군하는 겁니까? 아니면 겨울을 나기 위해 **언더의 생각**으로 돌아가는 걸까요?"

바투가 대답했다.

"**언더의 생각**이라는 나라는 더 이상 존재하지 않습니다. 놈은 나라 이름을 **카르텐의 영광**으로 바꾸었소."

적막이 흘렀다. 나라 이름을 바꾸다니! 그런 일은 일찍이 들어본 적도, 상상해 본 적도 없었다. 이름까지 바꾼 걸 보면 카사 왕은 힘의 여신 **카르텐**에게 간절히 기도하나 보다.

누군가가 속삭였다.

"조상님이여, 용서하소서……."

사람들은 책략이며 병사의 규모, 우리 칸님의 나라로 카사 왕이 쳐들어 올 경우 어떻게 물리칠지를 의논했다. 하지만 어째 모두들 엉뚱한 숲에서 헤매는 느낌이다.

이미 한참 전에 말털 담요에 누워 잠들었어야 하지만 우선 생각나는 대로 적어 두자. 생각이 꼬리에 꼬리를 물고 나를 괴롭히니까. 이러다간 아침이 오기 전에 내가 조각나 버릴 것 같다.

카사 왕은 계략의 신 **언더**를 배반했다. 그의 이름을 버리고 자신의 나라를 **카르텐**에게 바친 셈이니까. 그래서 카사 왕을 물리치려면 힘이 아니라 계략을 사용해야 할 것 같다. 카사 왕은 동물의 신 **티토**를 섬기는 나라도 파괴하였고 잠의 여신 **고다**의 이름을 딴 나라도 무너뜨렸다. 동물, 잠 그리고 계략은 그의 편이 되어 주지 않을 것이다.

생각들이 맞아떨어지는 동시에 어떤 동물 **뼈**가 마구 섞여 있는 느낌도 든다. 이런저런 생각들을 어떻게 맞춰야 해결책이 나올까? 조상님들이 나를 도와주려고 하시는 것 같은데……. 내가 알아낼 수만 있다면…….

161일째

카사 왕의 군대가 가까이 오고 있다. 그저 지나가는 길인 것 같지는 않다. 요즘은 칸님 방에서 하루를 보낸다. 방에는 측근들과 바챠 여왕 그리고 쑥덕거리는 여왕의 몸종들이 같이 있다. 테거스 님이 회의를 계속할 수 없을 정도로 고통을 느끼면 내가 그곳에 있다가 노래를 부른다. 하지만 나는 같이 웃던 때가 그립다.

궁전 밖의 세상은 혹한으로 고통받고 있다.

오늘 칸님의 방에 많은 사람들이 모였다. 분위기는 겨울날 내다 넌 빨랫감보다 더 뻣뻣하다.

"놈의 군대가 성벽 밖에 진을 치고 있습니다. 게르를 치고 물량도 풍부한 것 같습니다. 겨우내 우리 숲에서 사냥하며 잘 지내겠지요."

바투의 건의에 도시를 다스리는 대신이 말했다.

"우리는 잘 지내기 힘들 테지만요."

대신은 여자였는데 숱이 많은 반백의 머리를 여러 갈래로 복잡하게 땋아 내리고 있었다. 그분의 눈은 깊은 우물보다도 더 검었다.

식량 담당 대신이 말했다.

"포위 공격에 대비해서 식량을 비축해 두었습니다만, 지금 **티토의 정원**과 **리스의 사랑하는 사람들**과 **고다의 두 번째 선물**에서 피난 온 사람들은 물론, 도시 성벽 안으로 피신한 우리 백성들이 많아 비축량으로는 두 달도 견디지 못할 겁니다."

동물을 관장하는 대신이 말했다.

"살아 있는 가축을 잡아먹으면 그보다는 길게 버틸 수 있겠지만, 그런 선택도 결국 죽음입니다. 그저 속도를 늦출 뿐이죠. 내년에는 남아 있을 가축이 없을 테니까요."

"그리고 카사 왕이 사람들 사이에 공포심을 조장한다는 문제도 있습니다."

불을 담당하는 대신이 말했다. 그는 손가락으로 삼각형 모양을 만들어 이마를 받치고 있었는데, 그 순간만은 빛을 다 잃어버린 듯했다.

"마마님의 병사들이, 전투에서 본 카사 왕의 포악함과 초인적인 힘에 대한 믿지 못할 이야기를 가져왔습니다. 다른 소문들도 군부대 내에 파다하게 퍼져 있습니다. **리스의 사랑하는 사람들**에서 벌어진 한밤중의 학살 사건도 있었습니다. 자기 위치에서 사라진 보초들과 병사들의 시체가 나중에 발견되었는데 누군가가 목과 내장을 먹어 치웠다고 하더군요. 이런 이야기들이 도시 안에 퍼지면 카사 왕이 공격을 해 올 때 사람들은 공황 상태에 빠져 버릴 것입니다. 그런 만연된 공포가 식량 부족보다 더 확실한 패배를 가져오지요."

바투도 한 마디 덧붙였다.

"그보다 더 나쁜 소식은 여기서도 이미 그런 이상한 학살이 시작되었다는 겁니다. 오늘 아침, 도시 성문 밖에서 두 남자의 시체가 발견되었는데 마치 야수에게 잡혀 먹힌 듯한 모습이었다고 합니다."

카사 왕이 포악한 야수들과 은밀한 계약이라도 했다는 말인가? 어떻게 야생의 늑대들을 마음대로 부릴 수가 있지? 그리고 보니 탑에 있을 때가 불현듯 떠올랐다. 늑대가 울부짖던 날 밤의 비명 소리가. 그 이후로 파수꾼들의 모습은 볼 수 없었다. 그 기억을 떠올리니 불안해졌다. 벽을 등지고 구석에 가서 웅크리고 싶은 마음이 들었다.

모두들 조용했다. 칸 테거스 님은 깜부기불만 바라다보았다. 마침내 칸님이 입을 여셨다.

"바투. 그래, 자네 생각은 어떠한가?"

"공격해야 합니다. 지금 당장, 겨울이 오기 전에요. 다른 방도가 없습니다."

"신성한 자여, 자넨?"

테거스 님은 불 앞에 웅크리고 앉아 있는 무당에게 물었다.

무당은 깜부기불 속에서 양의 발목뼈를 꺼내 바닥에 뿌렸다. 그러고는 그 주위로 펄쩍펄쩍 뛰다가 뼈가 갈라지면서 생긴 금을 살폈다. 무당은 노래를 부르다가 신음 소리를 냈다. 우리는 모두 기다렸다.

"앞일에 대한 예측은 결코 정확하지 않습니다, 칸님."

무당은 모자에 달린 술 사이로 내다보며 말했다.

"하지만 힘만 가지고는 이 싸움에서 이길 수 없습니다. 뼈에 그렇게 나옵니다."

도시를 책임지고 있는 대신이 말했다.

"그건 당치 않은 소리다. 우리가 다른 방법이 없다면……."

무당이 말했다.

"힘은 마마님의 친구가 되어 주지 않습니다. 카사 왕이 **카르텐** 여신을 섬기기로 맹세를 한 이후로는 말입니다."

"맞아요!"

그만 내 입에서 불쑥 말이 튀어나오고 말았다. 많은 사람들이 모여 있는데! 무당이 내 생각을 말로 표현해 주어서, 머릿속을 맴돌던 뼛조각이 딱딱 맞아떨어지는 바람에 그렇게 됐다.

"카사 왕은 **카르텐**을 섬기지만 계략의 신 **언더**를 배반했지요. 마마, 그게 바로 묘책이 될 수 있을 거예요."

몇몇 대신은 내가 불쑥 끼어들자 이맛살을 찌푸렸다. 하지만 테거스 님은 나에게 물었다.

"그래, 너는 어떤 생각을 하고 있느냐, 다쉬티?"

바투가 나섰다.

"성자들과 다쉬티를 무시하는 것은 아닙니다만, 우리의 목숨과 영토를 불확실한 예언이나 유목민 처녀의 의견에 맡길 수는 없습니다. 이 괴물 같은 녀석을 앞에 두고 망설일 여유가 없습니다. 녀석의 공격은 끔찍할 겁니다. 그의 병사들은 밤과 낮을 가리지 않고 공격합니다. 모든 사람들이 녀석은 잠도 자지 않는다고 합니다. 그러니 우리는 모든 병사를 동원해서 카사 왕을 공격해야 합니다."

칸님은 고개를 끄덕였다.

"허나 먼저, 다쉬티, 네 생각을 말해 보거라."

나는 칸님에게 미소를 지었다. 어쩔 수가 없었다. 그분만 보면 미소가 절로 나온다.

"맞서 싸우면 승산이 없을 거예요. 성스러우신 성자님 말씀대로 **카르텐**을 우방으로 두었으니 무기로 이길 수는 없어요. 하지만 **언더** 신은 배반당해 화나 있을 겁니다. **언더**의 축복으로 우리가 카사 왕을 속일 수 있을 거예요."

"어떻게 우리가 놈을 속일 수 있겠느냐?"

솔직히 나도 방법은 몰랐다. 아직도 모른다. 그저 내 속에 시원한 지하수처럼 뭔가가 흘러가는 느낌이 든다. 분명 이길 수 있다는 자신감도 있다. **언더** 신과 관련 있고, 동물을 이용한 책략이면 될 것 같은데……. 어쩌면 카사 왕이 밤에 파수꾼과 병사들을 습격하는 데 이용한 늑대를 역이용하면 되지 않을까? 문득 샤렌 공주님의 말이 생각났다. 카사 왕이 염소

목을 입으로 물어뜯었다고 했지? 그때는 탑에 갇혀 공주님 정신이 어떻게 된 거라고 생각했었지만, 지금은 공주님이 무엇인가를 알고 있을지도 모른다는 생각이 든다.

도시를 관장하는 대신이 물었다.

"그래서? 우리 모두 네 묘책이 뭔지 들어 보려고 기다리고 있다."

나는 도움을 청하려고 무당을 쳐다보았지만, 무당은 어깨만 으쓱거렸다. 양들의 뼈가 무당에게 더 이상은 말해 주지 않았던 모양이다.

나는 목을 가다듬었다.

"그 점에 대해 더 생각해 볼게요. 전……."

대신 중의 한 사람이 웃었다. 아마 동물을 관장하던 대신이었던 것 같다. 낙타 똥이나 똥개나 돌보는 주제에……. 말털 담요를 덮고 앉아 있는 지금도 그 사람의 웃음소리가 온몸을 기어 다니는 느낌이다.

후에

마지막으로 일기를 쓴 후 나는 요리장에게 잠깐만 샤렌 공주님을 만나게 해 달라고 간청하고, 공주님을 설탕 보관 창고로 데려갔다. 나는 질식할 것처럼 불편했지만 공주님은 편안해 하시는 곳이었다. 요리장님은 훔쳐 가는 손이 많다고 늘 창고 문을 꼭 잠갔는데, 지금은 창고가 비어 있었다. 카사 왕이 전쟁을 벌인 후, 남쪽 상인들이 여덟 왕국을 거치지 않고 다니기 때문이다. 나는 샤렌 공주님의 손을 잡고는 눈을 똑바로 쳐다보았다. 요즘 들어 공주님은 무척 안정된 것처럼 보인다. 하지만 내가 카사 왕의 이름을 언급하자마자 공주님은 눈을 빠르게 깜빡이기 시작했다.

"공주님. 언젠가 저에게 카사 왕은 야수라고 하면서 이빨로 염소 목을 찢는 걸 보았다고 하셨죠. 그게 무슨 뜻인지 알고 싶어요. 제발 말씀해 주세요."

공주님 눈이 얼마나 커졌던지 멈춘 채로 다시는 깜빡이지 못할 것만 같았다. 공주님은 고개를 가로저었다.

"카사 왕이 여기에 와 있어요, 공주님. 군대가 성벽 밖에서 진을 치고요. 이곳도 **티토의 정원**처럼 쑥대밭이 될지 모른다고요. 우리가……."

정말 어리석었다. 그 소식은 전하지 말았어야 했는데. 공주님은 몸을 덜덜 떨더니 신음하기 시작했다.

"여기 왔다고? 나를 잡으러 온 거야. 그럴 줄 알았어. 나를 내버려 두지 않을 거라고. 차라리 죽는 게……."

"제발, 놈을 물리치게 도와줘요. 공주님은 아무도 모르는 카사 왕의 비밀을 알고 있어요. 그렇죠? 그게 뭐죠?"

"기억나지 않아."

나는 잔인했다. 공주님이 기억을 되살리지 않게 내버려 두어야 했지만, 나는 계속 다그쳤다. 내가 지금까지 공주님을 어떻게 돌보아 왔는지, 다들 떠났어도 난 남아 있었다는 이야기를 들먹이며. 마치 공주님이 나에게 명령을 내리듯 공주님께 명령하고 있었던 것이다.

"제발. 조상님에 걸고, 샤렌 공주님. 말해 봐요!"

"노력 중이야, 다쉬티! 애쓰고 있잖아. 생각하려고 애쓰고 있지만 생각이 자꾸 빠져나간단 말이야. 그래서 모든 것이 캄캄한 어둠 속에……."

공주님은 울기 시작했다. 그러고 보니 지난 몇 주 동안 공주님이 우는 것을 한 번도 보지 못했구나. 불쌍한 공주님……. 산들바람에도 휘청거리는 가느다란 이파리 같은 분을……. 탑에 갇혀 정신이 이상했을 때처럼 나는 공주님을 안고 몸을 앞뒤로 구르며 마음을 진정시키는 노래를 불러드렸다.

"오, 바람을 타고 나는 나방아. 오, 시냇물을 타고 떠가는 나뭇잎아."

나는 '참아야 해.' 하고 스스로를 다독거렸다. 카사 왕이 가까이 왔다는 사실은, 혹독한 추위 속에 있는 것처럼 나를 짓눌렀으니까.

나는 공주님의 이마에 손을 얹고 진정시키는 노래를 부르다 **고다**에게 드리는 기도로 이어 불렀다. 잠의 여신은 그 마음을 알고 있다.

한참 후에 샤렌 공주님은 몸을 여전히 부르르 떨고 있었지만 울음을 그쳤다. 공주님은 너무 피곤해서 앉아 있을 수 없는지 눈을 감고 내게 기댔다. 노래를 계속하는 동안 나의 주인님 고양이가 코로 문을 열고 들어와 공주님 무릎에 훌쩍 뛰어올라 앉았다. 공주님 품 안에서 행복한지 고양이가 그르렁거렸다.

공주님은 깊이 숨을 들이마시더니 나에게 더 기대어, 지난 7년 동안 간직해 왔던 이야기를 들려주었다.

"난 열두 살이었고 아버지와 함께 카사 왕의 나라를 방문하고 있었지. 카사 왕의 궁전은 얼마나 크고 추웠는지 몰라. 우리 아버지 궁전과 비슷했는데 더 어둡고 더 무거운 느낌이었어. 우리는 성대하게 차린 음식을 먹었어. 나는 아버지가 나를 카사 왕과 혼인시키고 싶어 하는 걸 알았지만, 난 전혀 그럴 마음이 없었어. 이상하게 나랑은 전혀 상관없는 일처럼 느껴졌었거든. 두 사람이 이야기를 나누는 동안 나는 먹기만 했어. 그리고 식탁 밑에서 졸라 대는 작은 강아지와 놀았는데, 이따금씩 카사 왕이 나를 훔쳐보고 있다는 걸 느꼈어.

카사 왕의 궁전에서는 나 혼자서 방을 썼어. 처음에는 신났지. 전에는 한 번도 혼자 있어 본 적이 없었거든. 나는 방을 뛰어다니고 가구를 타고 올라가기도 했어. 몸종들과 아버지가 어떻게 생각할까 걱정하지 않고 말야. 그런데 저녁 무렵 카사 왕의 부하가 내 방을 찾아왔더라고. 이름이 '치누아'라고 했지. 카사 왕의 전쟁 대신으로 항상 곁에 머무는 사람이야. 우리 아버지와 카사 왕이 나를 데려오라고 했다면서."

공주님 이마에 주름이 깊게 패였다. 하지만 공주님은 눈을 뜨지 않고 간단하게 말했다.

"무서웠어. 아버지가 카사 왕 앞에서 창피한 일을 시킬지도 모른다고 생각했거든. 춤을 추게 하고는 자기들끼리 깔깔대며 웃는 건 아닌가 싶었어. 아니면 그저 과시용으로 나를 때리거나. 아버지는 나랑 둘만 있을 땐 때리지 않았어. 단지 사람들 앞에서만 때렸지. 아버지의 부르심을 거절할 엄두는 나지 않았지만, 이상하게 치누아에게 다른 꿍꿍이속이 있다는 느낌이 들었어.

치누아는 나를 카사 왕 궁전 안뜰로 데려갔어. 아버지는 안 계셨고 카사 왕만 있었지. 카사 왕은 나를 샤렌이라고 부르면서 말했어. '달빛이라는 이름을 가진 아이에게 달님만이 아시는 내 모습을 보여 줘야 할 것 같은데. 자네 생각은 어떤가, 치누아? 이 달빛 아래서 나를 보여 줘야 할 것 같지 않은가?' 하고 말이야. 카사 왕은 저무는 해를 보고 미소를 짓더니 완전히 나체가 될 때까지 옷을 모두 벗어 버리는 거야."

"나체라고요?"

이 부분에서 나는 너무나 놀랐다. 밖에서 옷을 홀딱 벗는 것은 완전한 항복을 뜻하기 때문이다. 가족 이외의 사람 앞에서 옷을 벗는 일은 수치였다.

"그건 카사 왕답지 않은데요. 아니, 무슨 이유로 자기가 나서서 자신을 그렇게 바닥으로 떨어뜨린 걸까요?"

샤렌 공주님은 고개를 가로저었다.

"그게 그 사람이 남과 다른 점이지. 마치 나를 망신 주려고 옷을 벗은 것 같았어. 카사 왕이 그대로 서서 내가 거북해 하는 것을 비웃고 있는 느낌이라 참 이상했어. 나는 너무나 두려워서 아무 짓도, 심지어 고개도 돌릴 수 없었어. 태양 빛이 완전히 그 자취를 감추자 나는 왜 그가 옷을 다 벗었는지 알게 되었지. 그건 옷이 찢어지지 않게 하기 위해서였어."

공주님은 몸을 부르르 떨고는 다시 말을 이었다.

"어둠이 차차 드리우자 카사 왕이 변하는 거야, 다쉬티. 바로 내 두 눈 앞에서 야수로 변했다고. 늑대로!"

샤렌 공주님은 잠시 침묵을 지켰다. 공주님이 더 이상 아무 말도 하지 않아 다행스럽기까지 했다. 공주님 말이 대체 무슨 뜻인지 머릿속으로 정리할 필요가 있었으니까. 언뜻 불가능한 일처럼 들리긴 하지만, 한편으론 예전부터 알고 있던 사실처럼 느껴지기도 했다.

샤렌 공주님이 다시 입을 뗐다.

"처음에는 나를 죽이려고 하는 줄 알았어. 하지만 그때 줄에 매어 놓은 염소를 보았지. 늑대로 변한 카사 왕도 봤어. 치누아가 내 머리를 붙들고 늘대가 염소를 먹어 치우는 장면을 억지로 보게 했어. 다음번 희생자는 분명히 나일 거라고 생각했는데, 염소가 참혹한 시체로 변한 후에 치누아가 나를 불 뒤로 데려갔어. 늑대는 우리를 본 척도 하지 않고 공기를 흑흑 맡더니 숲으로 뛰어 들어가 버렸지.

치누아는 웃고 또 웃으면서 모든 것을 말해 줬어. 자기 주인은 숲으로 들어가 해가 떠오를 때까지 사냥을 한다는 거야. 카사 왕은 사막의 무당과 엄청난 거래를 해서 이 세상의 최고 사냥꾼이 되었고, 우리가 카사 왕의 비밀을 알고 있는 유일한 사람이라는 게 행운이 아니겠냐면서. 카사 왕이 이전에 한 여자 아이에게 늑대로 변하는 모습을 보여준 적이 있는데, 그 여자 아이가 어떤 사내아이에게 말했다나 봐. 얼마 후 두 사람은 자신들의 내장 더미에서 발견되었다고 해. 그러니 내가 이 사실을 다른 사람에게 말하면 나도 염소 신세가 될 거라고!"

공주님은 눈을 깜짝거리다 다시 눈을 감았다.

"다음 날 아침, 카사 왕은 나를 보고 미소를 짓더니 내 머리를 만지며 나보고 아름답다고 하더라. 염소랑 숲에 있는 다른 동물들도 먹어 치웠는데도, 눈을 보니 결코 허기가 채워지지 않았다는 것을 알겠더라고."

"카사 왕이 늑대로 변해 우리 탑을 지키고 있던 파수꾼들도 다 죽인 거군요."

나는 그제야 모든 것을 깨달았다.

"카사 왕이 늑대로 변해 그들을 공격한 거군요. 무기가 있었어도 카사 왕을 죽일 수는 없었을 거예요. 공주님은 다 알고 계셨지만 제게 한마디도 못하신 거고요."

공주님은 똑바로 앉아 눈을 뜨고는 두려운 기색 없이 말했다.

"이제 너에게 다 말했어. 카사 왕은 밤이면 늑대로 변해. 난 네가 그 사실을 알고 있으면 좋겠어. 아마 나도 염소처럼 죽겠지. 하지만 이제는 상관없어. 만약 내가 죽어야만 한다 해도 이제 끝을 내고 싶어. 두려워하며 사는 것도 정말 지쳤어."

"제가 어떻게든 이 모든 것을 끝내 버릴 방법을 찾아볼게요."

공주님은 머리를 내 어깨에 다시 얹었다. 하지만 공주님은 울지 않았다. 나는 공주님에게 고맙다고 하고는 노래를 불러 드렸다. 공주님은 오랜 여행을 마치고 비로소 휴식을 취하게 된 사람처럼 길게 안도의 한숨을 내쉬었다. 불쌍한 공주님. 수년 동안 공주님은 겁에 질린 어린 여자 아이로 살아왔던 것이다. 나는 어떻게 하든 좋은 상황으로 만들어 주겠다고 약속했다. 꼭 그렇게 해 드릴 것이다. 꼭 해야만 한다.

그런데 어떻게 늑대를 속이나?

163일째

나는 방에 혼자 있다. 내가 사용하는 작고 깨끗한 방도 아니고 부엌도 아니고 칸님이 휴식을 취하는 방도 아니다. 유리창 너머로 멀리 도시가 보이는 아주 높은 곳이다. 탑은 아니고 조용하지도 않다. 하지만 마치 감옥처럼 느껴진다. 죽고 싶다던 공주님의 심정이 이해된다. 뱃속이 겨울 하늘처럼 공허하다.

카사 왕이 왜 공포의 대상이었는지 공주님이 말씀하신 이후로, 이런저런 생각에 잠을 뒤척이거나 깨어 있어도 어떻게 해야 하나 고민만 되었

216

다. 어떻게 하지? 왕을 속여 벌건 대낮에 늑대로 변하게 만들 수 있을까? 그런 모습으로 변하게 만들 노래가 있을까? 태양 아래서 카사 왕이 늑대로 변하면 어떤 일이 벌어질까? 어떻게 가까이 다가갈 수 있을까?

날이 밝자마자 내가 알게 된 사실을 전해 주려고 칸 테거스 님의 방으로 갔다. 하지만 방에는 대신들과 무당들 그리고 역시나 바챠 여왕과 독수리 떼 같은 몸종들이 자리를 잡고 앉아 있었다.

내가 들어갔을 때 전쟁 대신이 말하고 있었다.

"샤렌 공주님을 내놓으면 **에벨라의 노래**를 공격하지 않겠다고 떠들고 있습니다."

당시 나는 문지방을 밟고 서 있었다. 그건 불행을 가져오는 행동이었다. 하지만 움직일 수가 없었다. 엄마는 내가 가젤 우두머리처럼 사냥꾼이 바짝 따라붙어도 용감하다고 했었다. 그런데 그 순간만큼은 아니었다. **에벨라의 노래**로 온 이후, 나는 여러 번 엄마를 욕되게 만드는 행동을 했다.

"샤렌 공주님이라고?"

칸님은 이마를 긁적였다.

"머리가 어떻게 된 거 아니야? 샤렌 공주님은 자기가 데리고 있잖아, 아직 죽이지 않았다면 말이야."

나는 입을 다물고 있을 수가 없었다.

"샤렌 공주님을 데리고 있다니 그게 무슨 뜻이에요?"

감히 이야기에 끼어들었다고 몇몇 대신들이 나를 노려보았다. 하지만 칸님은 대답해 주었다.

"다쉬티, 네가 온 줄 몰랐다. 혹시 탑에 갇힌 공주에 대해 들어 보았느냐?"

칸님은 말을 계속하기 전에 바챠 여왕을 힐끗 쳐다보았다.

"예전에 알던 분이었단다. 어느 가을에 찾아가 뵈었지. 봄이 되어 **티토의 정원**으로 돌아가 보니, 카사 왕이 나보다 먼저 와 있더구나. 2백 명이나 되는 병사들이 진을 치고 있었지. 내 부하는 고작 30명이었기에 공격할 엄두가 나지 않았었단다."

돌아오셨었구나! 나는 칸님에게 미소를 지었다. 칸님이 얼마나 멋진지 본인이 알았으면 싶었다. 하지만 칸님은 유리창 밖만 내다보았다.

"당연히 카사 왕은 탑을 부수고 공주님을 데려갔겠지. 아마 자기 나라로 데려갔을 거야."

도시를 관장하는 대신이 말했다.

"허나 공주를 내놓으라고 하고 있습니다."

테거스 님은 손가락으로 유리창을 두드렸다.

"만약 데려가지 않았다면 대체 공주님은 어디 있다는 거지?"

잠시 침묵이 흘렀다. 내 영혼이 상자에 담긴 공처럼 굴러다녀 온 뼈마디가 흔들렸다.

나는 공주님을 보호하겠다고 맹세했다. 이제 공주님의 이름과 지위를 빌려 신분을 밝힌 다음, 칸님이 환영하는지 알아봐야 했다. 나서야 할 시간이다. 조상님들이 의무를 다하라고 이 순간을 미리 정해 놓으신 것이다. 하지만 나는 그렇게 하지 못하고 덜덜 떨면서 발만 내려다보았다. 망설이다가 또 기회를 놓치고 말았다.

바투가 말했다.

"카사 왕은 백 명이나 되는 우리 백성을 잡아 목에다 밧줄을 묶어 놓았다고 합니다. 아마 때를 놓쳐 도망치지 못한 사람들 같습니다. 우리가 공주를 넘겨주지 않으면 백성들을 성벽 안으로 던져 버리겠다고 소리치고 있습니다. 정찰병에 의하면 인질을 잡고 있는 것이 확실하다고 합니다."

"조상님들이여……."

한 나이 많은 대신이 그렇게 내뱉더니 한숨을 내쉬었다. 그리고 고통스러운 소식에 등을 문질렀다.

칸님은 바투를 뚫어져라 쳐다보더니 마침내 물었다.

"그런데 자네가 감추고 털어놓지 않는 부분은 무엇인가?"

바투는 한숨을 짓더니 대답했다.

"녀석은 샤렌 공주를 원한다고 했습니다. 하지만 공주 대신에 마마를 받아들일 수도 있다고 합니다. 진정한 칸이라면 자기 백성을 보호하기 위해서 목숨도 내놓아야 하지 않냐고 부추기고 있습니다."

테거스 님이 중얼거렸다.

"진정한 칸이라……."

침묵이 흘렀다. 화로의 불꽃이 흔들렸다.

바투가 말을 이었다.

"카사 왕의 말을 곧이곧대로 믿으시면 안 됩니다. 녀석은 마마를 죽이고 **에벨라의 노래**를 정복하면 자신이 황제를 뜻하는 '칸' 칭호를 가질 수 있다고 믿고 있습니다. 그래도 아마 여덟 왕조를 모두 정복하고 나서 자신을 위대한 칸이라고 칭할 때까지 멈추지 않을 겁니다. 샤렌 공주를 건

네주어도 놈이 전쟁을 포기할 가능성은 거의 없다고 봅니다."

"허나, 백 명에 달하는 백성들은……."

테거스 님은 손으로 얼굴을 가린 다음 고개를 가로저으며 말했다.

"그런데 어디에 있는 걸까? 샤렌 공주는 내내 어디에 있었단 말인가?"

"여기요!"

……. 이렇게 불쑥 말해 놓고도 내가 나섰다는 사실이 믿어지지 않았다. 속이 뒤틀리고 피가 멈춘 것 같았다.

"여기요!"

나는 다시 말했다. 내가 그렇게 말했다는 것을 확인이라도 하듯……. 나는 공주님께 맹세했다. 이게 옳은 일이라고 믿어야 한다. 나머지는 조상님들이 다 알아서 해 주실 것이다.

모든 사람들이 나를 뚫어져라 쳐다보았다. 적어도 사람들이 그렇게 했다고 생각한다. 나는 테거스 님만 쳐다보았다. 테커스 님이 흥미로운 표정으로 나를 쳐다보는 일에는 익숙했다. 하지만 혼란스러워 하는 표정을 보니 한 대 얻어맞은 것처럼 불편했다.

"다쉬티? 무슨……."

"제가 샤렌 공주예요."

얼마나 자신 있게 대답했는지 나도 놀라웠다.

"다쉬티는 제 몸종의 이름입니다."

테거스 님은 앞으로 한 발 걸어 나와 멈췄다. 다른 사람들은 그저 쳐다보기만 했다. 나는 웃음소리가 터져 나오기를 기다렸다. 아니면 바투를 살해하려던 암살자처럼 끈으로 나를 포박할 거라고 생각했다. 테거스 님이 또 한 발짝 앞으로 나왔다. 만약 칸님이 인상을 쓰면서 나를 교수형에 처하라고 할지도 모른다는 두려움만 아니었다면, 나는 테거스 님에게 지금 춤을 추고 있냐고 놀렸을 것이다.

내가 설명했다.

"카사 왕은 우리를 탑에서 데려가기 위해 왔던 게 아니었어요. 우리를 놀리려고 왔었지요. 우리는 그를 따라갈 생각이 전혀 없었어요. 그래서 카사 왕은 우리가 탑 안에서 죽게 내버려 두고 갔지요. 식량이 다 떨어졌을 때 우리는 간신히 벽돌을 부수고 틈새를 찾아 빠져나왔어요. 나가보니 **티토의 정원**이 전부 파괴되어 있었지요. 그래서 이리로 왔습니다. 하지만 당신이 바챠 여왕과 약혼했기에 전 확신이……. 어떻게 해야 할지……."

거짓말을 고하는 나의 목은 타 들어가는 듯했다. 테거스 님은 빤히 쳐다보기만 했다.

바챠 여왕은 그리 밝지 않은 표정으로 의자에서 일어섰다. 아마 내가 탐탁지 않은 모양이었다. 어쩌면 나를 꼬챙이에 꿰서 불에 구워 버리는 상상을 하고 있을지도 모른다. 사실 그 자리에 있을 때는 딱 그런 느낌이었다.

테거스 님이 물었다.

"부수고 나왔다고?"

그러더니 한 발짝 더 앞으로 나왔다.

왜 나를 거짓말쟁이라고 부르지 않는 걸까? 샤렌 공주님과 하나도 닮지 않았는데. 그리고 가볍게 슬쩍 봐도 내가 귀족이 아니라는 것은 누구나 알 수 있을 텐데…….

내가 말했다.

"쥐 덕분이에요. 쥐들이 우리 식량을 훔쳐 먹기도 했지만 벽돌 사이에 길도 파 놓았어요. 우리를 죽게 만들 거라고 생각한 녀석들이 결국 우리를 살렸다니 재미있지 않나요? 당신이 준 고양이는 정말 훌륭한 쥐 사냥꾼이었어요! 안타깝게도 카사 왕이 왔을 때 늑대에게 쫓겨 도망갔지요. 고양이가 간 뒤에 탑은 쥐로 들끓었어요. 소나무 가지를 탑에 두고 와서 죄송해요. 저는 그 가지를 3년이나 지니고 있었답니다."

"소나무 가지라…….."

테거스 님은 더 가까이 다가오더니 내 손을 잡아 얼굴까지 들어 올리고는 그의 코로 숨을 들이마셨다. 귀족들의 인사법이었다. 나는 흥분되어 몸 둘 바를 몰랐다.

"샤렌 공주님! 그토록 오랜 세월이 지나 카사 왕이 와 있는 이 시점에서 당신을 처음으로 만나게 되다니…….."

"마마?"

"탑에서 당신 목소리를 들은 후에 당신과 만나는 상상을 여러 번 했었다오. 이제 다쉬티 당신이…… 내 공주님이라니."

테거스 님은 고개를 가로젓더니 인상을 찌푸리다가 갑자기 미소를 지었다.

"내가 발로 서 있는지 머리로 서 있는지 모르겠소."

그랬다. 이리저리 굴러다니는 동물 뼛조각이 서로 들어맞기 시작했다. 테거스 님은 샤렌 공주님을 한 번도 본 적이 없었다. 만난 적이 한 번도 없었다니! 편지를 주고받기 전에도 만나지 못했던 것이다. 샤렌 공주님과 이야기를 나누었던 것도 탑에서가 처음이었고! 하지만 그건 나였다. 조상님이여!

"미리 나섰어야 했지만 저는 두려웠어요. 용서하세요, 마마님. 제발 용서하소서……."

"어찌 나에게 용서를 구하십니까? 당신을 저버리고 당신을 카사 왕과 쥐와 어둠, 기근에 내팽개쳐 버린 나에게……. 나도 너무 두려웠소. 나는 용서받지 못할 것이요. 다쉬…… 공주님. 하지만 용서해 주겠소?"

테거스 님은 내 발밑에 무릎을 꿇고 내 손을 잡아 얼굴에 대고 마치 절을 하듯 숙였다. 목소리가 갈라지고 있었다.

"나를 용서할 수 있겠소?"

갑자기 모든 사람들이 한마디씩 하기 시작했다. 당연했다. 나는 숨을 멈추었다. 끼익거리는 소리밖에 아무 소리도 낼 수 없었다. 바챠 여왕은 감히 자신의 혼약을 위협하는 내가 누군지 알고 싶어 했다. 그리고 바투는 카사 왕을 물리칠 때까지 혼인 문제는 일단 보류하자고 제안했다. 샤렌 공주님에 대해 모르고 있던 대신들은 설명을 요구했고, 그래서 다른 사람들이 설명해 주기 시작했다. 그러는 동안에도 테거스 님은 내 손을 자기 얼굴에 대고 있었다. 나는 그분의 뺨을 어루만질 생각이 없었지만, 엄지손가락이 제멋대로 움직였다. 맹세할 수 있다. 테거스 님은 나를 보고 미소를 지었다. 나의 얼굴은 화끈 달아올랐다.

나는 테거스 님을 일으켜 세웠다.

"마마, 저에게 무릎을 꿇지 마세요. 몸 둘 바를 모르겠어요."

테거스 님은 일어나서 두 손으로 내 손을 모아 잡았다. 우리는 마주 보며 아주 가까이 서 있었다.

시끌벅적한 가운데 테거스 님이 속삭였다.

"용서하시오, 공주. 용서하시오."

그러더니 씨익 웃었다.

"하지만 나는 너무나 행복하다오. 당신이 샤렌 공주였군. 그리고 여기 이렇게 무사히 살아 있다니. 조상님들께 감사드리오."

나는 흥분과 좌절, 두려움 때문에 당장에라도 쓰러질 것만 같았다. 거짓말은 내 몸을 덮는 차가운 진흙 더미 같아서, 금방이라도 질식해 죽을 것만 같았다. 쉬리아는 내 처지에 걸맞은 옷을 입혀 드리고 적합한 방으로 모셔야 하지 않냐고 했다. 하지만 대신들은 전쟁에 관한 토의로 돌아가자고 간청했다. 그제야 나는 내가 말을 꺼낸 목적이 생각났다.

"카사 왕은 늑대입니다."

나는 다른 사람이 끼어들기 전에 빨리 말했다. 웅성거리는 소리 너머로 내 목소리는 떨리고 있었다.

"카사 왕은 잠을 자지 않아요. 낮에는 전쟁을 벌이고 밤에는 사냥을 합니다. 놈은 사막에 사는 무당의 힘을 빌려 늑대로 변하는 힘을 갖게 되었어요. 그래서 그렇게 포악할 수 있는 거예요. 그리고 밤이면 늑대로 변해서 몰래 사람들을 죽여 공포 분위기를 조성하는 거죠. 하지만 그 점을 이용하면 그를 속일 수도 있을 겁니다. 저를 보내 주세요. 제가……."

나는 더 이상 설명을 계속할 수 없었다. 테거스 님이 나를 그런 살인마 근처에는 보낼 수 없다고 일언지하에 거절했고, 바챠 여왕은 나의 존재조차 부인하고 있었으며, 다른 대신들은 소리 높여 전투 계획을 밝혔다. 카사 왕에 대한 공격을 내일 정오에 맞추어 감행하자고 하면서 병사들도 이미 마음의 준비를 했으며 칸님의 허락만 기다리고 있다고 말이다.

가끔 나는 대신들을 이해할 수 없다. 남이 해결책을 제시하고 있는데 들은 체도 안 하다니. 분명 내가 힘이 될 텐데 허락하지 않는 건 정말 화나는 일이다.

쉬리아는 내 어깨를 잡고는 옆으로 밀어 대며 말했다.

"저희는 정말 몰랐어요, 공주님. 만약 알았다면……."

방에서 나가면서 보니 바투가 나를 아주 심각하게 쳐다보고 있었다.

그리고 나는 이제 다른 방에 있다. 비단을 뒤집어씌운 낮고 긴 의자에 옻칠을 한 탁자, 맛있는 견과류가 들어 있는 도자기 그릇이 있었다. 칸님의 궁전에서 아주 높은 곳이며, 유리창도 이전 방보다 더 크다. 내 부탁대로 쉬리아는 내 물건을 갖다 주었다. 말털 담요, 모직 망토, 장화 그리고 나의 먹과 붓.

"여기 샤르를 데리고 왔어요, 공주님. 틀림없이 공주님의 몸종일 것 같아서요."

쉬리아는 샤렌 공주님을 방으로 데려왔다. 공주님은 여전히 앞치마를 입고 부엌의 연기 냄새를 풍기고 있었다.

쉬리아가 방에 있었기 때문에 공주님이 나의 몸종인 척을 했다. 하지만 어린 동물처럼 그저 나를 쳐다보기만 해서 분위기가 얼마나 어색했는지 모른다. 쉬리아가 방에서 나가자마자 샤렌 공주님은 내 침대 위로 쓰러졌다.

"제가 저질렀어요."

샤렌 공주님은 천장을 바라다보며 말했다.

"고마워."

우리는 둘 다 아무 말도 하지 않았다.

"땅콩 좀 드실래요?"

"아니. 요리장님이 나에게 정찬에 내갈 접시의 장식을 맡으라고 하셨어. 부엌으로 돌아가고 싶어. 고양이에게 고기 부스러기도 챙겨 주어야 하고."

"물론이죠."

그래서 공주님이 갔다. 이런저런 생각도 하고 맘대로 떨 수도 있어 혼자 있는 것이 행복하고 안심도 되었다. 이제 밤이다. 여기서도 도시 성벽 너머로 희끄무레한 불이 반짝이는 것을 볼 수 있다. 카사 왕의 군대와 모닥불, 밤하늘의 별들을 능가할 만큼 많은 병사들이 밤하늘의 영원한 암흑을 비웃는 듯했다.

붓을 내려놓기가 겁난다. 양피지 위를 오고 가는 붓 소리가 멈추면 찾아올 적막감에 몸서리가 쳐진다. 그런 침묵은 나를 무덤 속 같은 밤으로 넣어 버리겠지. 나는 이제 정말 극적인 상황 속에 놓였다. 그저 두려울 뿐이다. 무엇이라도 해야 했다. 하지만 그렇게 할 수 있을지 모르겠다.

164일째

오늘, 아니, 아직 어제인가? 나는 모닥불 옆에서 일기를 쓴다. 붓의 움직임이 내게 용기를 주었으면 하는 마음으로. 지금 나는 용기가 부족하다. 혈관이 메말라 피가 흐르지 않는 듯하다. 너무나 겁이 나서 이젠 유목민의 본성도 잃어버린 걸까? 이런 내 자신을 비웃고 싶지만 그것도 할 수가 없다.

한 시간 전에 나는 전쟁 대신 바투를 찾으러 갔다. 쉬리아를 깨워 그의 방이 어디인지 알아냈다. 쉬리아는 나를 공주라고 여겨 무엇이든 시키는 대로 한다. 씁쓸한 웃음이 나온다.

바투는 한밤중에 자기 방문 앞에서 나를 맞이하면서도 그다지 놀란 것 같지 않았다. 바투는 복도로 한 걸음 나왔다. 우리 두 사람에게 불운이 찾아올까 싶어 문지방을 밟지 않으려는 듯했다.

나는 내 계획을 밝히기 전에 물었다.

"나에 대해 칸님에게 약속드린 게 있나요?"

"아닙니다. 그런 것은 없습니다."

"그렇다면 당신에게 말씀드리죠. 저는 카사 왕에게 갈 생각입니다. 밤새 **언더** 신에게 기도를 드렸어요. 아직 답을 주시지는 않았지만, 계략의 신이 기도를 드린다고 무엇을 주시던가요?"

"그렇죠. 안 주시죠."

나는 목을 가다듬었다. 내 목소리는 찍찍거리는 쥐 소리 같았다. 그런 소리는 신물이 날 만큼 들었는데…….

"저는 샤렌 공주로서, 제 의지대로 가는 거예요. 저를 도와주는 것이 칸님에 대한 당신의 맹세에 어긋나는 건 아니겠죠?"

바투는 한참이나 이마를 찌푸렸다. 그러더니 고개를 가로저으며 대답했다.

"아니, 그렇지 않을 겁니다. 하지만 무슨 생각에서 그런 결정을 내리신 겁니까?"

"카사 왕에게 노래를 불러 줄 수 있을 만큼 가까이 가려고요. 노래로 카사 왕을 마음대로 움직일 수는 없지만, 카사 왕 안에 들어 있는 늑대에게 노래를 불러 주면 늑대가 밖으로 나오려고 할 거예요."

"그러면 어떤 일이 벌어지는데요?"

"무슨 일이든지요."

나는 불분명한 결론을 감추려고 확신에 찬 목소리로 대답했다.

"전쟁 담당 측근 하나만 빼고는 카사 왕이 늑대인 것을 아무도 몰라요. 적어도 몇 년 전까지는 그랬지요. 아마 지금도 그럴 거예요. 만약 남들이 알게 되면……."

"혹 그런 사실을 알고 카사 왕을 더 존경하게 될지 누가 압니까……."

"당신이 영혼을 사막 무당에게 팔아넘겼다는 것을 당신 병사들이 알게 되면, 당신을 따를까요?"

바투는 고민했다.

"그들의 충성심에 금이 가겠지요. 그건 분명합니다. 시간이 지나면 나를 버릴 겁니다. 하지만 전쟁 동안만큼은 제 말을 따를 겁니다."

"예, 하지만……."

내 직감을 어떻게 말로 표현해야 할까?

"하지만 만약 눈으로 직접 그 광경을 보면……. 음, 그러니까, 누군가 늑대로 변하는 모습을 당신이 직접 보시면 어떻게 하시겠어요? 카사 왕은 낮엔 정체를 드러내지 않았어요. 아마 그 자신도 혼란스럽고 부하들도 마찬가지일 거예요……."

그렇게 되면 어떤 일이 벌어질까? 자기 병사들에게도 달려들까? 그럼 병사들이 맞서 싸울까? 모르겠다. 하지만 내 계획은 그랬다. 게다가 이 계획을 실천에 옮길 만큼 튼튼한 몸과 정당한 이유가 있다. 그러니 어떻게 하지 않고 배기겠는가?

"공주님, 저는 공주님이 자신의 목숨을 헌신짝처럼 내버려서는 안 된다고 생각합니다. 제가 공주님의 손을 잡고 죽음으로 인도해 드릴 수는 없습니다."

바투는 내 어깨에 손을 얹고는 방으로 돌아가라고 밀었다. 나는 문고리를 잡았다.

"오늘 칸 테거스 님을 보시지 않았어요? 카사 왕이 샤렌 공주 대신 테거스 님의 목숨도 받아들이겠다는 말을 들으셨을 때의 표정을요? 테거스 님은 백성들을 위해 자기 목숨을 내놓으실지 몰라요. 전쟁을 위해, 이 나라를 위해, 제가 감수할 위험보다는 테거스 님의 목숨이 더 중요하지 않나요?"

바투는 눈을 감았다. 지칠 대로 지친 모양이었다. 하긴 우리 모두 지쳐 있었다. 바투는 더 이상 나와 실랑이를 벌이지 않았다.

우리는 새벽에 부엌문 앞에서 만나기로 했다. 바투는 나를 동쪽 성문으로 인도하여 보초들에게 나를 통과시키라고 말해 줄 것이다. 거기서부터 나는 혼자 가리라. 동쪽으로부터 카사 왕의 진영으로 걸어가면, 태양이 내 뒤로 떠올라 얼굴에 그늘을 드리우겠지. 머리를 풀어 내리면 가짜임을 쉽게 알아차리지 못할 것이다. 테거스 님과 달리 카사 왕은 샤렌 공주님을 본 적이 있다. 맨발로 걸어가 망토 아래 아무것도 신지 않은 발목을 보여 주어, 내가 병사가 아닌 소녀임을 알게 해야겠다. 그래야 노래를 불러도 될 만큼 가까이 가도 내버려 둘 것이다. 나는 혼자 가리라.

힘의 여신 **카르텐**이여, 카사 왕보다 당신의 미소가 더 필요한 사람이 바로 접니다. **에벨라**여, 밝은 태양과 어두운 그림자를, 그리고 강한 노래를 주소서. **언더** 신이여, 당신의 복수의 칼날이 될 수 있는 영광을 제게 내려 주소서.

164일째

아직 같은 날인가? 수년이 흐른 듯하다. 이렇게 낯선 곳에서는 잠을 청할 수 없다. 그나마 일기장과 새 붓과 먹이 있다. 이럴 때는 떨리는 마음을 가라앉히기 위해 일기를 쓰는 일 말고는 할 게 없다. 이제 무슨 일이 벌어졌는지 말해 주겠다. 조상님이여, 자비를 베푸소서…….

부엌문에서 바투를 만날 때 나는 머커를 데리고 갔다. 머커는 하얀 김을 내뿜으며 엄청나게 큰 고양이처럼 머리를 나에게 기댔다. **티토** 신이여, 저는 이 녀석을 사랑합니다.

"저는 야크를 타고 성문까지 가겠어요."

바투가 유목민의 믿음을 그다지 신봉하지 않는 것 같아 말하진 않았지

230

만, **티토** 신이 가장 아끼시는 동물이 야크다. **티토** 신이 내게 친근한 미소를 보내 주시지 않을까 내심 바랐던 것이다.

그리고 바투에게 또 하지 않은 말은, 내가 야크 목에 손가락을 대 위안을 느끼고 싶다는 사실이었다. 그렇지 않으면 금방이라도 쓰러져 갓난아기처럼 울어 버릴지도 모르니까. 그 말만큼은 절대 하고 싶지 않았다.

바투는 거리로 야크를 끌고 갔다. 좁은 길에 피난민들의 게르가 **빽빽**이 들어차서 동쪽 성문에 이르렀을 때는 이미 태양이 지평선 너머로 떠오른 다음이었다. 하지만 아직 뜨거운 햇살은 느껴지지 않았다. 공기는 얼음처럼 차가워 내 주먹 아래서 부서질 것만 같았다. 손이 얼마나 떨리는지 몸에서 팔이 떨어져 나갈 것만 같았는데, 단지 추워서 그랬던 건 아니었다.

바투가 문을 지키는 보초들에게 이야기하자 보초들은 문을 살짝 열었다. 두 개의 화살이 휙 지나갔다. 밖에는 카사 왕의 군대가 진을 치고 있었다. 병사들이 개미집의 개미 떼들처럼 셀 수 없을 정도로 많았다.

바투는 머커 목에 손을 얹고 말했다.

"괜찮겠습니까, 공주님? 카사 왕은 일단 당신을 손에 넣으면 약속을 지키지 않을 수도 있습니다."

내가 대답했다.

"저는 오늘 계략의 신에게 모든 걸 걸고 있어요."

"그건 승산이 없을 텐데."

문지기 하나가 중얼거렸다.

나는 신발을 벗고 머커 등에서 내려와 섰다. 맨발로 땅을 밟는 순간 얼마나 추운지 발이 마비되는 것 같았다. 나는 머커의 코를 한 번 쓰다듬어 주고 카사 왕을 향해 텅 빈 들판을 걸어가기 시작했다.

그때의 심정을 어떻게 표현해야 할까? 추웠다. 그리고 길었다. 게다가 유령처럼 외로웠다. 아마 내 인생에 있어서 최악의 순간이었을 것이다. 조상님의 나라로 들어가는 엄마에게 노래를 불러 드릴 때만큼이나 힘들었고, 훨씬 더 추웠다. 카사 왕과 병사들이 있는 곳이 너무 멀어서 거기까지 가는데 하염없는 시간이 걸리는 것 같았다. 비록 빨리 도착하고 싶은 마음은 없었지만 가는 내내 그렇게 비참할 수 없었다. 두려움이 이렇게 아픈 걸까? 나는 아팠다. 배 속도, 팔다리도 다 아팠다. 발이 얼어붙어서 어디까지가 발이고 어디부터가 땅인지 알 수 없었다. 나는 두 번이나 넘어질 뻔했다. 나를 죽이려고 기다리는 수천 명의 병사 앞에서 코를 박고 엎어지고 싶은 마음은 전혀 없었다. **언더** 신이 나를 속이는 것 같았다. 심지어 이렇게 해서 실낱같은 희망이라도 있을지 의심이 갔다. 하지만 어느새 나는 이미 그곳에 도착하고 말았다.

나는 큰 소리로 외쳤다.

"이봐요, 카사 왕!"

적어도 놈의 이름을 소리쳐 부르려고 했던 건 잘해 냈다. 소리는 제대로 나왔다.

"칸 카사 님이겠지."

카사 왕이 게르에서 걸어 나왔지만 멀리 떨어져 있어서 얼굴은 잘 보이지 않았다. 물론 목소리는 알아들을 수 있었다. 목소리를 들으니 내 뼈가 녹아서 죽이 되는 것 같았다.

"전쟁터를 건너온 계집이라니 아주 흥미롭구나. 당분간은 살려 두겠다. 그래, 나에게 무엇을 제공하려고 왔느냐? 나야 전혀 지불할 마음이 없다만."

부하들이 거칠게 웃었다. 카사 왕이 칼을 빼어 들고는 이해할 수 없는 소리를 질렀다. 그러자 스무 명이 넘는 부하들이 완전무장을 한 채 카사 왕과 나 사이에 반원을 그리면서 다가왔다. 병사들은 화살을 들고 있거나, 더러는 칼을 들고 있는 자도 있었다.

"한 발자국만 더 나오면 영원한 푸른 하늘에게 너의 간이 무슨 색인지 보여 주겠다. 만약 테거스가 독이 묻은 칼을 품은 여자 암살자를 보냈다 해도 나를 속이지는 못할 것이다."

나는 걸음을 멈추고 망토를 꼭 여미였다. 추위가 맨다리를 타고 올라왔다.

카사 왕이 명령했다.

"치누아, 계집의 몸을 수색해 보아라."

카사 왕의 오른쪽에 있던 키가 크고 마른 남자가 말했다.

"손을 보여라."

아마 그가 카사 왕의 전쟁 대신인 듯했다. 왕이 늑대로 변하는 것을 보여 주려고 샤렌 공주님을 데려간 사람 말이다.

나는 손을 들었다. 참 이상하게도, 그 순간 테거스 님이 내 손을 보고 예쁘다고 했던 말이 떠올랐다. 요즘은 부엌일을 하지 않아 손이 부드러워져 있었다. 하지만 자세히 들여다보면 아직도 상처와 굳은살이 보일 것이다.

"이제 무슨 말을 전하려고 왔는지 말해 보아라, 내가 너를……."

"카사 왕, 나예요. 샤렌 공주."

내 목소리는 기어 들어가고 있었다. 영원한 푸른 하늘 아래서 거짓말 하는 게 창피했다. 거짓말은 어두운 구멍 속에서나, 촛불을 켜지 않은 방 에서만 해야 하는 일이었다.

"크게 말하라!"

나는 큰 목소리로 말했다.

"샤렌이라고요."

"샤렌 공주?"

카사 왕은 비웃었다.

"테거스가 어쩔 수 없이 너를 보낼 거라고는 짐작했지만. 모자를 벗어 라. 겁에 질린 소의 두 눈을 보고 싶구나."

나는 망토의 모자를 뒤로 젖혔다. 머리카락이 아래로 흘러내렸다. 나 는 태양을 등지고 있었지만, 카사 왕에게 잘 보이지 않게 거리가 있었으 면 했다. 내가 샤렌 공주님이라는 걸 증명하기 위해 빨리 뭐든 말해야 했 다. 뭔가 그럴 듯한 말을. 카사 왕이 내가 공주가 아니라는 것을 알아차리 기 전에…….

"당신이 탑에다 불꽃을 던져 넣었던 날, 저를 겨울철 고기처럼 연기로 훈제시키려고 하던 날, 솔직히 그렇게 두려울 수가 없었어요."

카사 왕이 웃었다. 그 웃음소리가 정말 징그럽다.

카사 왕이 답했다.

"그래, 얼마나 두려웠겠소."

"제 배설물을 뒤집어쓰신 게 같은 날이었죠?"

나는 그렇게 덧붙이지 않을 수 없었다.

녀석이 움찔하는 걸 보니 기분 좋았다. 부하 앞에서 그 얘기를 꺼내 불쾌한 모양이었다.

"제 의지대로 기꺼이 와야만 받아들이겠다고 했었죠? 자, 제가 이렇게 왔어요."

나는 말하면서 놈에게로 가까이 다가가기 시작했다. 그러자 세 남자가 가로막으려 앞으로 나왔다.

놈은 나를 연약한 샤렌 공주라고 생각하면서도 여전히 내가 가까이 다가가는 건 막고 있었다. 내가 무기를 숨기고 있는지도 모르기 때문에 위험을 감수할 생각이 없나 보다. 물론 오늘 아침 길을 나서기 전에 나는 그런 가능성도 염두에 뒀었다. 그래서 망토 아래 아무것도 걸치지 않고 왔던 것이다. 하지만 망토를 벗을 필요가 없기를 간절히 바랐다. 그러나 완전한 굴복만이 나에 대한 경계심을 풀겠지. 또 그래야만 내가 노래를 부를 수 있을 정도로 가까이 다가갈 수 있으리라.

나는 망토 끈을 풀며 눈을 감았다. 그리고 온기를 땅바닥에 흘려 버렸다. 매서운 겨울바람이 온몸으로 불어왔다. 발부터 올라온 추위가 어느새 몸 전체로 퍼졌다.

카사 왕은 갑자기 할 말을 잃었는지 나를 뚫어져라 쳐다보기만 했다.

"보시다시피 저는 아무 무기도 숨기고 있지 않아요."

귀족처럼 용감하게 말하고 싶었지만 얼마나 몸이 떨리던지, 목소리가 새소리처럼 떨렸고 말도 서로 엉겼다. 떨어진 망토를 주워 몸에 두르고 어디론가 숨어버리고 싶은 마음을 피가 날 만큼 혀를 꽉 깨물며 참았다.

"난 당신에게 완전히 굴복했어요. 당신이 원했던 대로 내 뜻에 따라 왔고요. 이제 이 나라를 위해 이 한 몸을 희생하려고 합니다. 조상님들 앞에, 영원한 푸른 하늘 아래에서 명예로운 남자가 되려면, 약속을 지켜 주세요. 이 나라는 평화롭게 내버려 두고 나를 데리고 떠나세요."

카사 왕은 아무 말도 하지 않고 나를 노려보기만 했다. 부하들은 땅바닥이나 구름으로 시선을 돌렸다. 무자비한 병사들이기는 했지만 홀딱 벗은 소녀가 곤혹스러운 모양이었다. 나는 카사 왕이 우리 공주님 앞에서 벌거벗었다던 일이 기억났다. 아마 내가 앙갚음하고 싶었던 모양이다. 그렇다고 뿌듯하지는 않았다. 벌거벗음과 수치스러움이 추위만큼이나 고통스러워 안팎으로 떨면서, 눈물이 차올라 얼굴을 찌푸려야 했다.

"제발 나를 여기 이렇게 세워 두지 말아요."

목소리가 떨렸다. 나는 애걸할 생각은 없었지만 말이 그렇게 나오고 말았다.

"나의 희생을 받아들이고 다시 옷을 입게 해 주세요, 부탁합니다."

이제 놈이 가까이 걸어오기 시작했다. 천천히. 부하들이 옆으로 물러섰다.

"당신은 정말 사람을 놀래키는군, 샤렌 공주."

카사 왕은 계속 더 가까이 다가왔다.

"당신은 덜덜 떨며 우는 것 말고는 할 수 있는 게 없다고 생각했는데. 떨고 있는 듯하오만 눈물은 어디에 있는 거요? 아, 이제 보이는군. 그러니 더 낫군."

카사 왕이 가까이 다가왔다. 속이 울렁거리고 피가 뜨거워졌다. 지금 이 바로 그 순간이다. 나는 부끄럽다는 듯 고개를 숙였다. 나의 등 뒤로 태양이 눈부시게 빛나고 있었다. **에벨라**가 희망의 미소를 보내고 있었다. 하지만 내 얼굴을 카사 왕이 보는 순간 나를 죽이고 말리라. 흘러내린 머리카락 사이로 카사 왕의 얼굴이 보였다. 잘생겼다거나 못생겼다를 며나, 내게는 그저 고통일 뿐이었다. 그러다 한 가지가 보였다. 턱에 세 개의 가느다란 흉터가 있는 게 아닌가! 마치 고양이가 남긴 듯한 흉터…….나의 주인님이 늑대의 입을 피하면서 녀석에게 피를 보게 한 모양이다! 그렇게 생각하니 용기가 끓어올랐다.

카사 왕의 손이 닿기 전에 조치를 취해야 했다.

"자, 모두 똑바로 보거라!"

나는 팔을 올리고 무릎을 꿇었다. 서리를 맞은 풀잎들이 내 무릎 아래에서 마치 유리처럼 부서졌다.

"나 샤렌 공주는 칸 카사에게 굴복한다. 이제 항복의 노래를 부르겠다."

이게 바로 계략이었다. 항복의 노래 따윈 모른다. 나는 늑대의 노래를 부르기 시작했다.

"황색의 눈이 밤을 깜빡이네. 두 다리가 왔다 두 다리가 가네."

나는 그저 카사 왕의 부하 중 유목민 출신이 없기를, 그래서 이 노래가 무슨 노래인지 모르기만을 기도했다. 우리 오빠들이 이런 가사를 흥얼대며 부르던 목소리를 기억해 내며, 양을 구하러 늑대들에게 큰 소리로 부르던 어린 시절의 가락이 이제 노래가 되어 울려 퍼지는 걸 느꼈다. 나는 앞으로 손을 뻗어 카사 왕의 장화에 얹었다. 접촉이 노래의 힘을 더 강하게 해 주기를 바라며.

카사 왕은 나를 내려다보고 아무 짓도 하지 않았다. 무슨 까닭인지 알수 없다는 표정에 몸은 뻣뻣이 경직되어 있었다. 카사 왕의 심정이 어떠할지 충분히 짐작 간다. 아마 뭔가 잘못되어 가긴 하는데, 벌거벗은 한 계집아이를 두려워한다는 걸 나타낼 수 없었을 것이다. 카사 왕이 아무 조치도 취하지 않으니 부하들도 별다른 행동을 하지 않았다. 나는 계속 노래를 불러 카사 왕 안에 들어 있는 늑대를 불러냈다.

"너 대체 무슨……."

카사 왕은 그렇게 물으려 했지만 이미 늦었다.

그는 질문을 마저 끝맺지도 못했다. 고개를 뒤로 젖히고 위를 올려다보느라. 고통스러운 건지, 흥분된 건지. 나는 사지가 떨려 거의 참지 못할 상태가 되어, 노래를 부르다 말았다. 무슨 일이 벌어지려는 걸까? 카사왕 안에 있는 늑대가 노래를 듣고 뛰쳐나오려는 걸까? 정말 벌건 대낮에 태양 아래에서도 모습을 나타낼까?

나는 다시 노래를 하며 마음속으로 간절히 기도했다. 동물의 신 **티토**여, 이 남자가 당신을 섬기는 나라를 멸망시켰나이다. 계략의 신 **언더**여, 이 남자가 당신의 이름을 저버렸나이다. 잠의 여신 **고다**여, 저는 밤마다 당신께 기도를 드렸나이다. 태양과 노래의 여신, 나의 여왕님, **에벨라**여, 목소리를 주소서. 조상님들이여, 이 남자가 태양 아래서도 동물의 모습으로, 잠 못 이루는 밤의 모습으로 변하도록 해 주옵소서.

카사 왕은 뒤로 한 발자국 비틀거리며 물러섰다. 그게 그가 할 수 있는 전부였다. 그는 온 힘을 다해 자기 모습을 유지하려고 애쓰고 있었다. 부하들은 내 수치스러운 모습을 외면하려 여전히 딴 곳을 보던 중이라 그들 왕의 위험을 알아채지 못했다. 그러다 카사 왕이 신음 소리를 냈다.

"마마? 칸 카사 님?"

치누아가 낌새를 챘다. 다른 사람들은 여전히 나를 의심하지 않았다. 비겁할 정도로 내 자신을 낮추었기에 아무도 나를 위험인물로 생각하지 못했던 것이다. 하지만 시간이 많지 않았다. 나를 위험인물로 판단하는 즉시 화살이 쏟아지리라.

나는 더 크게 노래 불렀다. 추위와 두려움에 떨며 벌떡 일어서서 손을 카사 왕의 가슴에 얹었다. 그 정도로 나와 카사 왕은 가까이 있었다. 마음만 먹으면 내 목을 잡아 비틀어 버릴 수도 있었을 텐데, 내 얼굴을 봤다면 가짜임을 알았을 텐데. 하지만 카사 왕은 목을 젖히고 하늘을 올려다보았다. 목에서 두 개의 돌멩이를 가는 듯한 거칠고 낮은 소리를 내며.

제발, 제발 변해라. 어서어서 늑대가 되거라. 그래, 지금 당장.

"마마? 괜찮으십니까?"

치누아가 두 발자국 앞으로 나오면서 활을 팽팽하게 당겼다.

"목숨이 아깝거든 뒤로 물러서라, 이 계집아이야!"

하지만 나는 카사 왕이 더 이상 테거스 님을 괴롭히지 못하고, 우리 공주님을 떨게 만들지 않고, 내 악몽 속에 나타나지 못할 곳으로 보내 버리기 전에는 뒤로 물러설 수 없었다. 나는 카사 왕에게 매달렸다. 왕도 해칠지 모를 위험을 무릅쓰지 않고는 아무도 내게 활을 쏠 수 없게 하려고.

"그 밤에, 그 밤에!"

내 노래는 점점 절실해졌다. 내 목소리는 더 이상 나약하게 들리지 않았다. 하지만 카사 왕 안에 들어 있는 늑대도 나오고 있지 않았다.

"너의 이빨에서 밤이 뚝뚝 흐른다. 밤은 네 눈에서 녹아 버린다. 황색의 눈이여!"

치누아가 소리쳤다.

"뒤로 물러서라! 아니면 내 화살이 너의 두 눈에 꽂힐 것이다!"

치누아는 내 머리를 향해 화살을 겨누었다. 나는 필사적으로 노래를 불렀다. 그러자 카사 왕이 고개를 뒤로 젖히고 울부짖었다. 달님이 아니라, 뜨고 지는 별님이 아니라, 영원한 푸른 하늘을 보고 말이다.

그것이 조상님들의 주위를 끈 것 같다.

카사 왕은 내 손을 뿌리쳤다. 내가 바닥에 내팽개쳐진 동시에, 화살이 머리 위를 휙 하고 날아갔다. 내가 계속 노래하자 카사 왕이 몸을 뒤틀었다. 부하들이 다가왔다. 하지만 자신들의 우두머리를 보느라 내게는 신경 쓰지 않았다. 카사 왕은 날카롭게 비명 지르기 시작하더니 어느새 동물처럼 손으로 허공을 휘저으며 울부짖었다. 나는 무기를 가지고 있지 않으므로 내가 카사 왕을 해칠 거라고는 아무도 짐작하지 못했다. 그래서 계속 노래했다. 어떻게 이렇게 떨리고 숨이 하나 남아 있지 않은데도 목소리가 나오는 걸까?

그러다 변화가 일어났다. 카사 왕이 정말 변했다. 샤렌 공주님이 직접 보았다고 했을 때, 공주님의 말을 믿었다고는 생각했지만 내 두 눈으로 보고 나니 제대로 이해 못했다는 걸 알았다. 아침을 먹고 왔으면 다 토해 버렸을 정도로 속이 울렁거렸다.

카사 왕의 몸뚱이가 불룩불룩거리더니 찢어지는 소리가 났다. 뭐라고 표현해야 하지…… . 낯설고 썩은 듯한 냄새도 났다. 얼굴은 앞으로 튀어 나오고 등이 굽어지고 털이 솟아나더니 옷이 찢어졌다. 입고 있던 갑옷도 휘어지며 카사 왕이 신음했다. 네 발로 기는가 싶더니 어느새 카사 왕이 서 있던 자리에 늑대가 네 발로 서서 으르렁거리고 있었다. 덩치가 엄청 나게 컸다. 영양만큼 키가 컸고 암말만큼 살이 쪘으며 제일 큰 야크도 한 입에 물어뜯어 버릴 만큼 입도 컸다. 크기만으로도 얼마나 위협적인지 나 는 온몸이 떨렸다. 목이 메어 노래가 더 이상 나오지 않았다. 부하들은 비 명을 지르며 으르렁거리는 늑대 울음소리와 이빨과 단도 같은 앞발로부 터 물러섰다.

치누아가 소리쳤다.

"우리 임금님이시다, 해치면 안 돼!"

나의 희망이 가장 위협을 받는 순간이었다. 늑대가 어떻게 행동할까? 탑에서 나를 보고 으르렁거리던 늑대는 생각보다 본능적이었다. 늑대가 되면 인간으로서의 이성을 잃는다고 추측했다. 샤렌 공주님의 이야기도 그 사실을 뒷받침했다. 치누아도 부하들을 보호하기 위해 모닥불 뒤로 끌 고 갔다. 이게 내 희망이었다. 늑대가 된 카사 왕은 자기 부하도 해칠 거 라는 사실이!

치누아는 계속 소리쳤다.

"임금님이시다! 절대 해치지 마라!"

치누아는 늑대가 도망칠 공간을 만들려고 병사들을 이리저리 몰며 뛰 었다. 하지만 카사 왕의 병사들은 숲을 완전히 둘러싸고 야영 중이었다!

눈앞에는 성벽, 4만이나 되는 병사들과 게르, 말 같은 동물들이 온 사방을 둘러싸 야수가 도망칠 곳이 없었다. 늑대는 안절부절못하고 으르렁거리면서 햇빛이 너무 눈부신지 다리로 얼굴을 문질러 댔다.

계획이 어긋나고 있었다. 병사들은 늑대를 향해 칼과 화살을 겨누고 있었지만 공격하지는 않았다. 늑대도 그저 으르렁거리며 입만 떡떡 벌릴 뿐 아무도 물지 않았다.

치누아가 말했다.

"다시 원래 모습으로 돌아오세요, 카사 임금님! 낮입니다! 어서 모습을 바꾸세요!"

금방이라도 사람으로 돌아올 것만 같았다. 그러면 나를 죽이거나 더 나쁜 일이 벌어질 판이었다. 부하들은 이제 그가 늑대 인간임을 알았다. 하지만 도망치지 않았다! 바투 말대로 그를 더 존경하면 어쩌지? 내가 졌다! 실패하고 말았다!

고통스러운 실패와 추위에 나는 망토 속으로 기어갔다. 정말 어리석은 짓이었다. 늑대가 나를 알아차리고 만 것이다.

놈의 시선이 나를 향했다. 늑대가 몸을 웅크리더니 으르렁거렸다.

'노래해, 다쉬티! 너의 노래로 녀석을 잡아 둬! 노래해!'

하지만 너무 춥고 겁나서 목소리가 목에 얼음처럼 얼어붙었다. 찍 소리도 낼 수 없었다. 그래서 도망치려고 했는데, 세 발자국도 못 갔다.

늑대가 내 다리를 덮쳤던 것이다. 고통을 느끼기도 전에 '우드득' 하고 부러지는 소리가 났다. 곧 내 얼굴에 대고 늑대가 입을 벌렸는데, 그 고약한 입 냄새에 토할 것만 같았다. 녀석이 덮쳐 와 늑대와 내 머리가 서로 부딪혔을 때, 피 맛이 느껴졌다.

그때 화살 하나가 요상한 휘파람 소리를 내면서 허공을 가르며 날아와, 늑대 등에 꽂혔다. 늑대는 캥 소리를 내더니 뒤를 돌아다보았다. 병사들이 덜덜 떨며 쳐다보았다. 한 병사가 빈 활을 들고 있었다. 실수였을지도 모른다. 어쩌다 손에서 우연히 빠져나갔을지도 모르고. 어쩌면 저 병사에게는 내 나이 또래의 여자 형제나 딸이 있을지도 모르는데, 늑대가 나를 덮치자 가족이 생각났는지도 모른다. 이 모든 게 계략의 신 **언더**의 짓일지도 모른다. 어쨌든 조상님들이여, 저 병사를 보살펴 주소서.

이제 늑대는 목으로 이상한 소리를 내고 있었다. 배고픔과 분노가 섞인 듯한. 늑대는 부하들이 있는 쪽으로 돌아서더니 달려들었다.

"쏘지 마!"

치누아가 소리쳤지만 공포에 질린 병사들은 겁에 질려 화살집을 비우기 시작했다. 소용없는 짓이었다. 늑대는 휙 뛰어오르더니 놀라운 속도로 달려갔다. 그 어느 것도 늑대의 속도에 필적하지 못했다. 화살 한 개가 다리 옆을 스치자, 늑대는 화가 나서 으르렁거리며 휙 하고 뛰어올라서는 두 병사의 목을 덥석 한 입에 물어뜯었다. 그러자 더 많은 화살이 공중으로 날았다. 늑대의 공격은 얼마나 민첩하고 치명적이었던지, 무슨 일이 벌어졌나 파악하기도 전에 대여섯 명의 병사들이 피를 흘리며 쓰러졌다.

늑대가 또 한 명의 병사가 흘린 피에 코를 박고 있을 때, 드디어 화살 하나가 정통으로 꽂혔다. 그리고 또 하나, 또 하나가……. 늑대는 울부짖으며 두 사람을 더 할퀴어 죽였다. 병사들은 늑대에게서 벗어나려고 수도 없이 화살을 쏘며 도망쳤다. 치누아가 뭐라 소리쳤지만, 다른 사람들도 마찬가지였다. 화살이 하나 더 꽂혔다. 하나 더, 또 하나 더. 늑대는 미친 듯이 원을 그리며 달렸다.

늑대는 상처를 많이 입어서 더 이상 사람들을 쫓지 못했다. 그리고 모든 병사들은 늑대가 미치지 못할 정도의 거리를 두고 후퇴한 뒤였다. 그때 끔찍한 늑대의 시선이 나를 발견했다. 나는 간신히 망토를 걸치고 질질 기어가던 중이었다. 일어설 수도 없고 뛸 수도 없었다. 얼마나 힘의 여신 카르텐에게 기도를 드렸는지! 하도 울어 목이 아팠지만, 너무 추워 눈물은 흐르지 않았다.

화살이 잔뜩 꽂힌 늑대가 나에게 뚜벅뚜벅 걸어왔다. 머리는 땅으로 푹 숙인 채, 언제라도 달려들 기세로 잔뜩 긴장하고 있었다. 나는 바스라지는 풀 위에 손을 대고 있는 힘을 다해 다친 다리를 질질 끌며 되도록 빨리 도망치려 했다. 하지만 늑대가 더 빨랐다.

늑대가 훌쩍 뛰어오를 때, 나는 또다시 큰 소리로 노래를 했다. 단 한 줄이었다. 덜덜 떨리는 단 한 가락이었다. 내 뺨에서 한 뼘 정도의 거리를 두고 늑대가 입을 떡떡 벌렸다. 피 냄새가 나는 침이 튀었다. 나는 숨을 쉴 수도, 노래를 부를 수도 없었다. 늑대의 입이 내 목으로 향했다. 하지만 내 목을 덥석 물기 전에 늑대는 풀썩 쓰러지고 말았다. 결국 화살을 이겨 낼 수 없었던 모양이다. 놈은 내 몸 위로 쓰러진 채, 다시는 움직이지 않았다.

나는 꼭 죽는 줄만 알았다. 뜨거운 진통이 발목에서 느껴지는가 싶더니 어느새 머리까지 울리듯 아파 왔다. 늑대의 시체에 눌려 땅바닥에서 꼼짝도 못하는 사이, 개미 떼만큼 많은 성난 병사들이 나를 에워쌌다. 분노와 슬픔으로 가득 찬 치누아가 달려와 자기네 왕이 죽었는지 확인하려고 늑대 시체를 쿡 찔러 보았다. 나는 있는 힘껏 늑대 시체를 밀어제쳤다. 시체는 약간 오른쪽으로 움직였지만 얼마나 무거웠던지 내 다리 위에 얹힌 부분은 꼼짝도 하지 않았다.

그러는 내내 내 심장 소리 외에는 아무 소리도 들리지 않았다.

나는 다시 머리를 젖히고 영원한 푸른 하늘을 올려다보았다. 아침이었다. 어떤 곳은 노란색을, 또 어떤 곳은 부드러운 푸른색을 띠고 있었다. 작은 구름 하나가 흘러가고 있었다. 이 아래에서는 죽음과 혼란, 고통이 가득한데 저 위 하늘은 어떻게 저리 평화롭고 아름다운 푸른색을 띤 채 잔잔할까? 언젠가 무당이 한 말이 생각났다. 조상님들은 우리 영혼이 저 푸른 하늘처럼 되기를 바란다는 말이었다.

나는 하늘에게 빌었다.

'제가 여기 있습니다. 조상님들이 저에게 준 재능으로 복수했습니다. 당신은 다 보셨습니다. 이 모든 것 위에 계시는 분이여, 태양과 성산, 조상님들이여. 이제 당신에게 엎드립니다. 만약 저를 엄마와 만날 수 있는 곳으로 보내 주신다면 언제라도 갈 준비가 되어 있습니다. 제발 우리 공주님을 돌보아 주소서. 그리고 테거스 님도.'

그러고는 죽을 각오를 하고 눈을 감았다. 하지만 나는 아직 살아서 이렇게 일기를 쓰고 있다. 오늘 **언더** 신이 내 기도를 들어주셨다. 하지만 내 차례가 언제인지는 아직 가르쳐 주지 않았다.

북소리와 나팔 소리가 들렸다. 도시의 서쪽 성문에서 5백 명이나 되는 병사들이 나오고 있었다. 바투의 지휘 아래, 병사들은 카사의 병사들로부터 안전한 거리를 유지한 채 멈추었다.

바투가 소리쳤다.

"공주님, 괜찮습니까?"

"예."

나는 대답했다. 바투는 대답을 듣고 싶어 할 테고, 나는 여전히 살아 있다. 그러니 괜찮다는 말도 틀리진 않았다.

바투는 턱으로 나를 누르고 있던 시체를 가리켰다.

"그게 카사 왕입니까?"

"그랬죠."

"공주님 말씀대로 늑대군요. 공주님의 믿음을 주시하라, **언더**의 벌을 받은 병사들아!"

치누아는 분노로 가득 차 있었다. 일련의 병사들이 앞으로 나와 무기를 들고 치누아 뒤에 섰다.

"조심해야 할 것이다, **에벨라의 노래** 병사들아. 늑대 한 마리 죽였다고 **카르텐** 신의 영광이 패하지는 않는다!"

바투는 어깨를 으쓱이며 대답했다.

"3만의 병사들이 성문 안에 대기 중이다. 자기들의 터전을 되찾기 위해 싸울 준비가 된 사람들이지! 너희 숫자가 더 많다. 하지만 늑대 주인이 죽었으니, 얼마나 많은 수가 나서서 싸울까? 카사 왕이 너희들의 진정한 힘이었다. 만약 지금 떠난다면 혹독한 겨울이 오기 전에 고향으로 돌아갈 수 있을 것이다. 시간을 낭비하지 마라. 무기를 던지고 샤렌 공주님을 무

246

사히 모셔가게 해 다오. 그럼 우리는 너희들의 뒤를 쫓지 않겠다."

이보다 더 많은 이야기가 오간 것 같다. 하지만 나는 다 알아듣지 못했다. 정신 차리고 들으려니 너무 힘들었다. 귀가 얼어붙어 머리에서 떨어져 나간다 해도 놀랍지 않을 것이다. 발은 원래부터 존재하지 않았던 것 같다. 게다가 숨을 내쉴 때마다 날카로운 소리가 났다. 땅바닥에 눌려 있자니 얼마나 추운지, 쿡쿡 쑤시는 것 말곤 아무것도 느껴지지 않았다. 너무 아파 울부짖으며 소리치고 싶었다. 하지만 몸을 전혀 움직일 수 없었기 때문에 그마저도 못했다.

갑자기 발목의 고통이 찌를 듯 아파 왔다. 나는 무슨 일인지도 모르고 비명을 질렀다. 치누아와 다른 두 병사가 늑대 시체를 굴려서 치우던 중이었다. 병사들은 늑대의 시체를 끌고 자기들 진영으로 향했다. 그 뒤를 따라 카사의 병사들이 후퇴했다. 아마 바투 말에 설득된 모양이다.

나는 일어나 앉았다. 하지만 고통이 심해 거의 정신을 잃을 정도였다. 눈앞이 깜깜해 아무것도 보이지 않았다. 나는 초점이 선명해질 때까지 기다렸다. 그러다 늑대의 눈과 마주쳤다. 병사들은 늑대의 뒷다리를 잡고 끌어 가고 있었고, 죽은 녀석은 나를 뚫어져라 쳐다보고 있었다. 죽음으로 인해 야성을 다 잃어버린 듯했다. 두 눈은 차분했고 어딘가 슬퍼 보였다. 그때 나는 늑대의 눈이 영원한 푸른 하늘처럼 파란색을 띠고 있다는 걸 깨달았다. 늑대의 힘을 얻는 대가가 무엇이었는지, 카사 왕은 죽는 순간에라도 깨달았을까? 카사 왕은 영혼을 사막의 무당에게 팔았다. 그러니 이제 성산에도, 조상님의 나라에도 들어갈 수 없으리라. 하지만 그가 택한 길이었다. 마땅히 받아야 할 죗값을 받은 것이다.

"공주님, 저에게 오실 수 있겠습니까?"

치누아와 부하들은 후퇴했지만, 바투는 그들에게 등을 보일 엄두가 나지 않는 것 같았다. 충분히 이해되었다.

나는 고개를 끄덕이고는 왼쪽 발로 일어서서 망토를 꼭 여미었다. 이제는 망토도 따뜻하게 느껴지지 않았다.

어떻게 걸어야 할까? 한 발로 홀짝홀짝 뛰다 보니, 우스꽝스럽게 보이는 것 같았다. 수천 명의 병사들이 쳐다보고 있는데 갓 부화한 새처럼 자신 없게 뒤뚱거리다니…… . 그래서 오른발을 한 번 디뎌 보았는데, 실수였다. 나는 아파서 꺅 소리를 지르며 앞으로 고꾸라졌다.

갑자기 바투의 부하 한 명이 말에서 내리더니 내게로 달려왔다. 그는 내 무릎 아래로 손을 넣어 나를 들어 안은 다음, 말로 돌아갔다. 그러고는 고양이만큼 가볍다는 듯 나를 번쩍 들어 안장에 앉혔다. 병사의 얼굴은 챙에 털이 달린 긴 모자에 푹 가려 있었다. 그는 자기 암말 옆에서 잠시 멈췄다. 마치 옆구리가 아픈 듯 몸을 숙이며. 남자는 안장으로 올라타며 끙 신음 소리를 냈지만, 나를 자기 무릎 위로 앉히고는 한 팔을 내 무릎 아래에 대어 말의 움직임에 영향받지 않게 했다. 나머지 팔로는 내 허리를 감싸 안아, 나를 떨어지지 않게 하면서 동시에 몸을 녹여 주었고.

"마마!"

나는 도시를 향해 말을 타고 가면서 그렇게 불렀다.

말이 펄쩍펄쩍 달릴 때마다 발목이 흔들렸다. 끙끙 신음 소리가 절로 났다. 계속 칼에 찔리는 느낌이었다.

테거스 님이 나를 꼭 끌어안았다.

"성문 안으로 들어가 적들의 화살이 닿지 않게 되면, 말에게 아주 편안하고 부드럽게 걸으라고 하겠소. 조금만 더 가면 되오. 조금만 참아요."

"전 괜찮아요."

나는 아프지 않은 척했다. 눈물이 두 뺨으로 흘러내렸다. 너무 추워 망치가 두들기듯 이가 딱딱 소리를 내며 부딪쳤다.

"저는 하루 종일이라도…… 말을 타고 갈 수 있어요……. 버섯이라도 캐러 갈까요?"

"정말 좋은 생각이군. 나도 가고 싶지만 멍청한 사람하고 돌아다니면 창피할 것 같아서 말이요. 공주, 오늘 아침에 또 신발 신는 걸 잊었소? 어머니가 보시면 뭐라고 하시겠소?"

"전 그저…… 내 발목이 당신 발목보다 튼튼한지 아닌지…… 카사 왕의 의견을 듣고 싶었어요."

"그래, 뭐라고 합디까?"

"별로…… 내 발목이 마음에 들지 않았나 봐요. 엎어지면서…… 내 발목을 부러뜨린 것을 보면……."

"몹쓸 사람이네."

내 고통을 잊게 해 주려는 듯 테거스 님도 가볍게 받아넘겼다.

"부러뜨릴 것까지는 없었는데. 발목이 마음에 안 든다는 걸 더 좋은 방법으로 알릴 수도 있었을 텐데."

"그러게 말이에요……. 나도 그렇게 생각해요. 그 사람은 늘…… 예의가…… 없어요."

테거스 님은 나를 꼭 끌어안았다.

"이제 당신은 나랑 결혼해야 하오."

"하지만…… 저는……."

"당신은 카사 왕을 해치웠소. 나의 병도 고쳐 주었고. 그리고 당신의 발목은 완벽하다오. 우리가 실랑이를 벌일 문제도 아니지만!"

"예, 언제나처럼…… 당신 말은 늘 옳아요."

테거스 님은 뺨을 내 뺨에 갖다 댔다. 그러고는 나를 더 꼭 끌어안았다. 그 따뜻함이 너무 좋았다. 내 살이 테거스 님의 살갗에 닿았다. 테거스 님이 내 목과 귀 뒤에 입을 맞추었다. 그리고 짧게 입술에 키스했다.

그러니 나는 동의한 셈이다. 칸 테거스 님과 결혼하겠다고 말이다. 샤렌 공주라는 신분으로……. 조상님들이여, 제 머리가 발처럼 마비되어 정신이 나갔나 봅니다.

지금 나는 비단과 털가죽이 가득 찬 방에 있다. 방 양쪽 끝에 모닥불이 피워져 있고 세 개의 커다란 유리창이 있으며, 부어오른 내 발목엔 부드러운 천에 싼 얼음이 올려져 있고 밑에는 베개가 받쳐져 있다. 그리고 모든 사람들이 나를 '샤렌 공주님'이라고 부른다.

따뜻해지니까 바늘로 찌르는 듯한 고통은 사라졌다. 나는 부엌으로 가서 공주님에게 말해야 한다. 칸님이 공주님과 결혼하고 싶어 한다고.

이제 공주님이 누구인지 밝혀야 할 때였다. 그리고 내가 공주가 아니라는 것도.

내일 내려가야지.

165일째

쉬리아가 오늘 아침 미소 띤 얼굴로 나를 보러 왔다. 대신들은 샤렌 공주님과 칸 테거스 님의 혼약이, 비록 공주님의 아버지에게 인정받지는 못했지만 아버지는 돌아가시고 안 계시니 문제 될 것이 없고, 이 약혼이 먼저이므로 바챠 여왕이 아니라 샤렌 공주님에게 우선권이 있다고 했다.

쉬리아가 말했다.

"한 나라를 통치하는 여왕이 또 다른 나라의 통치자와 결혼하는 건 복잡한 일이죠. 보통은 나이 어린 형제에게 나라를 넘겨야 하는데, 카사 왕과의 전쟁이 끝났으니 바챠 여왕의 측근들은 오히려 이 상황에 안심하는 듯하더군요."

쉬리아는 뭔가 숨기고 있는 것 같았다. 그래서 내가 물었다.

"바챠 여왕은 이 소식을 어떻게 받아들이고 있어요?"

쉬리아는 인상을 쓰면서 내 뺨을 톡톡 다독거렸다.

"걱정하지 마세요. 자존심이 상했을지는 모르지만 대신들이 결정했으니 아무 문제도 일으키지 않을 거예요. 이제 결혼하실 일만 남았어요."

쉬리아는 칸 테거스 님이 보낸 쪽지를 전해 주더니 내가 읽을 수 있게 자리를 떴다.

우리는 5년간 약혼한 상태이니 더 이상 기다릴 필요가 없을 것 같소. 아흐레 뒤에 혼인을 하려 하오. 이제 날짜가 확정되었으니 결혼식 날까지 나는 더 이상 당신을 보러 갈 수 없을 것 같소. 그러잖으면 불운이 올 거라고 해서 말이오. 또한 당신이 서두른다고 거절할지도 몰라서라오. 미루고 싶다면 당신을 설득하러 바투를 보내겠소. 바투는 설득에 소질이 있다오. 발목을 잘 보살펴요. 무도회가 있을 테니.

테거스

이게 다 현실이구나. 정말 일이 벌어졌어. 이제 난 어떻게 하지…….

나는 두 개의 막대기를 짚고 깡충거리며 샤렌 공주님을 찾으러 방에서 나갔다. 마침 테거스 님이 복도를 걸어오고 계셨다. 테거스 님은 나를 보고 걸음을 멈추더니, 우리 둘 밖에 없는지 확인하고 후다닥 달려와 나를 들어 안고 모퉁이로 데려가 키스했다. 아주 오랫동안. 지팡이가 떨어졌다. 나는 팔로 테거스 님의 목을 끌어안았다. 온몸이 녹는 것 같았다. 테거스 님이 나를 안고 있는 동안, 나는 내 신분을 밝혀야 한다는 것, 내가 그저 다쉬티라는 사실을 그분이 모른다는 걸 잊었다. 어떻게 잊을 수 있지? 하지만 나는 다 잊었다. 영원히 기억할 수 없기를 바라기도 했다.

이윽고 테거스 님이 말했다.

"당신에게 보여 주고 싶은 게 있소."

그러더니 허리춤에서 내게 너무도 친숙한 파란색 셔츠를 꺼냈다.

"제가 드린 거네요."

"나는 당신의 체취가 사라질 때까지 늘 이 셔츠를 몸에 지니고 있었다오. 다친 내 다리를 보살펴 줄 노래를 부르기 위해 당신이 왔던 첫날 알아차렸어야 했는데, 내가 기억하고 있어야 했는데……."

테거스 님은 뺨을 내 뺨에 갖다 댔다. 그리고 내 목에 대고 깊게 숨을 들이마셨다. 나는 눈을 감았다. 따뜻하고 갈색 계피 향이 나는 그의 체취

252

를 기억하려 애쓰며. 다시는 그 향을 맡지 못할 테니까.

"당신의 셔츠를 받아 주겠소? 그리고 나를 위해 입어 주겠소? 당신의 살에 닿으면 당신 체취가 다시 묻을 테니."

나는 기어 들어가는 목소리로 대답했다.

"예, 마마."

"몸종은 있소? 적당한 아이를 찾아 드릴까?"

"아니요, 몸종은 두지 않는 게 좋을 것 같아요. 괜찮아요."

"정말이오? 몸은 괜찮아졌소?"

테거스 님이 내 팔을 문질렀다.

"예, 그래요. 괜찮아요, 정말이에요. 사실 무척 좋아요."

그 순간만은 진짜로 정말 좋았다.

"그렇군."

테거스 님도 인정했다. 그러더니 다시 키스를 했다. 마치 내 입술이 설탕 묻힌 과일보다 더 달콤하다는 듯……

"아무에게도 말하지 말아요. 대신들은 내가 결혼식 날 전까지는 당신을 보면 안 된다고 했다오. 그들이 얼마나 고집스럽게 전통을 지키는지 당신도 잘 알지 않소."

테거스 님은 나를 살며시 내려놓더니 지팡이를 주워 주고는 서둘러 자리를 떴다.

나는 방으로 돌아와 혼자 앉았다. 지금은 샤렌 공주님을 보러 갈 수가 없다. 울음을 그치기 전까지는.

혹에

부엌으로 가다가 바챠 여왕의 방 앞을 지나게 되었다. 문이 열려 있었다. 겨울에 여행을 하면 불편할 뿐더러 목숨을 잃을 만큼 위험하기도 해서, 여왕은 봄까지 칸님의 궁전에 머물기로 되어 있었다. 생각만 해도 등에 거미가 스멀스멀 기어 다니는 것 같아 손으로 떼어 버리고 싶은 마음이었다. 바챠 여왕과 몸종들이 지나가는 나를 뚫어져라 쳐다보았다. 나는 사냥꾼에 쫓기는 한 마리 영양이 된 기분이었다.

요리장은 샤렌 공주님과 이야기를 나눌 수 있게 해 주었다.

"예, 물론입니다, 공주님."

요리장은 내가 입은 수놓인 노란 옷을 아래위로 훑었다. 며칠 굶은 사람이 신선한 고기를 보는 듯한 표정으로. 샤렌 공주님과 나는 텅 빈 설탕 창고에 들어가, 공주님에게 아주 간단하게 모든 일을 다 설명했다.

"공주님이 시킨 대로 했어요. 내 의무를 다했다고요. 테거스 님도 진심이라는 게 증명되고, 대신들도 공주님에게 유리한 쪽으로 결정 내렸어요. 바챠 여왕과의 혼약은 무효가 되었고, 공주님과의 결혼 날짜가 잡혔어요. 이제 그분에게 공주님이 누구인지 밝히세요."

공주님은 고개를 가로저었다.

"우선 네가 나라고 하면서 결혼해. 그러면 칸님은 절대 마음을 바꾸지 못할 테니까. 일단 샤렌 공주와 맹세를 한 다음에는……."

"하지만 전 공주님이 아니잖아요!"

"나인 척하라니까. 모두 다 이해해 줄 거야."

조상님들이여, 제가 무슨 짓을 한 겁니까? 공주님인 척하면서 테거스

254

님과 결혼하느니, 벌거벗고 한겨울 전쟁터에서 카사 왕과 대적하는 게 낫습니다. 테거스 님이 배신감을 느끼지 않을까요? 누가 내게 조언해 주면 좋으련만, 비밀을 지키겠다고 서약했으니……. 게다가 왕족을 사칭한 게 들통나면 오솔처럼 교수형 당할 텐데. 바챠 여왕이 무슨 짓을 할지 짐작되었다. 아마 산 채로 내장을 도려낼 것이다. 바챠 여왕의 눈을 보자니, 그런 일로 쾌감을 느낄 사람이었다.

이제 나는 방에 돌아와 있다. 여러 시간 동안 성산 쪽을 향해 기도를 드리고 또 드렸다. 칸님의 궁전은 결혼 준비로 시끌벅적하다. 부엌에서 일하는 여자 아이들은 불쌍하게도 더러운 냄비 속에 파묻혀 있겠지.

167일째

오늘 아침 일찍 해결책이 생각났다. 떠나야 한다. 공주님은 나에게 무슨 짓을 시켰는지 당신도 모른다. 그리고 내 힘으로는 공주님을 단념시킬 수가 없다. 조상님들이여, 용서하소서. 결혼 예복을 입을 수는 없다. 더 이상 샤렌 공주님인 척을 해서 칸님과 사랑의 맹세를 할 순 없다. 그러고 나면 공주님을 위해 물러설 수 없을 것 같다. 그런 거짓말은 못한다. 그 다음에 일어날 일을 감당하지 못할 테니.

테거스, 당신을 위해 이 일기장을 두고 갑니다. 그렇게 하면 당신이 모든 사연을 알게 되겠지요. 나를 용서해 줄까요? 아니면 원망할까요? 어느 쪽이든 당신이 옳아요. 당신이 이 글을 읽을 거라는 생각만으로도 참을 수가 없군요. 다시는 당신을 만나지 않기를 바랍니다. 그러니 제발 저를 찾지 마세요. 일기를 다 읽으면 누가 샤렌 공주님인지, 당신이 해 준

말까지 다 적어 놓은 이 어리석은 아이가 누구인지 알게 될 것입니다.

제발 부탁이온데, 테거스, 샤렌 공주님에게 푸른색 비단을 입혀 주세요. 그리고 공주님의 손을 다시 예쁘게 만들어 주세요. 겨울인데 게르도 없이 떠나 걱정하실지도 모르겠네요. 하지만 저는 유목민 출신이랍니다. 어떻게든 살아낼 거예요. 고마웠어요. 그리고 용서하세요. 걱정도 하지 말고요.

나는 내일 여기를 떠납니다.

169일째

일기를 다시 쓰게 될 거라고는 생각도 못했다. 이제 나는 또 다른 작은 방에 있다. 유리창도 없고 밖에서 잠글 수 있게 자물쇠가 달린. 게다가 지하에 있다. 탑에서 나던 냄새가 난다. 그 냄새를 맡으니 속이 울렁거리고 눈이 침침하며, 온 살갗에 있지도 않은 거미가 기어 다니는 듯 근질근질거린다. 나는 어둠 속에서 긁고 또 긁는다. 이번 주가 지나기 전에 교수형을 당하겠지. 하지만 생각하지 않으려고 애쓰고 있다.

어제 떠날 준비를 하며 너무 늦장을 부렸다. 발목 때문만은 아니고…… 빨리 밖으로 나가 사라져 버렸어야 했는데, 정말 어리석었다. 지금은 슬프다. 식량이 다 떨어졌을 때의 슬픔, 외로운 슬픔, 후회스러운 슬픔. 칸 테거스 님을 다시는 보지 않기를 바랐는데, 지금은 매 순간 그가 문을 열고 나타나 주기를 기다린다. 왜?

어제 나는 아침 일찍 내 방에서 살금살금 나가고 있었다. 테거스 님이 나에게 돌려준 파란색 셔츠를 입고 낡은 모직 치마에 양가죽 망토를 두르고. 급하게 서두르다 장갑을 잊었었다. 바챠 여왕의 방 앞을 지날 때 문이 열려 있었다. 여왕은 내가 걸어가는 것을 유심히 살피고 있었는데.

나는 그때 거리에 있는 피난민들 사이로 숨어 들어가야지 하는 생각뿐이었다. 7년 동안 몸종으로 일하겠다고 맹세하면 누군가는 나를 받아줄 테지. 돌아오는 봄에 **에벨라의 노래**를 떠나는 사람들을 만났으면. 그러면 이 도시에서 사라질 수 있을 테니.

나의 실수는 부엌에 들른 일이었다. 샤렌 공주님께 자초지종을 설명하고 퀘차와 갤에게 작별 인사를 해야겠다는 생각에. 두 아이가 냄비를 닦는 동안, 살짝 옆으로 가 냄비를 닦으며 속삭였다.

"왜 내가 거짓말을 했는지 지금은 말할 수 없지만 이제 곧 너희들 귀에도 소문이 들려올 거야."

둘 모두 내가 떠나는 걸 아쉬워했지만, 굳이 사정을 알려 들지는 않았다. 나만큼 퀘차도 날 그리워하겠지. 불쌍한 갤! 몹시 마음 상해했다.

"언니가 항상 귀족이었으면 했어. 그래서 칸님의 부인이 되면 좋겠다고 말이야. 만약 언니 이야기가 사실이 아니라면, 흠. 그럼 어떻게 그 같은 일이 일어났겠어?"

갤은 자기 가족을 떠올리는 것 같았다. 만약 가족이 살아서 **에벨라의 노래**로 찾아온다면…….

"만약 가족들이 너를 찾아온다 해도, 봄이 되어야 할 거야."

그보다 더 나은 답이 생각나지 않았다.

우리 공주님은 내 말을 좋은 마음으로 받아들이지 않았다. 텅 빈 설탕 창고에 들어가자 공주님이 소리를 지르기 시작해, 나는 문을 닫았다.

"내가 있으라고 명령했지? 내 이름으로 결혼하라고 했잖아. 신성한 아홉 신을 두고 내가 시키는 대로 해!"

이상하게도 공주님 말씀이 더 이상 대단하게 들리지 않았다. 잘못된 생각인지는 몰라도, 내가 유목민이고 공주님이 왕족이라고 꼭 공주님이 시키는 대로 할 필요는 없잖아? 그래서 혼자 미소를 지었다. 만약 지금 탑에 갇혀 있는데, 검은 장갑을 낀 카사 왕이 나타나서 때릴 테니 손을 내놓으라고 한다면, 가서 네 손이나 후려치라고 말할 수 있을 것 같았다.

"아니요, 공주님. 지금까지 저는 공주님 곁에서 제 의무를 다하려고 했어요. 하지만 이번만큼은 해 드릴 수가 없네요."

내가 이렇게 당당하게 말하자 공주님이 내 뺨을 때렸다. 공주님도 아버지나 바챠 여왕과 다를 게 없었다. 나는 웃지 않았다. 그냥 천천히 일어섰다. 공주님 눈이 휘둥그레졌다. 내가 맞받아칠까 봐 겁이 났던 모양이다. 물론 그렇게 하고 싶은 마음은 굴뚝 같았지만……

"죄송해요, 공주님. 어쨌든 고양이가 저보다 더 좋은 친구가 되어 드리고 있잖아요."

공주님은 울지 않았지만 턱이 파르르 떨리고 있었다.

"나를 버리지 마, 다쉬티. 모두 나를 버렸어. 하지만 너는 그러지 않았잖아. 결코 나를 버리지 않았잖아."

그 말이 내 가슴에 꽂혔다. 길 잃은 불쌍한 어린 양. 너무나 가냘파서 바람에도 휘날릴 것 같은 사람.

"오, 샤렌 공주님."

나는 다시 앉았다. 공주님은 내 어깨에 머리를 기댔다. 나를 때리고 명령하던 사람은 어느새 간 데 없었다.

"공주님을 데려갈 수도 있어요. 하지만 유목민처럼 사는 것보다 여기서 사시는 게 훨씬 나을 거예요. 칸 테거스 님은 좋은 분이에요. 남자 중의 남자죠. 그 누구보다도 훌륭하시고요. 그분이 잘 돌보아 주실 거예요."

나는 공주님의 손을 잡고 미소를 지으면서 자신했다. 나는 늘 바랐던 대로 우리 엄마처럼 씩씩한 유목민이 된 것 같았다.

"요 근래 아주 잘해 내고 계셔요. 제가 없어도 꿋꿋하게 잘 견디실 거예요. 지금이 바로 그때예요, 샤렌 공주님. 용감해져야 할 기회라고요. 일어서세요. 공주님이 누구인지 당당하게 밝히세요. 그렇게 하실 거죠?"

공주님은 망설였다.

"응. 생각해 볼게."

나는 떠났다. 그런데 곧장 떠났어야 했다. 모자 속에 얼룩덜룩한 얼굴을 감추고 도시 속으로 사라져 버려야 했다. 하지만 머커에게 작별 인사를 하느라 늦고 만 것이다. 바보, 바보, 바보. 야크는 작별 인사 없이도 잘 있을 텐데. 이제는 내가 괜찮지 못하다.

마구간에 들렀다 나오는데 바챠 여왕이 부엌 옆 뜰에 와 있었다. 세 명의 몸종과 **리스의 사랑하는 사람들** 출신의 수십 명의 병사들을 대동하고서. 오른손에는 바로 이 일기장을 들고 있었다.

나는 도망쳤다. 땅에는 얼음이 두껍게 얼어 있었다. 고함 소리가 들렸다. 나는 돌아보지 않고 서둘러 성문으로 달려갔다. 성문에 거의 다다랐을 무렵 지팡이가 미끄러졌고, 나는 휘청거리며 쓰러졌다. 땅바닥에 눕는 꼴로. 눈을 뜨니 **리스의 사랑하는 사람들**의 병사들이 나를 에워싸고 있었다.

나는 비명을 질렀다. 어쩔 수가 없었다. 여러 사람이 팔이며 다리를 잡아서 뜰 중앙의 작업대로 데려갔는데, 부러진 발목에 대한 배려는 전혀 없었다. 한 사람이 칼을 들고 있었다. 나는 더 크게 비명을 지르면서 성한 다리로 발버둥을 쳤다. 정원에서 일하던 모든 사람들이 쳐다보았지만, 아무도 바챠 여왕을 말리러 나서지 않았다.

여자 아이들이 망토도 걸치지 않고 부엌에서 나왔다. 무슨 소동이 벌어졌는지 궁금했나 보다. 병사들 손에 붙잡힌 사람이 나라는 것을 알고는 다들 앞으로 달려 나왔다. 샤렌 공주님만 예외였다. 공주님은 도로 안으로 들어갔다.

요리장은 부엌칼을 들고 나와 소리쳤다

"아니, 무슨 짓들이요? 샤렌 공주님을 내려놓으시오, 이런 배은망덕한 야만인들 같으니!"

바챠 여왕은 모여 있던 사람들이 다 듣도록 크게 외쳤다.

"이 아이는 샤렌 공주가 아니오! 유목민 출신 몸종 다쉬티라오. 그렇지 않느냐?"

꼭 거짓말을 해야 할 때가 있다면, 딱 그때였을 것이다. 하지만 영원한 푸른 하늘 아래여서, 그럴 수가 없었다. 내가 가만히 있자 요리장은 이맛살을 찌푸렸다. 그리고선 한 걸음 물러섰다.

바챠 여왕은 의기양양했다.

"조상님들이 오래전 정하신 법에 따라, 나는 나의 정당한 혼약을 방해하는 자의 목숨을 취할 권리가 있소. 이 아이는 샤렌 공주가 아니며, 귀족도 아니오. **티토의 정원** 출신의 천한 유목민이오. 이 일기장에 고백해 놓았답니다.”

갤과 퀘차는 내 옆에서 병사들의 소매를 잡아끌고, 어떻게든 내 곁으로 밀고 들어와 있었다. 병사들은 퀘차와 갤을 때리지 않았지만, 밀쳐 내고 팔에서 떼어 냈다. 내 머리는 날짐승의 목을 치는 작업대 위에 얹혀 있었다. 얼룩덜룩하게 피로 붉게 물들고 얼음보다 차가운 작업대 위에. 갑자기 닭들이 한없이 불쌍했다.

병사들이 급기야 갤을 끌어냈다. 이제 나와 칼 사이에는 퀘차만 있었다. 퀘차가 소리쳤다.

“당신들이 이 아이를 함부로 죽일 수는 없는 거예요, 안 그래요?”

갤도 소리쳤다.

“안 돼, 칸님의 대신들이 결정을 내리기 전까지는 안 된다고요!”

병사들은 망설였다. 바챠 여왕은 인상을 썼다. 분명 바챠 여왕도 갤의 말이 옳다는 것을 알고 있었다.

“그렇다면 한쪽 다리라도 잘라 버리도록 해라. 그래야 도망치지 못할 테니.”

여왕의 명령에 병사들은 내 몸을 돌려서 붕대로 감겨 있던 부러진 발목을 작업대 위로 얹었다. 이미 다친 발이니 그래도 괜찮을 거라 생각했나? 나는 멀쩡한 발로 발버둥을 쳤지만, 누군가 내 다리를 힘껏 눌렀다. 소리 지르며 싸우려 해도, 움직일 수가 없었다.

칼이 올라갔다. 나는 칼을 올려다보았다. 푸른 하늘을 배경으로 은색이 번쩍이고 있었다. 얼마나 어리석었던지 나는 그 순간 그저 아름답다는 생각만 했다. 푸른 하늘에 은색이라.

칼날이 내리치기를 기다리면서 나는 숨을 쉬지 않았다. 고개 숙이지도 않았다. 피를 보고 싶지 않았으니까. 발목에서 끊어져 버릴 다리도 보고 싶지 않았고. 그래서 계속 위만 쳐다보며 파란색에 은색, 파란색에 은색, 그 생각만 했다.

여자 아이들의 비명 소리가 뚝 그치자, 그제야 아이들이 소리를 지르고 있었음을 깨달았다. 칼이 파르르 흔들리긴 했어도 내려오진 않았다. 갑자기 나를 붙잡던 손들이 풀려, 나는 바닥에 쿵 하고 떨어졌다. 발가락을 꼼지락거렸다. 열 개가 모두 무사했다.

칸 테거스 님이 숨을 헐떡이며 내 옆에 웅크린 채 앉아 있었다. 그 뒤로 샤렌 공주님이 달려서인지 두 뺨이 발갛게 달아오른 채로 서 있었다.

공주님은 자랑스러운지 마치 수탉처럼 크게 말했다.

"내가 모셔 왔어. 내가 찾아서 모셔 왔다고! 다쉬티, 나 용감하지!"

테거스 님은 양손으로 내 손을 모아 잡았다. 그분의 숨결이 내 얼굴을 감쌌다. 테거스 님은 마치 우리가 둘만 있는 것처럼 말했다.

"이런 세상에, 당신 손이 차갑군. 처음에는 장화도 신지 않고 전쟁터에 나가더니 이젠 발목이 도마에 얹혀 있구려. 장갑도 끼지 않고 맨손으로 말이요."

"안녕하세요?"

그게 내가 대답할 수 있는 전부였다.

"다쳤소?"

테거스 님이 물었다. 다정한 목소리였지만 화가 나 있다는 걸 감지할 수 있었다. 물론 나에게 화난 건 아니었지만, 곧 내게 화를 내시겠지.

내가 대답했다.

"아직 살아 있어요. 두 다리 다 멀쩡하고요."

이상하게 테거스 님과 같이 있으면, 테거스 님이 나를 바라보거나 만질 때는 세상에 둘만 있는 듯한 느낌이 든다. 방에 많은 사람들이 있어도 말이다. 그 순간도 그랬다. 그의 하얀 입김과 나의 입김이 서로 섞이고 그의 커다란 손이 내 손을 따뜻하게 녹여 주려고 하는 순간이라면 더더욱.

그때 바챠 여왕이 소리 높여 말했다. 당연한 일이었다.

"마마, 저 아이는 샤렌 공주가 아닙니다!"

테거스 님은 내가 바로 서도록 도와주었다. 나는 한쪽 다리로만 디디고 있어 휘청거렸다. 그래서 테거스 님은 팔로 내 허리를 감싸 주셨다. 큰 소리로 자초지종을 설명하고 비난하는 말이 또 시작됐다. 하지만 내게는 하나도 제대로 들리지 않았다. 여전히 작업대에 머리가 짓눌린 느낌인데다, 모든 사람들이 한꺼번에 소리치는데다, 나는 테거스 님만 바라보고 있었으니까. 분노와 의심의 주름살이 테거스 님 이마에 생기는 게 보였다. 언제 이분이 내 손을 뿌리치실까? 머리가 터져 버릴 것만 같다.

"이제 그만!"

테거스 님이 버럭 소리치더니 나를 돌아다보고 물었다.

"바챠 여왕이 읽은 내용이 다 사실이오?"

나는 되도록 간단하게 대답했다.

"저는 다쉬티입니다."

결국 모든 게 끝날 테니, 더 이상은 거짓말을 하고 싶지 않았다.

"저는 샤렌 공주가 아닙니다. 그저 유목민 출신 몸종일 뿐이랍니다."

지금 당장 샤렌 공주님이 누구라고 밝히지는 않을 생각이었다. 바챠 여왕이 누군가의 목을 베고 싶어 안달인 상황이니 말이다.

테거스 님은 바챠 여왕에게 내 일기장을 달라고 하셨다. 바챠 여왕은 내 일기장을 꼭 쥐고 주지 않으려 했다.

테거스 님은 조용히 말했다.

"바챠 여왕, 남의 물건을 훔치는 일은 중대한 죄요."

바챠 여왕이 애써 아무렇지도 않다는 표정을 지으며 테거스 님께 일기장을 건넸다. 테거스 님은 일기장을 내 손에 쥐어 주고 속삭이셨다.

"꼭 지니고 있도록 하오."

그러더니 드디어 내 허리에 두르고 있던 팔을 푸셨다. 테거스 님이 한 걸음 뒤로 물러서자 나는 덜덜 떨었다. 갑자기 온몸이 얼어붙는 느낌이었다. 전쟁터에서 벌거벗고 카사 왕을 마주했을 때보다 지금이 훨씬 춥게 느껴지는 건 참 희한한 일이었다.

테거스 님이 나를 놓자 병사들이 나를 데려와 여기에 가두었다. 나는 하나밖에 없는 촛불을 쳐다보고 있다. 다른 곳을 볼 수 없어서.

오늘 저녁 쉬리아가 식사를 갖다 주며, 말털 담요와 먹과 붓을 갖다 주었다. 아무 말 하지 않았지만, 나가면서 내 뺨을 어루만졌다. 이 일기장에서 빈 종이를 찢어 테거스 님께 지금까지의 일을 적어서 보낼까도 생각했는데, 썼다 지웠다를 반복하다가 포기해 버리고 말았다. 모든 말이 거짓 같아서. 완전한 진실을 말할 수는 없었다. 공주님을 위한 의무에서만 그렇게 행동한 게 아니니까. 어떻게 내 셔츠를 드리게 되었는지도 솔직하게 털어놓을 수 없었고. 마음속으로 얼마나 그분의 여자가 되고 싶어 했는지……. 단 한순간만이라도 좋으니…….

그만 해, 다쉬티. 이제 아무 소용없어.

내 무거운 삶은 이제 가느다란 줄에 매달려 있었다. 죽여 달라던 샤렌 공주님을 이해한 적도 있었지만 지금은 아니다. 나는 살고 싶다. 조상님들이여, 제발. 저는 살고 싶습니다.

여긴 정말 춥다.

170일째

테거스 님이 오늘 아침에 찾아오셔서, 모든 게 사실이냐고 물었다.

"예."

내 대답에 테거스 님은 쿵 소리를 내더니 방 안을 서성였다. 나는 더 설명하지 않았다. 언젠가 일이 여기까지 오게 될 거라고 늘 예상하고 있었는지도 모른다. 지금 와서 바꾸려고 하는 건 초원에 불어오는 바람을 막으려는 일과 같다. '공주님이 시켜서'라는 변명은 너무나 구차하고. 공주님이 명령하시긴 했지만, 시키는 대로 한 건 내 결정이었다.

"바챠 여왕은 피를 볼 수 있다는 자기 권리를 내세우고 있소. 혼약을 중시하는 건 이 도시의 역사만큼이나 오래된 관습이오. 법은 아주 가혹하다오. 내 측근들은 여왕의 주장에도 일리가 있다고 생각하오……. 다쉬티, 나는 어떻게 해야 할지 모르겠소."

"샤렌 공주님과 이야기해 보셨나요?"

테거스 님이 나를 날카로운 시선으로 쳐다보았다.

"그 여자가 샤렌 공주요? 그렇다고 주장하긴 했는데, 나는 조용히 부엌에 숨어 있으라고 했소. 바챠 여왕에게 새로운 표적을 줄 필요는 없으니까."

"만약 죽어야만 한다면……."

나는 떨리는 걸 보여 주기 싫어서 손을 깔고 앉았다.

"저 때문에 마음 상하지 마세요. 조상님 나라에 엄마가 계셔요. 아마 엄마가 노래를 부르며 저를 받아 주실 거예요. 전 괜찮아요."

사실은 그런 말을 하고 싶지 않았다. 무릎을 꿇고 계속 살게 해 달라고 빌고 싶었다. 하지만 테거스 님의 마음을 아프게 하는 건 싫었다. 아무래도 내 말이 테거스 님을 편안하게 해 주진 못했나 보다. 테거스 님은 얼굴을 손에 묻고 한참 동안 천천히 숨을 몰아쉬었다. 하고 싶은 대로 했다면 우셨을까? 나를 위해서? 정말 얼마나 허황된 생각인가!

"당신은 우리의 영웅이오."

테거스 님은 손을 떨구더니 말했다.

"혼자 용감하게 나가 카사 왕을 쓰러뜨렸소. 하지만 바챠 여왕이 당신이 거짓으로 왕족 행세를 했다는 것을 모두에게 알렸으니……."

테거스 님은 내 옆에 앉아 잠시 조용히 입을 다물었다. 테거스 님이 다시 입을 뗄 때까지 나는 그분의 손만 내려다보았다.

"샤렌 공주의 아버지가 **에벨라의 노래**를 방문했었을 때 나는 여덟 살이었소. 연회장에서 아버님이 나를 가까이 잡아당기더니 거의 놀리는 말투로, '저분에게 딸이 하나 있는데 이름이 샤렌이라고 하는구나. 언젠가 그 아이와 결혼하게 될지도 모른다, 알겠지?' 라고 하셨소. 그러고는 열네 살이 되었을 때 그녀의 첫 번째 편지를 받았다오. 아주 오랫동안 그녀를 마음속에 두고 있어서인지 이상하지 않았소."

"그때부터 공주님과 결혼하실 생각이셨군요."

테거스 님은 어깨를 으쓱였다.

"편지는 일종의 놀이였소. 난 어렸었고, 사랑이라는 놀이를 하는 것처럼 느꼈었소. 나는 사람들이 말로 어떻게 구애하나 배우고 싶어 시를 읽었지만 비참하게도 성공하지는 못했다오. 하지만 새로운 편지를 기다리는 일이나 아버지에게 숨기는 일은 흥미로웠지. 우리는 몇 년간 그렇게 편지를 주고받았고, 아버님은 나의 배우자를 정해 주지 않고 돌아가셨다오. 그래서 막연히 샤렌 공주와 결혼하게 될 거라 생각했던 거요. 공주님의 편지를 다시 읽어 보니 그저 단순한 유머나 사는 이야기뿐이었소. 사실, 나는 두려웠던 것 같소. 그러다 탑 이야기를 들었던 거요.

책임감도 느껴졌지만, 만나는 게 두렵기도 했소. 당신이었지, 그렇지? 탑에서 나에게 말한 사람이."

나는 고개를 끄덕였다. 그의 이야기에 매료되어 아무 소리도 내고 싶지 않았다.

"물론 당신이었을 거야. 당신을 그곳에 버려두지 말았어야 했는데……. **티토의 정원**과 **언더의 생각**과의 전쟁도 감수했어야만 했는데.

어차피 전쟁하게 되었을 거라면 말이오. 탑에서 샤렌 공주님, 아니, 당신과 이야기를 나눈 다음엔 그저 경이로움 그 자체였소. 그제야 모든 게 제대로 돌아가는 느낌이었다오."

테거스 님은 미소를 지었다.

"그런 다음 당신을 다쉬티로 만났지. 당신이 샤렌 공주라고 밝힌 날 또한 뭔가 제대로 되어 가는 느낌이었소. 그리고 모든 게 정말 잘 되었다고 생각했었는데…… 세상에……. 모든 게 다 거짓이라니. 당신이 탑에 있던 샤렌 공주도 아니고, 카사 왕과 대적한 당신이 샤렌 공주가 아니라니. 지금도 아니고 앞으로도 그렇게 되지 않는다니! 질서 대신은 당신을 교수형에 처해야 한다고 주장하고 있소."

나도 그렇게 될 거라고 예상했다. 하지만 직접 들으니 너무 가슴 아팠다. 테거스 님은 다시 얼굴을 문질렀다.

"다쉬티, 난 어떻게 해야 할지 모르겠소. 나를 위해 노래를 불러 주겠소?"

그래서 나는 생각을 명쾌하게 해 주는 노래를 불렀다. 한참 후, 테거스 님은 나와 함께 등을 벽에 기대고 머리를 맞댄 채, 같이 노래를 흥얼거리며 따라 불렀다. 지금에 와 생각하니 참 이상하다. 조금 있으면 죽게 될 내가 그를 위로하다니. 하지만 그 순간만은 그렇게 해야 할 것 같았다. 평화로운 시간이었다. 나에게도 생각할 여유를 주었다. 우리는 한때 혼인을 약속했던 사이였다. 운명의 장난처럼 느꼈었지만 테거스 님은 내가 그의 신부가 될 거라고 진심으로 믿었던 것이다. 그 생각은 한 번도 해 보지 못했었다. 테거스 님은 유목민의 손을 잡고 얼룩덜룩한 반점이 있는 내 얼굴을 보면서도 우리가 결혼할 거라고 믿었던 거다. 게다가 한 번도 후회하지 않으셨던 모양이다. 복도에서 나를 휙 들어 안고 키스도 하셨으니…….

눈물이 나왔다. 테거스 님은 똑바로 앉아 얼룩덜룩한 내 손을 잡고는 자기 입술로 가져갔다.

"다쉬티, 다쉬티. 미안하오."

그는 내 머리카락을 쓸어 넘기더니 자기 이마를 내 이마에 갖다 대고 말했다.

"다쉬티, 정말 미안하오. 들어 봐요, 아직 아무것도 결정되지 않았소. 대신들이 당신을 살리는 쪽으로 투표할 수도 있소. 형이 감해지면 추방되는 정도로 끝날 수도 있소."

하늘이 잘 알겠지만 그때 하마터면 내 생각을 큰 소리로 내뱉을 뻔했다. '혼자가 된다면 사는 게 별 의미 없어요. 당신을 두고 떠나면 사는 게 무슨 의미겠어요?'라고. 어리석은 생각일까? 하지만 진심이었다. 정말 이렇게 말하고 싶었다.

'테거스, 당신보다 더 좋은 사람은 결코 만날 수 없을 거예요. 초원에서건, 다른 도시에서건, 여덟 나라를 다 뒤져도요. 저는 7년 동안의 식량보다 당신이 소중해요, 유리창보다도, 하늘보다도.'

하지만 그렇게 말할 수 없었다. 나는 입을 다물어야만 했다. 그래서 그분께 다른 걸 드리려고 했다.

"이걸 가지세요. 제게 소중한 건 이 일기장뿐이랍니다."

"아직 없애 버리지 않았소? 없애 버리라고 돌려준 건데. 당신에게 가장 불리한 증거물이라서 말이오."

테거스 님은 일기장을 도로 내 손에 쥐어 주고는 일어섰다. 문을 통해 나가기 전에 돌아서더니 다시 사과하셨다.

"미안하오, 다쉬티."

다시는 볼 수 없는 사람이라는 생각이 들었다.

그분이 떠난 다음 나는 바닥에 앉아 오랫동안 문만 바라다보았다. 아주 오랫동안……. 나는 움직이고 싶지 않았다. 하지만 결국 테거스 님이 말씀하신 걸 적기 위해 일어섰다. 글쓰는 게 그나마 내가 살아 숨 쉬는 마지막 몸부림인 것 같아서. 폭풍이 불어 닥치는 와중에 유리 칼날에 매달린 잠자리가 된 느낌이다. 하지만 놓을 수가 없다. 그럴 수는 없다. 나는 촛불 심지가 길어지면서 불꽃이 흔들리고 굽어지는 모습을 열심히 바라본다. 불빛은 이제 작고 불안정하다. 아마 훅 하면 꺼져 버리겠지. 그래도 심지가 남아 있을 때까지는 꺼지지 않으리라.

갑자기 내 피 속으로 고통스럽게 한기가 밀려들어 온다. 손이 덜덜 떨고 있다. 오솔이 죽기 전날 밤, 이런 느낌이었을까? 죽음을 앞두고 있는 사람들은 이렇게 가슴이 아픈 걸까? 그저 살아 있다는 사실 하나로 이렇게 고통스러울 수 있다니. 그래도 이 고통이 멈추지 않았으면 좋겠다.

171일째

얼마나 길고 추운 밤이었던가. 솔직히 나는 잠을 자지 않고 밤새 울었다. 목이 이상하게 아프다. 유리창도 없어서 시간이 어떻게 흘러가는지 모르지만, 며칠은 지난 것 같다. 쉬리아가 아침을 가지고 왔을 때 이제 겨우 해가 떴다고 했다. 하지만 쉬리아는 치즈와 빵과 함께 새 소식을 가져다주었다.

"부엌에서 대단한 일이 있었어. 한 여자 아이의 가족이 **고다의 두 번째 선물**에서 살아남아 여기까지 왔다는구나. 겨울에 움직이는 게 무척 힘들었을 텐데, 자기 딸을 찾을 때까지 멈추지 않았던 모양이야."

"갤이구나."

미소가 그려졌다. 마치 오래된 친구가 찾아온 느낌이었다.

그 소식을 들으니 마음이 바뀌어 몇 시간째 생각하고 또 생각했다. 유일한 빛은 촛불이고, 담요를 덮고 있어도 뼈가 돌처럼 차갑게 느껴지지만, 가슴속은 경이로움으로 가득 차 있다. 뜨겁게 타오르는 경이로움. 갤의 가족이 살아남아서 갤을 찾아왔다면, 불가능하다고 여겨졌던 바람이 이루어졌다면, 다른 기적도 일어날 수 있지 않을까?

모든 일이 다 잘될 거라는 믿음이 생긴다. 나에게 일어날 최선의 결말이 조금 일찍 조상님들의 나라로 들어가 엄마와 재회하는 것이라면, 그것도 나쁘지 않다. 그건 자랑스러워할 만한 결말이다.

그래서 나는 두 번째 결말을 생각해 보았다. 일기장이 내게 불리한 증거가 되더라도 상관없다. 생각하고 또 생각한 다음, 성산 쪽으로 엎드려 조상님들께 기도드렸다. 이제 남을 속이고 거짓말하는 것에 지쳤다. 테거스 님이 모든 사실을 알면 좋겠다. 그게 나의 끝을 의미한다고 해도……. 그런 종말이 그렇게 나쁠 것 같지 않다. 밤을 이겨 내고 나니, 어느 쪽으로 결정 난다 해도 마음의 평화를 얻을 수 있을 듯했다.

쉬리아가 돌아오면 일기장을 테거스 님께 보내야지. 내 어리석은 생각들을 그분이 읽으신다고 상상하니, 머리 위로 담요를 뒤집어쓰고만 싶다. 그래도, 보낼 것이다. 이제 다 끝났다. 정말 솔직하게 말하자면 그분의 목소리를 탑에서 처음 들었을 때부터 그를 위해 일기를 썼다는 생각이 든다. 그에게. 그러니 이 일기장은 내 것이라기보다는 그의 것이다.

그리고 누가 이 일기를 읽건, 그게 테거스 님이건 쉬리아건 아니면 다른 누구건, 그동안 내가 번 돈을 다 설탕 창고 왼쪽 구석의 빈 설탕 자루 아래 숨겨 두었다는 걸 알리고 싶다. 그 돈을 새로운 삶을 시작하는 갤의 가족에게 주었으면. 동전들이 아무 소용없이 굴러다니는 건, 생각만 해도 안타깝다.

174일째

이 일기장은 늘 주인에게 돌아오는 암말의 영혼을 가지고 있나? 다시 내 손안에 있으니 말이다. 할 말은 많은데 시간이 없으니…….

마지막으로 일기를 쓴 다음, 쉬리아가 자물쇠로 채워진 이곳으로 저녁을 가지고 왔을 때, 일기장을 쉬리아 손에 들려 칸 테거스 님께 전해 달라고 보냈다. 난 아무것도 모른 채 이틀을 기다렸다. 이름도 모르는 부엌 일꾼 하나 외에는 아무도 오지 않았다. 사내아이는 건포도를 넣어 지은 밥과 당근 샐러드, 마실 우유를 가져다주었다. 죄수에게는 고기를 주지 않는다. 그게 법이다.

그 이틀은 탑에서 보낸 이 년만큼이나 길게 느껴졌다. 나는 여기다 내 생각을 적고, 내가 보는 걸 그리면서 외로움을 이겨 내고 걱정을 떨치는 데 익숙해져 있었으니까. 일기장 없이 혼자 지내려니 그 어느 때보다 더 외로웠다. 세상이 나를 삼키는 것만 같았다. 길을 잃고 누군가의 배 속에 들어가 갇혀 버린 것 같았다……. 걱정하지 말자. 생각하지도 말자.

이틀 뒤 쉬리아가 돌아왔다. 나를 보고 이맛살을 찌푸리는 쉬리아의 입술이 겨울철 당근처럼 주름졌다. 쉬리아는 화가 나 있다기보다는 미안해하고 있었다.

"원한다면 기도를 드려라, 다쉬티. 나는 이리로 다시 돌아오지 않을 테니. 너의 운명을 어떻게 결정할지는 모르겠지만, 오늘 실행한다고 하더구나."

그래서 나는 기도를 드렸다. 뭘 위해 기도해야 할지 몰라서, 북쪽을 향해 엎드려 눈을 감고 영원한 푸른 하늘 아래서 살아온 기억을 떠올렸다.

영혼을 가장 높고 푸른 하늘로 채우는 시간이, 어쩌면 이토록 슬프고 겁이 나고 외로울까? 나는 쉬리아에게 만약 내가 교수형에 처해지면 나중에 이 말털 담요로 시체를 덮어 달라고 부탁했다. 많은 위로를 주는 담요였으니까. 쉬리아가 고개를 끄덕였다. 조상님이여, 쉬리아에게 축복을……

계단을 걸어 드넓은 연회장으로 올라갔다. 바챠 여왕이 그곳에 있었다. **에벨라의 노래**를 다스리는 일곱 대신들과 빈 의자 하나, 네 무당, 그리고 샤렌 공주님과 칸 테거스 님이 있었다. 테거스 님까지 오실 줄은 미처 몰랐다. 모두들 나를 보고 인상을 찌푸렸다.

도시를 관장하는 땅딸막하고 눈이 검은 여자 대신이 재판을 주도했다.

"우리는 여기 다쉬티의 운명을 결정지으려 모였습니다. 왕족을 사칭하고 칸님과 혼약을 했던 몸종입니다."

내 죄를 낱낱이 고하는 건 질서 대신의 일이었다. 질서 대신은 아주 조목조목 잘 열거하며 일기장을 손에 들었다. 쉬리아가 칸님에게 전달해 주기 전, 아마 질서 대신의 손에 들어간 모양이었다.

"다쉬티, 무엇 때문에 네가 샤렌 공주라고 했느냐?"

질서 대신은 입이 아주 작았다. 나는 겁이 났다.

"공주님이 그렇게 하라고 시키셨습니다. 신성한 아홉 신을 두고 저에게 명령하셨어요. 저는 공주님에게 충성을 다한다고 맹세했으니까요."

"흠!"

대신이 코웃음을 치며, 일기장을 펼쳐 들고 부분 부분을 큰 소리로 읽었다. 쥐구멍이라도 있으면 들어가고 싶게 만드는 부분들을. 어떻게 해서 테거스 님에게 내 셔츠를 주게 되었는지, 공주님에게 똥 냄새가 난다고 썼던 부분이나 밉다고 말했던 부분, 테거스 님의 목에서 나는 향기를 묘사했던 부분……. 세상에, 듣고 있자니 끔찍했다. 단어 하나하나가 내 자신을 정말 싫어지게 만들었다. 교수형에 처해지는 것도 당연했다.

질서 대신이 물었다.

"네 자신을 위해 할 말이 있느냐?"

없었다. 아무것도 생각나지 않았다. 테거스 님을 똑바로 볼 수도 없었다. 그 순간만큼은 되도록 빨리 밧줄로 목을 매달고 싶은 마음뿐이었다.

"그렇다면 난 그녀의 피를 원하오!"

바챠 여왕이 일어나서 나를 죽여야 한다고 소리치기 시작했다. 교수형이 아니라 피가 흐르도록 목을 쳐야 한다면서. 계속 그런 말이 이어졌다. 오늘 정말 죽는구나 하는 생각이 들었다.

큰 소리가 오고 가는 동안 나는 정신을 차리고 똑바로 앉았다. 계속 파란색에 은색, 파란색에 은색이라는 생각을 하며, 하늘을 등지고 있던 칼날을 떠올리니 위안이 되었다. 참 이상하게도. 아직 칼날이 떨어지지 않아서인가?

칸님이 바챠 여왕에게 흥분을 가라앉히고 자리에 앉으라고 했다.

"다쉬티가 자신을 위해 반론을 펼치지 않았기에, 제가 반론을 펼칠 기회를 주셨으면 합니다."

대신은 고개를 끄덕였다. 나는 숨이 멈추어졌다. 칸님은 내 의자로 다가왔다. 나는 그분의 장화만 내려다보았다.

"우선, 다른 부분도 읽을 수 있게 허락해 주십시오."

그러더니 일기장을 펼쳐 탑에 갇혀 있던 시절에 쓴 부분을 읽었다. 샤렌 공주님을 대신해서 말하고 싶어 하지 않았던 부분, 걱정하고 기도하던 부분, 공주님에게 그런 명령을 내리지 말아 달라고 부탁했던 부분이었다. 그리고 내가 고양이를 공주님에게 양보했던 날의 일기를 다 읽었다. 내가 카사 왕과 대적했던 부분도 읽었다. 그러자 대신들 사이에서 인정하는 듯 속닥거리는 소리가 들렸다.

칸님이 계속했다.

"내 흥미를 끄는 다른 부분도 있습니다. **에벨라의 노래**에 도착한 날의 이야기입니다. 다쉬티, 너는 유목민 출신이다. 그렇지 않느냐?"

"그렇습니다, 마마."

"유목민들의 생활 방식에 무지한 우리를 용서해라. 하지만 초원에 살던 사람들이 이쪽에 많이 와서 우리도 배운 게 있다. 초원의 규율에 따르면, 한 유목민이 그의 마지막 남은 가축을 다른 가족이나 부족에게 제의했을 때, 그 선물을 받는 것은 집안이나 부족의 한 일원으로 받아들이겠다는 뜻으로 알고 있다. 그러하냐?"

입이 다물어지지 않았다. 너무 혼란스러워서. 대체 무슨 말씀을 하시려는 걸까? 언제 나를 사형에 처하시려고?

"쉬리아, 네가 다쉬티와 처음 만났을 때를 말해 보아라."

하얀 머리의 여자가 일어섰다.

"다쉬티는 샤렌 공주님과 성문에 도착했었어요. 갈색 야크 한 마리하고요. 다쉬티는 그 야크를 테거스 님께 드리고 싶다고 했어요. 선물이라면서요."

"돈을 달라고 했는가?"

"아니요. 성문지기가 한 푼도 받지 못할 거라고 말했는데, 다쉬티는 그래도 드리겠다고 했습니다."

"동물을 주면서 일자리를 구하던가?"

"아니요, 그냥 주었어요. 선물을 받은 다음 제가 냄비 닦는 일을 하겠냐고 제의한 겁니다."

칸님은 만족스러운 듯 고개를 끄덕이더니 계속 말씀하셨다.

"이제 대신에게 맡기겠습니다. 다쉬티는 제게 마지막 가축을 바쳤습니다. 살아갈 수 있는 유일한 수단을요. 그래서 가족의 일원이 될 권리가 생겼습니다. 저는 공식적으로 다쉬티의 선물을 받았습니다."

그러더니 나에게 돌아서서 물었다.

"야크였지?"

내가 대답했다.

"예, 아주 훌륭한 야크예요."

정말 내가 이제껏 본 야크 중에 가장 훌륭한 야크였다. 칸님이 고개를 끄덕였다.

"물론 훌륭한 녀석이지. 여기서 두 개의 법이 서로 상충됩니다. 존경하옵는 대신들이여, 자신의 혼약을 위협하는 자의 피를 보겠다는 바챠 여왕의 주장을 존중하시겠습니까? 우리 가족의 일원인 다쉬티를 보호하시겠습니까?"

바챠 여왕이 일어섰다.

"대신들이여, 저는……."

"기다리시오, 바챠 여왕. 주장에 앞서서 조금 기다려 주십시오. 나의 주장이 피를 보겠다는 당신의 권리를 앞설 만큼 충분하지 않다는 걸 인정합니다. 다만 한 가지 더 있습니다. 샤렌 공주님?"

테거스 님은 샤렌 공주님의 손을 잡고 자리에서 일어서게 도와주었다. 나는 생각했다.

'두 분이 결혼할 때 저렇게 손을 잡겠구나……'

"이분이 바로 **티토의 정원** 샤렌 공주님입니다. 저는 이분의 편지를 가지고 있습니다."

그러더니 테거스 님은 대신들 앞에 있던 탁자에 양피지를 펼쳤다.

"결혼을 원하는 제 청을 받아들인다고 쓰여 있습니다."

질서 대신이 말했다.

"마마, 우리는 이미 샤렌 공주님과의 혼약이 바챠 여왕님보다 앞선다고 결정 내린 바 있습니다. 마마께는 샤렌 공주님과 결혼하실 권리가 있습니다만, 다쉬티의 죄가 감해지지는 않습니다."

칸님은 심각하게 물었다.

"샤렌 공주, 왜 다쉬티가 당신 행세를 했습니까?"

"제가 그렇게 하라고 시켰으니까요."

공주님은 바챠 여왕에게 돌아서서 아주 확신에 찬 눈길을 보냈다.

"난 얼마든지 그렇게 할 권리가 있으니까요."

동물 대신이 고개를 저으며 말했다.

"자신이 섬기는 공주님 명령에 따르는 건 몸종의 의무입니다. 하지만 공주라고 사칭하다니요? 그건 안 될 말입니다. 그런 행동을 하게 된 연유는 들었으나, 그렇다고 죄가 사라지진 않습니다. 왕족을 사칭하는 것은 상상도 할 수 없는 중죄입니다."

"영혼의 자유를 사막의 무당과 바꾼 것보다 더 나쁠까?"

바투가 투덜거렸다.

"티토의 정원을 초토화시킨 것보다 더 나쁠까?"

잠시 모두들 입을 다물었다. 그러다 동물 대신이 다시 입을 열었다.

"그럼에도 불구하고 법은 그 무엇보다 앞섭니다. 우리가 법을 지키지 않으면 카사 왕이 야기한 것보다 더한 무질서에 처하게 됩니다. 만약 제가 지금 투표를 하면……."

"잠시만, 제발 부탁드립니다. 아직 투표권을 행사하지 마십시오."

그렇게 말하더니 테거스 님은 샤렌 공주님에게 돌아서서 물었다.

"공주님, 오늘 아침에 저에게 하신 말씀을 다시 해 보시오."

샤렌 공주님은 일어섰다. 공주님이 미소를 지으니 보조개가 들어갔다. 손을 꼭 쥐고 있지도 않았다.

"다쉬티는 제 여동생이랍니다."

나는 입이 떡 벌어졌지만 질식할 것만 같았다.

테거스 님이 말했다.

"자, 이제 분명히 합시다. 다쉬티가 처음부터 공주님의 여동생이었던가요?"

"아니요."

공주님은 미소를 참을 수 없는 모양이었다. 말하는 연습을 했는지 목소리가 딱딱 끊어졌다. 그래도 제대로 말할 수 있어 기쁘셨나 보다.

"하지만 모든 사람들이 제 곁을 떠났을 때 유일하게 남아 있던 사람이에요. 그리고…… 거의 3년을 같이 탑에 갇혀 지냈답니다. 밖으로 나왔을 때 우리는 다시 태어난 것이나 다름없었죠. 다시 새롭게 태어났다고 할 수 있어요. 나의 가족은 모두 죽고 없었답니다."

"어떻게 죽었습니까?"

"카사 왕에게 죽임을 당했어요. 그런데 다쉬티가 그를 대적해서…… 복수를……."

칸님이 대신 말했다.

"복수를 해 주었군요."

"내 가족의 복수를 하고 내 명예도 지켜 주었어요."

샤렌 공주님은 나를 뚫어져라 쳐다보았다. 그러더니 다시 허리를 꼿꼿하게 세우고, 대신들 쪽으로 돌아서서 이제껏 들어 보지 못한 당당한 말투로 말했다.

"제 말을 잘 들으세요, 대신님들. **티토의 정원** 마지막 공주로서 말씀드립니다. 다쉬티는 저를 한 번도 배반한 적이 없습니다. 저를 버리지도 않았습니다. 조상님들이 창조하신 그대로, 진정한 몸종이었습니다."

공주님의 목소리에는 힘이 실려 있었다. 그래서 대신들도 주의를 기울이는 것 같았다. 고양이가 무릎에 앉아 그르렁거릴 때부터 공주님께는 변화가 있었다. 부엌에서 자기의 재능을 알고 카사 왕이 죽은 다음부터는 더더욱……. 나는 그 순간 공주님의 왕족다운 모습을 처음 보았다. 다른 왕족과 다를 바 없는 당당한 그 모습을. 천 일 동안 같이 살았고 천 개도 넘는 노래를 공주님께 불러 드렸는데, 이제야 샤렌 공주님의 병이 낫기 시작한 듯했다.

샤렌 공주님이 선언했다.

"나에게 더 이상 가족이 남아 있지 않기에, 조상님이 보시는 앞에서 다쉬티가 나의 동생이며 **티토의 정원**의 존경받는 공주임을 만천하에 알립니다."

나는 침을 꿀꺽 삼키는 바람에 사레가 들렸다.

칸님이 다시 질문했다.

"쉬리아에게 물을 게 하나 더 있습니다. 내게 말한 이야기를 대신들에게 해 드려라, 쉬리아. 다쉬티가 도망치려던 날 다쉬티 방에서 본 것을. 바챠 여왕의 병사들이 다쉬티의 발을 자르려던 날 말이다."

쉬리아는 목을 가다듬고 대신들을 보며 말했다.

"방에는 비단과 수놓은 천들이 가득했어요. 은이며 도자기, 진주 머리핀도요. 하지만 다쉬티는 모든 걸 두고 낡은 자기 옷만 챙겼답니다. 이곳에 왔을 때 입었던 누더기 같은 옷만요. 만약 이기적인 생각으로 거짓말을 했다면, 도시에 내다 팔 수 있는 값진 물건들을 가져갔을 거예요."

"고맙다, 쉬리아."

테거스 님이 마무리하셨다.

"이제 다쉬티를 대신들에게 맡깁니다. 유목민 출신 몸종이었으나, **티토의 정원** 공주님이 여동생으로 받아들였고, 제 가족으로 인정한 사람이 왕족 행세를 했다고 죄가 되는지. 다쉬티는 자기 목숨이 위험해지는 것도 마다하지 않고 공주님을 끝까지 섬겼습니다. 또, 전쟁터에서 홀로 카사 왕과 대적하여 조상님들의 축복으로 승리를 거두었습니다. 아홉 중 저의

한 표는 다쉬티가 정당하다는 쪽에 던지겠습니다. 누군가는 범죄라고 부른 것도, 저는 충성하기 위한 고귀한 행동이었다고 단언합니다. 여러분은 어떻습니까?"

끔찍한 침묵이 흘렀다. 몇몇 대신은 나지막하게 이야기를 주고받았고, 몇몇은 고개를 가로저었다. 테거스 님은 무서운 눈으로 입을 꾹 다물고 있었다. 빈 의자로 상징되는 대신은 늘 죽음에 표를 던지므로, 네 명만 나를 유죄라고 하면 끝장이었다.

태양의 여신 **에벨라**를 섬기는 가장 나이 많은 대신이 네 명의 무당에게 물었다.

"성스러운 자들이여, 당신들 생각은 어떠시오?"

양의 뼛조각을 읽고 카사 왕을 힘으로 물리칠 수 없다고 했던 무당이 나를 쳐다보며 말했다.

"아직 신의 계시를 읽기 위해 명상에 들어가지는 않았지만, 제 직감으로는 조상님들이 이 아이를 아끼시는 것 같소."

"흠."

또다시 끔찍한 침묵이 흘렀다. 바투가 그 침묵을 깼다. 바투가 탁자를 손바닥으로 탁 치는 바람에 모든 사람이 깜짝 놀랐다.

"자. 친애하는 대신들이여, 뭐가 그렇게 어렵습니까? 칸님은 우리처럼 미천한 사람들이 필요로 하는 것 이상으로 엄청난 일을 해낸 분입니다. 그분 의견은 아시지 않습니까? 여러분 중 누가 이 소녀를 유죄라고 생각하시는 겁니까?"

몇몇 대신은 고개를 가로젓고, 몇몇은 안절부절못했다. 하지만 아무도 손을 들어 사형에 찬성하려 하지 않았다. 분위기가 고조되었다. 울음이 날 것만 같았다.

"정말 수치스럽군요."

바챠 여왕이 벌떡 일어나 몸종들과 나가 버렸다. 겨울이건 아니건 **에 벨라의 노래**에서 그리 오래 머물 마음이 없어 보였다.

여왕이 방에서 나가자마자 테거스 님은 탁자에 기대서 큰 소리로 안도의 한숨을 내쉬었다. 몇몇이 웃었다. 나는 여전히 숨을 제대로 쉴 수가 없었다.

"감사합니다, 조상님. 그리고 존경하옵는 대신들이여, 감사하오."

테거스 님은 감사의 인사를 하고, 샤렌 공주님은 나를 끌어안았다. 공주님이 한 팔로 내 목을 휘감고 머리를 내 어깨에 기대는 게 어쩐지 어색했다.

"정말 겁났어, 다쉬티. 진짜 무서웠어. 네가 죽는 줄만 알았어. 네가 죽지 않기를 얼마나 바랐는지 알아?"

나는 속삭이듯 대답했다.

"잘하셨어요. 공주님은 정말 공주님다우셨어요. 정말 용감하셨어요."

눈물이 핑 돌았다. 나는 아이를 씩씩하게 키워 낸 유목민 엄마만큼이나 뿌듯했다.

"고마워요, 공주님."

공주님은 나를 쳐다보았다.

"이제 공주님이라고 부르지 마, 다쉬티. 다시는."

뭐라 대답할 수가 없었다. 뭐라고 말해야 하지? 그렇다고 공주님을

'언니'라고 부를 수는 없잖아? 적어도 아직은.

바투는 테거스 님의 등을 탁탁 치며 안심한 듯 크게 웃고, 모든 대신들이 일어나 이야기를 나누었다. 조금 못마땅해하는 표정의 대신도 있었지만, 대부분은 만족해하고 심지어는 들떠 보이기까지 했다.

불의 대신이 말했다.

"마지막으로, 칸님의 결혼이 남아 있습니다. 샤렌 공주님, 제가 제일 처음으로 축하드려도 되겠습니까?"

테거스 님과 샤렌 공주님이 서로를 쳐다보았다. 방 안에 침묵이 흘렀다. 내가 자리에 계속 앉아 있었기에 망정이지, 그렇지 않았다면 쓰러졌을 지도 모른다.

'당연한 결말이지.'

나는 스스로를 타일렀다. 당연히 이렇게 되어야지. 공주님은 왕족이고, 공주님을 위해 내내 원해 왔던 게 이것 아닌가? 나는 이제 공주님 곁에 남아서 친구도 되어 드리고, 두 분의 아기들도 돌봐 드리고……. 내 생각은 혼자만 간직하여 일기에 쓸 것이다. 그 정도는 괜찮겠지? 샤렌 공주님이 **에벨라의 노래** 왕비가 되시면, 공주님 대신 편지도 쓰고 좋은 충고도 해 드릴 수 있겠지. 그것도 나쁘지 않다. 나쁘지 않은 결말이다.

그저 살아 있는 것만도 행복하다고 마음을 다잡아 봤지만, 솔직히 어디론가 사라져 죽어 버리고 싶은 심정이기도 했다.

테거스 님이 나를 힐끗 보더니 샤렌 공주님께 말씀하셨다.

"공주님. 우리는 약혼한 사이입니다. 저랑 결혼하고 싶으십니까?"

샤렌 공주님이 나를 쳐다봤다. 곤란해하시는 걸까? 확실히는 모르겠다. 난 바닥으로 떨어져 멀리서 공주님을 보고 있는 느낌이었거든.

"잘 모르겠어요……."

공주님 대답에 질서 대신이 나섰다.

"마마. 샤렌 공주님과의 약혼을 깨시면 바챠 여왕에게 결혼하실 권리가 있음을 미리 말씀드리고 싶습니다."

"고맙소, 존경하는 대신님. 하지만 오늘 아침에 샤렌 공주와 나는 이야기를 나누었소. 그리고 우리 두 사람은……."

"조심하십시오. 아무 말씀도 하시지 않는 게 좋으리라 청하옵니다."

수도 대신이 문 쪽으로 시선을 돌리며 칸님의 말을 막았다.

샤렌 공주님이 허리를 쭉 펴셨다.

"그렇다면 제가 말씀드리지요. 칸 테거스 님, 저는 당신과 결혼하지 않는 게 좋겠어요. 그러나……."

공주님 목소리가 얼마나 큰지 대신들 사이에서 터져 나오던 웅성거림이 뚝 끊겼다.

"그러나 이 약혼에 대한 나의 권리를 유지하여, 제 동생 다쉬티에게 양도하겠습니다."

바투가 껄껄 웃었다. 왜 웃을까? 다들 장난하는 건가?

테거스 님은 하나도 놀란 것 같지 않았다. 테거스 님은 샤렌 공주님에게 손바닥을 아래로 하여 팔을 내밀었고, 공주님이 손을 잡자 마치 어린 여동생에게 하듯 공주님 이마에 입을 맞추었다. 그리고 나를 보고 미소 지으셨다.

나는 그제야 장난이 아니라는 것을 알았다. 테거스 님은 내게 이토록 잔인한 장난할 분이 아니니까. 아무렇지도 않게 미소 지으실 분이 아니니까. 테거스 님의 미소 하나하나에는 의미가 있었다. 테거스 님은 내 옆으로 와서 한쪽 무릎을 꿇고 내 손을 잡았다. 탑에서 고양이를 건네주실 때처럼. 이 세상 모든 게 그 접촉에 있었다. 조상님들만 아시겠지만 나는 더 이상 어지럽지도, 혼란스럽지도 않았다. 그저 웃고만 싶었다. 그래서 활짝 웃었다. 테거스 님도 웃었다. 아주 뜻밖이라는 듯이.

"좋아요, 좋아. 그렇게 하겠습니다."

테거스 님 표정이 진지해지더니 숨을 깊이 들이마시고 말씀하셨다.

"**티토의 정원**의 다쉬티, 초원에 살던 다쉬티. 나와 결혼하여 내 신부가 되고, 이 생과 다음 생에서도 내 부인이 되어 주겠소?"

그 말에 웃음이 사라졌다. 예전에 야크도 얼어붙은 초원의 추위 속에서 떨어 본 적이 있었지만, 테거스 님의 이 말을 듣고 그보다 더 떨고 말았다. 무섭도록. 다리가 서로 부딪혀 무릎에서 딱딱 소리가 났다. 온몸이 얼마나 떨리는지 자리에 앉아 있을 수도 없었다. 내가 울고 있었던 것 같기도 하고, 벌떡 일어나 춤추고 싶은 심정이기도 했다. 나는 떨고 또 떨었다. 목소리도 나오지 않았다.

나는 공주님을 쳐다보았다. 드디어, 공주님이 나 대신 말씀해 주실 차례였다.

내 마음을 정확하게 파악한 샤렌 공주님이 테거스 님을 똑바로 쳐다보며 말씀하셨다.

"예, 그러겠습니다."

178일째

오늘 테거스와 결혼했다. 세상에, 음식이 그렇게 많다니! 나는 영원한 푸른 하늘을 닮은 파란색 천에 노란색과 금색 실로 수놓은 예복을 입었다. 소매에 해가 뜨고 지는 모습이 수놓아져 있었다. 퀘차와 갤이 옷 입는 걸 도와주며 이제껏 봤던 그 어느 신부보다 아름답다고 추켜세웠다. 사실 나도 좀 그런 기분이었다. 베일을 쓰려고 하자, 테거스가 말렸다.

"우리가 서약할 때 당신 얼굴을 보고 싶소. 그리고 모든 이가 당신을 보길 원하오, 나의 다쉬티 공주님."

그러더니 내 입술에 키스하셨다. 방에 대신이 다섯 명이나 있었는데. 다른 사람들 앞에서 키스하는 건 적절치 못한 행동이었다. 하지만 조상님들도 용납해 주실 것 같아서, 나도 테거스의 목에 팔을 두르고 키스를 되돌려 주었다. 너무 행복하면 하늘을 둥둥 떠다니는 것도 가능하리란 생각이 들었다.

테거스와 결혼 서약을 할 때, 기적 같은 일이 일어났다. 마치 방 한쪽 구석에 있던 모든 게 획 돌아, 갑자기 자리가 모두 바뀐 기분이었다. 실제론 아무것도 움직이지 않았지만. 뭔가 배 속으로 지나가는 느낌도 들었다. 가만히 있다가 갑자기 속도를 내는 암말을 타고 달리는 느낌이랄까?

나는 칸님과 결혼하는 유목민이 아니다. 다쉬티가 테거스와 결혼하는 거다. 그렇게 생각하자! 엄마가 들으시면 웃으시겠지만.

잔치에서 샤렌 공주님은 몸소 준비하신 온갖 음식들을 보여 주셨다. 공주님은 이제 혼자만의 방이 있고 목소리 예쁜 두 명의 몸종도 거느리셔서 부엌에서 일하실 필요가 없지만, 요리를 하고 싶다고 하신다. 음식을 예쁘게 담아 보기 좋게 차리는 일도 좋다신다.

살구 색 드레스를 입고 머리를 여덟 갈래로 땋아 올린 공주님이 그렇게 예뻐 보일 수가 없다. 테거스의 사촌들이 누가 공주님 가까이 앉을 것인지 작은 생선 뼈로 결투를 벌이기도 했다. 깔깔대는 공주님 웃음소리는 처음이다. 진짜다. 테거스의 사촌들은 다들 점잖아 보였지만, 나는 그들이 어떻게 살아오고 어떤 성품인지 알기 전까지는 아무도 공주님께 접근하도록 허락할 수 없다고 말했다.

샤렌 공주님은 점잖은 사람을 만나야 한다. 공주님을 웃게 만들 수 있을 만큼 다정하고, 공주님 스스로를 멍청하다고 여기게 만들지 않아야 하고, 팔을 둘러 안아 줄 때 공주님이 더없이 안전하다고 느끼게 해 줄 사람 말이다. 딱 맞는 사람이 있을 것이다. 테거스에게는 사촌이 서른일곱 명이나 있으니까……

해가 지기 전까지 잔치가 계속되리라. 나도 춤을 춰야 하기 때문에, 춤추는 동안 다친 발이 바닥에 닿지 않게끔 테거스가 나를 안아 주겠다고 했다. 음악이 막 시작되는 소리가 들린다. 나는 옷을 갈아입으러 잠깐 이 방에 들렀다. 지루할 정도로 긴 예식 동안, 테거스와 탑에서 나눴던 말이 생각났다.

"할 수만 있다면 당신을 하루 종일 웃게 만들고 싶소. 만약 당신이 여기서 풀려나면, 저는 잔치를 벌이고 당신에게 은색 드레스를 입혀 늘 웃으며 살게 해 드릴 겁니다."

그런데 마침 옷장에 은색 비단 드레스가 한 벌 있다. 이 옷을 입고 나가면 테거스는 어떤 표정을 지을까? 그에게 웃고 또 웃으며 입을 맞춰 줘야지. 나의 칸에게, 이 세상 모두가 보는 앞에서.

옮긴이의 말

동화가 사랑받는 이유 중 하나는, 우리를 무한한 상상력의 세계로 이끈다는 데 있습니다. 가끔은 어디선가 보았던 세계로 데려가기도 하고 가끔은 아주 새로운 세계로 데려가기도 하지요. 섀넌 헤일은 우리가 이미 만나 보았던 세계로 데려가, 완전히 새로운 세상을 경험하게 해 줍니다. 마치 모든 사건과 주인공을 휙 돌려서 자리를 뒤바꾼 다음, 상상도 못한 새로운 재미와 감동을 주는 것처럼 말이죠.

《프린세스의 천일책》은 그림 형제의 동화 중, 다른 동화보다 조금 덜 알려진 〈마렌 공주〉를 공주의 입장이 아닌, 같이 탑에 갇혔던 몸종의 입장에서 풀어낸 이야기입니다. 또한 7년 동안 탑에 갇히게 된 샤렌 공주를 곁에서 보살피는 몸종 '다쉬티'의 일기이기도 하지요.

아버지의 뜻을 따르지 않고 카사 왕과의 결혼을 거절한 샤렌 공주는 7년 동안 탑에 갇히는 벌을 받게 되는데, 유목민 출신의 다쉬티는 몸종의 운명을 받아들이고 기꺼이 자신의 의무를 다하기 위해 불쌍한 공주와 함께 탑에 갇히지요. 다쉬티는 어린아이에서 벗어나지 못한 철부지 샤렌 공주를 보살피며 생활을 책임지고 온갖 시련과도 싸우게 됩니다.

그러던 어느 날 도저히 빠져나갈 수 없다고 생각했던 탑에서 탈출하고, 그 사이 폐허가 된 나라를 떠나 **에벨라의 노래**로 데려가 온갖 궂은일을 하면서도 끝까지 공주를 보살피지요. 결국 지혜로운 다쉬티는 늑대의 힘을 빌린 강력한 카사 왕도 물리치고, 샤렌 공주의 자리도 찾아 주며, 또한 칸 테거스와의 사랑도 이루게 됩니다.

공주가 아닌 몸종이 주인공인 것, 신분의 구별이 엄격했던 시대에서 천한 신분이 왕비가 되는 것, 연약한 소녀의 몸으로 그 많은 고난과 어려움을 이겨 나가는 것까지 《프린세스의 천일책》은 이야기 자체만으로도 재미를 주지만, 신분이나 운명에 부딪혀 온갖 역경을 스스로 이겨 나가는 주인공의 용기도 감동적입니다.

한 권 한 권, 책을 읽을 때마다 누구나 조금씩 성장해 갑니다. 어떤 책에서는 용기를, 어떤 책에서는 사랑을, 어떤 책을 통해서는 감사하는 마음을 배울 수 있지요. 섀넌 헤일의 《프린세스의 천일책》에서는 이 모든 것을 배울 수 있습니다.

〈마렌 공주〉 이야기도 같이 읽고 섀넌 헤일과는 다른 여러분만의 세상을 그려 보는 건 어떨까요? 여러분은 어떤 세상, 어떤 결말을 그리고 싶은가요? 〈마렌 공주〉뿐 아니라, 이미 잘 알고 있는 다른 이야기도 바꾸어 생각해 보세요. 아마 여러분의 상상력을 한층 높일 수 있는 즐거운 시간이 될 거예요.

지혜연

Book of a thousand days
The original tale
MAID MALEEN

마렌 공주

그림 형제

마렌 공주

옛날 어떤 왕에게 아들이 하나 있었는데, 왕자는 이웃 나라 공주와 결혼하고 싶어 했어요. 이웃 나라 공주의 이름은 '마렌'이고, 매우 아름다웠지요. 마렌의 아버지는 딸의 결혼 상대자로 다른 사람을 생각하고 있었기 때문에 왕자의 청혼을 거절했습니다. 하지만 왕자와 공주는 서로 마음 깊이 사랑하고 있었고, 언제까지나 함께 하길 원했지요. 마렌은 아버지에게 이렇게 말했습니다.

"저는 다른 그 누구도 제 남편으로 받아들이지 않겠어요."

딸의 말에 왕은 벌컥 화를 내며, 신하들에게 햇빛도 달빛도 들지 않는 어두운 탑을 세우라고 명령했어요. 탑이 완성되자 왕은 딸에게 말했지요.

"7년간 저 안에 있도록 해라. 그 후에 비뚤어진 네 마음이 바뀌었는지 보러 오겠다."

7년간 먹을 식량이 탑 안으로 운반되고 마렌 공주와 시녀는 그 안에 갇혀 세상으로부터 완전히 차단되었습니다. 둘은 언제가 낮이고 밤은 또 언제 시작되는지 알지 못한 채, 내내 어둠 속에 있었어요. 왕자는 탑 주변을 돌고 또 돌며 공주를 애타게 불렀지만, 어떤 소리도 그 두꺼운 벽을 뚫고 들어가지 못했습니다. 마렌과 시녀는 한탄하며 슬피 우는 것 외에 달리 할 수 있는 일이 없었지요.

어느덧 시간이 흐르고 흘러서 먹고 마실 음식은 거의 바닥이 났고, 그것을 본 마렌과 시녀는 약속된 시간이 끝나 가고 있음을 알았습니다. 곧 구출되리라 믿었지만 벽을 부수는 망치 소리도, 돌이 떨어져 나가는 소리도 들려오지 않았어요. 마렌은 아버지가 자신을 잊었다고 생각했습니다. 이젠 식량도 얼마 남지 않아 그대로 있다가는 굶어 죽을 지경이었지요.

"이제 방법은 하나뿐이야. 우리가 이 벽을 뚫을 수 있을지 시도해 보자."

마렌은 빵 칼로 벽돌 틈을 파냈어요. 마렌이 지치면 시녀가 대신 해 가면서 수고한 덕분에 마침내 돌 하나를 들어낼 수 있었습니다. 그러고는 두 개, 세 개 계속해서 돌을 들어냈고, 사흘이 지나자 처음으로 빛줄기가 탑의 어둠을 몰아내며 비추었습니다. 곧 구멍은 마렌과 시녀가 밖을 내다볼 수 있을 만큼 커졌지요.

하늘은 파랗고, 상쾌한 바람이 불어와 얼굴을 간질였습니다. 하지만 바깥세상의 모습은 얼마나 암울했던지! 왕궁은 폐허가 되었고, 마을은 전부 불에 타 버렸지요. 드넓은 들판은 모두 훼손되어 사람 한 명

보이지 않았습니다.

　탑에서 빠져나갈 수 있을 정도로 구멍이 커지자, 마렌과 시녀는 그곳에서 뛰어내려 밖으로 나갔습니다. 하지만 돌아갈 곳이 없었어요. 마렌이 탑 안에 갇혀 있는 동안 적들이 쳐들어와 나라를 짓밟고 왕을 쫓아내고 백성들을 모두 죽였으니까요.

　결국 마렌과 시녀는 다른 나라를 향해 길을 떠났지만, 머물 만한 장소도 찾지 못했고 먹을 것을 조금이나마 나누어 주는 사람도 만날 수 없었습니다. 둘은 너무 배가 고파서 길가에 자라난 쐐기풀이라도 먹어야 했어요.

　오랜 여정 끝에 다른 나라에 도착해서 둘은 부지런히 일거리를 찾아다녔습니다. 그러나 그때마다 모두 거절당했고, 그들을 불쌍하게 여기는 사람은 아무도 없었습니다. 마침내 큰 도시에 도착하여 곧장 왕궁을 찾아갔어요. 거기에서도 그들을 환영해 주진 않았지만, 다행히 한 주방장이 부엌에서 허드렛일을 해도 좋다고 허락했지요.

　그들이 머문 곳은 마렌을 사랑했던 왕자의 나라였습니다. 왕자의 아버지가 다른 신붓감을 구해 놓았는데, 사악한 마음만큼이나 얼굴도 못생긴 여자였지요. 결혼식 날이 정해지고 신부는 미리 도착해 있었습니다. 하지만 그녀는 자신의 못생긴 얼굴 때문에 방 안에 틀어박혀서 아무도 만나지 않았어요. 마렌이 신부에게 식사를 가져다주는 일을 맡았지요. 신랑 신부가 결혼식을 하러 교회에 가야 하는 날, 신부는 못생긴 얼굴 때문에 사람들에게 놀림당할까 두려워 마렌에게 말했어요.

"오늘 너에게 커다란 행운이 찾아왔구나. 내가 발목을 삐끗해서 걸을 수 없게 되었으니, 네가 내 드레스를 입고 내 자리에 대신 서 줘야겠어. 너에게 이보다 더 영광스런 일은 없을 거야."

그러나 마렌은 이를 거절했어요.

"저와 어울리지 않는 영광은 원하지 않아요."

신부가 마렌에게 금을 주겠다고 했지만 소용없었습니다. 마침내 신부는 화를 내며 협박했습니다.

"내가 시키는 대로 하지 않으면, 목숨을 잃을 줄 알아. 내가 말만 하면 네 머리는 발치로 떨어져 버릴 테니까!"

결국 마렌은 신부의 강요에 못 이겨서, 눈부시게 멋진 드레스를 입고 보석으로 치장했습니다. 마렌이 왕궁의 연회장으로 들어서자 모두 그녀의 아름다움에 놀랐어요. 왕이 아들에게 말했습니다.

"이 여자가 내가 너의 신붓감으로 선택한 여자다. 교회로 데려가거라."

왕자는 깜짝 놀랐습니다.

'내 사랑 마렌과 정말 똑같이 생겼어. 마렌이라고 믿고 싶지만, 아직 탑에 갇혀 있거나 죽었겠지.'

왕자는 그녀의 손을 잡고 교회로 향했어요. 가는 길에 마렌은 쐐기풀을 보고 말했습니다.

"쐐기풀아, 조그마한 쐐기풀아.
여기서 혼자 무얼 하니?

나는 그때를 기억하지.
너를 끓이지도 않고 먹던 날,
너를 익히지도 않고 먹던 날."

"그게 무슨 말이요?"
왕자가 물었습니다.
"아무것도 아니에요. 전 그저 마렌을 생각하고 있었어요."
왕자는 신부가 마렌을 알고 있는 것에 놀랐지만 가만히 있었어요.
그들이 인도교를 지나 교회로 들어설 때 마렌이 말했습니다.

"인도교야, 부서지지 마.
나는 진짜 신부가 아니야."

"지금 무슨 말을 한 거요?"
왕자가 물었습니다.
"아무것도 아니에요. 전 그저 마렌을 생각하고 있었어요."
그녀가 대답했어요.
"마렌을 알고 있소?"
"아니요. 제가 그녀를 어떻게 알겠어요, 그녀에 대해 듣기만 했을
뿐이에요."
그들이 교회 문에 다다르자 그녀는 한 번 더 말했습니다.

"교회 문아, 부서지지 마.

나는 진짜 신부가 아니야."

"지금 무슨 말을 한 거요?"

"아, 전 그저 마렌을 생각하고 있었어요."

왕자의 질문에 마렌은 이렇게 대답했습니다. 그때 왕자는 아름다운 목걸이를 꺼내어 직접 마렌의 목에 걸어 주었어요. 둘은 함께 교회로 들어가 제단 앞에서 손을 맞잡고 결혼식을 올렸지요. 왕자가 마렌을 왕 궁으로 데려가는 길에, 마렌은 한 마디 말도 하지 않았어요. 마렌은 왕 궁에 도착하자마자 황급히 신부의 방으로 들어가 드레스를 벗고 장신 구를 빼고 자신의 회색 옷으로 갈아입었습니다. 하지만 왕자에게서 받 은 목걸이만은 그대로 가지고 있었어요.

밤이 되어 못생긴 신부는 왕자의 방으로 안내되었어요. 그녀는 왕 자를 속인 게 들통 나지 않도록 베일로 얼굴을 가렸지요. 이윽고 모든 사람들이 떠나고 둘만 남게 되자 왕자가 물었어요.

"아까 길가에 난 쐐기풀에게 뭐라고 했던 거요?"

"무슨 쐐기풀이요? 저는 쐐기풀에게 아무 말도 하지 않았어요."

"아무 말도 하지 않았다면 당신은 진짜 신부가 아니오."

왕자의 말에 신부는 잠시 생각한 뒤 말했지요.

"시녀에게 가서 물어봐야겠어요. 제가 무슨 말을 했는지 다 기억하 는 아이가 있거든요."

신부는 마렌을 찾아가 닦달했어요.

"이 계집애야, 도대체 쐐기풀에다 대고 뭐라고 지껄인 거야?"
"전 단지 이렇게 말했어요.

쐐기풀아, 조그마한 쐐기풀아.
여기서 혼자 무얼 하니?
나는 그때를 기억하지.
너를 끓이지도 않고 먹던 날,
너를 익히지도 않고 먹던 날."

신부는 곧장 왕자의 방으로 돌아가 마렌에게 들은 대로 말했어요.
"그런데 인도교 위를 걸을 때, 인도교에게는 뭐라고 한 거요?"
왕자가 물었어요.
"인도교요? 저는 인도교에게 말한 적이 없어요."
"그럼 당신은 진짜 신부가 아니오."
그녀는 다시 말했어요.
"시녀에게 가서 물어봐야겠어요. 제가 무슨 말을 했는지 그 애는 다
기억하고 있거든요."
그러고는 밖으로 나가서 마렌을 소리쳐 불렀습니다.
"이 계집애야, 도대체 인도교에서는 또 뭐라고 한 거야?"
"전 단지 이렇게 말했어요.

인도교야, 부서지지 마.

나는 진짜 신부가 아니야."

"네 목숨은 이제 끝장난 줄 알아!"
신부는 소리를 꽥 지르고 재빨리 방으로 돌아가 왕자에게 말했지
요. 마렌에게 들은 대로요.
"그런데 교회 문에 대고는 뭐라고 한 거요?"
"교회 문이요? 저는 교회 문에 대고 말한 적이 없어요."
"그럼 당신은 진짜 신부가 아니군."
신부는 나가서 다시 마렌을 찾았어요.
"이 계집애야, 도대체 교회 문에다가는 또 뭐라고 한 거야?"
"전 단지 이렇게 말했어요.

교회 문아, 부서지지 마.
나는 진짜 신부가 아니야."

"모가지를 분질러 버릴 테다!"
신부는 소리소리 지르며 화를 벌컥 냈어요. 그렇지만 서둘러 방으
로 돌아가야 했지요. 그리고 왕자에게 들은 대로 말했어요.
"그런데 내가 교회 문에서 준 목걸이는 어디에 있소?"
"무슨 목걸이요? 당신은 제게 목걸이를 준 적이 없어요."
"내가 직접 당신 목에 걸어 주기까지 했잖소. 만약 그걸 모른다면
당신은 진짜 신부가 아니오."
왕자는 신부의 얼굴에서 베일을 벗겼습니다. 그리고 말도 못하게

추한 그녀의 얼굴을 보고는 깜짝 놀라 뒷걸음질쳤어요.

"이럴 수가! 당신은 대체 누구요?"

"제가 당신 신부예요. 사람들이 저를 보고 비웃으며 놀려 댈까 봐, 부엌데기 시녀에게 드레스를 입혀서 대신 교회에 가도록 한 거예요."

"그 시녀는 어디 있소? 그녀를 보고 싶소. 당장 가서 이리로 데려와요."

그런데 밖으로 나간 사악한 신부는 하인에게 부엌데기 시녀는 사기꾼이니 뜰로 끌어내 목을 베어 버리라고 명령했습니다. 하인이 마렌을 잡아서 끌어내자, 살려 달라고 외치는 그녀의 목소리가 왕자의 귀에까지 들렸습니다. 왕자는 황급히 방에서 뛰쳐나와 마렌을 풀어 주라고 명령했지요. 야외 등불이 켜지자 왕자는 자기가 교회 문에서 신부에게 준 목걸이가 마렌의 목에 걸려 있는 것을 보았습니다.

"당신이 내 진짜 신부로군요. 당신이 나와 교회에 갔던 사람이야. 자, 내 방으로 들어갑시다."

둘만 남게 되자 왕자가 말했습니다.

"교회로 가는 길에 당신이 마렌이라는 이름을 말했는데, 사실 그녀는 나의 신부가 될 사람이었죠. 가능하다면 지금 내 앞에 있는 사람이 그녀라고 믿고 싶군요. 당신은 모든 면에서 그녀와 많이 닮았어요."

마렌이 입을 열었어요.

"제가 그 마렌이에요. 당신도 알겠지만 저는 7년간 어둠 속에 갇혀 배고픔과 목마름을 견뎌야 했고, 그 후로도 오랫동안 굶주림과 가난 속에서 살았어요. 하지만 오늘에야, 제게도 다시 태양이 비추네요. 우린 이미 교회에서 결혼식을 올렸으니 난 당신의 합법적인 아내예요."

두 사람은 입맞춤을 했습니다. 그리고 남은 생을 행복하게 살았지요. 가짜 신부는 자신이 한 짓에 대한 벌로 목이 잘렸습니다.

마렌이 갇혀 있던 탑은 오래도록 그 자리에 남아 있었는데, 아이들이 그곳을 지날 때면 이런 노래를 불렀습니다.

"쨍그랑 쨍그랑 쨍그랑.
저 탑 안에 앉아 있는 사람은 누구지?
공주님이 앉아 있지.
하지만 그녀를 볼 수는 없어.
벽은 절대 무너지지 않을 테니까.
돌은 절대 조각나지 않을 테니까.
꼬마 한스야, 이리 와.
재미있는 코트를 입었으니
어서 나를 따라오렴."

해를 담은
책그릇05

프린세스의 천일책

섀넌 헤일 글 | 지혜연 옮김 | 아름채담 그림

제 1판 1쇄 | 펴낸날 2008년 7월 15일
제 1판 2쇄 | 펴낸날 2008년 8월 1일

펴낸이 장문수 | **편집 책임** 정규보, 이종희 | **편집·기획** 노아름, 양경진, 최은영, 강문희
디자인 이승희, 현예나, 임화영 | **마케팅·영업관리** 김종열, 정연희
출력 맥미디어 | **인쇄** 보광문화사 | **제본** 명지문화
펴낸곳 ㈜에스오디커뮤니케이션 (책그릇) | **등록번호** 제 313-2004-00277호
주소 121-230 서울 마포구 망원동 473-35번지 삼봉빌딩 2층
전화 (02)3141-0373 | 팩스 (02)323-5790
인터넷 홈페이지 www.mychaek.co.kr | 블로그 http://blog.naver.com/mychaek
이메일 book@mychaek.co.kr

값 9,800원
ISBN 978-89-91780-47-7 73840